LOU ANDREAS-SALOMÉ
RUTH

Tradução: Inês Lohbauer

 A tradução deste livro foi realizada com o apoio de um auxílio do Goethe-Institut.

COLEÇÃO

Meia Azul

Bas-bleu ou **bluestocking** ("meias azuis", em tradução livre): antiga expressão pejorativa para desdenhar de mulheres escritoras, que ousassem expressar suas ideias e contar suas histórias em um ambiente dominado pelos homens. Com a ***Coleção Meia-azul***, voltada para narrativas de mulheres, queremos reconhecer e ampliar a voz dessas desbravadoras.

Prefácio

Conheci Lou Andreas-Salomé na segunda metade dos anos 1980, enquanto cursava Psicologia na USP. Não sei como, nem por que, comprei um de seus livros, pois ela não constava na bibliografia oficial de nenhuma das disciplinas. Também não me lembro como, ou por que, descobri, na mesma época, que Lou fora uma das primeiras mulheres a integrar o grupo de psicanalistas de Viena e que participava das reuniões de psicanalistas fazendo tricô. O fato histórico é que ela esteve no II Congresso de Weimar da Associação Psicanalítica Internacional, em 1911, ocasião em que conheceu Freud.

Contudo, o que realmente fascinava a jovem de menos de 20 anos, recém-ingressa na universidade, era a imagem de uma mulher tricotando durante uma reunião de psicanalistas. Essa imagem, que até hoje não sei se é verídica, foi a inspiração que orientou meu desejo de trilhar meu próprio caminho sem, como diz Simone de Beauvoir, "guardar em mim o melhor da minha feminilidade".

Identificada, de forma um tanto perigosa, com a poeta Ana Cristina César, eu também me via como "uma mulher do século XIX disfarçada no século XX". Mas a mulher do século XIX que eu imaginava não era Dora[1], e sim Lou. As tramas, tecidos, bordados e fazeres femininos condensados no "tricotar" de Lou me levavam a questionar como escrever uma trajetória, como fazer-se ouvir nesse meio sem precisar se tornar ou fingir-se de homem.

---

[1] Dora, pseudônimo de Ida Bauer, foi uma paciente de Freud cujo caso, descrito em *Fragmento da Análise de um Caso de Histeria* (1905), marcou a psicanálise. Iniciada em 1900, sua análise revelou a histeria como expressão de desejos reprimidos e conflitos inconscientes, superando explicações biológicas e destacando a dimensão discursiva do fenômeno. (N. da E.)

Décadas se passaram, e hoje percebo que aquela jovem que eu era não estava sozinha. Lou, escritora e psicanalista russa nascida no século XIX, havia inspirado mulheres de diversas gerações e, já na segunda metade do século XX, cem anos após seu nascimento, sua obra estava sendo lida em português. No século XXI, em 2016, o filme *Lou*, dirigido pela cineasta alemã Cordula Kablitz-Post, embora de forma reducionista, trouxe ao grande público a imagem de uma mulher transgressora e livre, que se relacionou com Nietzsche, Paul Rée e Rainer Maria Rilke em pé de igualdade — algo bastante incomum para a época.

Essas são algumas das razões que me fizeram receber como um presente o convite para escrever o prefácio da tradução para o português do romance *Ruth*, de Lou Andreas-Salomé. Escrito em 1896, esse romance, de forte inspiração autobiográfica, reflete a vida de Lou, que, assim como a protagonista que dá nome à obra, aos 17 anos teve um tutor muito mais velho, Hendrik Gillot, que lhe ensinou teologia, literatura e filosofia, e chegou a pedir sua mão em casamento.

Ruth é um romance que, mesmo no século XXI, permanece longe de ser anacrônico. Sua narrativa ágil convida o leitor a saborear cada página com renovado entusiasmo e crescente curiosidade sobre o desfecho da relação tensa, intensa e paradoxal entre Ruth – a jovem excêntrica e fora do comum – e Erik, o professor brilhante, idealista, mas conformado com uma vida medíocre pela lealdade à esposa adoentada. À primeira vista, *Ruth* parece desempenhar o papel da órfã pobre acolhida por uma família gentil. Contudo, sua presença gradualmente desestabiliza o *status quo* da tradicional família pequeno-burguesa. Sobre a escrita de *Ruth*, Erik faz um comentário que também ecoa na obra de Lou: "Versos como aqueles poderiam ter sido escritos por

Santa Teresa quando criança, antes de ela ter relacionado suas visões a Deus." De fato, é surpreendente encontrar na escrita de Lou elementos que prenunciam a hipótese do inconsciente, ainda antes de seu encontro com Freud. Além disso, sua personagem Ruth ultrapassa os limites da histeria e da lógica fálica muito antes de Lacan formalizá-los, antes de Marguerite Duras criar Lol V. Stein e de Clarice Lispector inventar G.H. Não revelarei mais, para que a leitora e o leitor possam mergulhar nos afetos e surpresas que este romance tão singular proporciona.

Mas há um detalhe que não posso deixar de comentar. Por uma curiosa coincidência, li *Ruth* logo após concluir a leitura de *Anna Karenina*, de Tolstói, finalizada em 1877, com um delicioso grupo de leitura do qual faço parte. Essa sequência despertou em mim reflexões sobre a importância simbólica das linhas férreas, que marcaram a transição do século XIX para o XX na Europa, e sobre as tensões políticas que culminaram na Revolução Russa. Pensei nas tramas intrincadas que entrelaçam o público e o privado e no papel transformador da literatura, com suas memoráveis personagens femininas. Se Anna, com seu trágico fim, parece se oferecer ao atropelo da locomotiva que simboliza o futuro implacável, Ruth, por sua vez, retorna à estação, decidida a explorar um novo destino possível para as mulheres.

Ana Laura Prates, psicanalista e
Membro da Escola de Psicanálise dos
Fóruns do Campo Lacaniano – Brasil
Apresentadora da TV GGN
Pesquisadora da Unicamp
Escritora e Editora

I

CORTANDO O SILÊNCIO DA MANHÃ, ouvia-se apenas o longo trinado dos pequenos tentilhões, entre as novas folhagens das bétulas. Não muito distante da capital russa, a larga estrada não pavimentada estendia-se solitária sobre o campo plano, no meio da névoa matinal, na direção da via férrea finlandesa. Uma carroça com xalmas, que carregava algumas peças de mobília, passou no caminho com certa dificuldade, sacolejando muito. O carroceiro desceu do assento, tirou dos ombros uma pequena pele de carneiro, e, vestindo apenas uma camisa vermelha, caminhou ao lado de seus dois cavalos magros, cantando uma canção popular que ressoou tristemente junto ao canto dos pássaros.

Atrás das bétulas, surgiam, aqui e ali, algumas casas de campo, em sua maioria construções de madeira, com venezianas fechadas e portas de varandas pregadas com tábuas de madeira; ou, então, reluzia um jardim, onde algumas pessoas se encontravam ocupadas varrendo as folhas de inverno e arrumando os canteiros para o verão – seria só no início das férias nas escolas públicas é que a região se animava.

A carroça com os móveis parou diante de uma casa afastada, bem distante do resto da vizinhança, entre arbustos baixos de salgueiros e um gramado úmido. A casa não era especialmente grande, porém possuía o mais belo de todos os jardins. As árvores de primavera que o cercavam estendiam, sobre ele, um delicado véu de cor marrom e, em volta, sobre a cerca de ripas de madeira gastas pelo tempo, agrupavam-se os belos lilases, com seus brotos de folhas verde-claras.

— Empurre o portão de fora! — gritou para o carroceiro uma voz animada, num russo meio incompreensível, e logo depois um adolescente atravessou correndo o jardim.

Lentamente, a carroça avançou sobre os saibros até a parte detrás da casa, de onde se podia subir alguns degraus até o terraço aberto, que abrigava a porta de entrada.

Uma criada idosa, com um estranho capuz frísio na cabeça, já o aguardava na parte de baixo. Ajudou-o com muito empenho no descarregamento da carroça e mandou que os móveis fossem colocados na sala de visitas, que, com suas amplas janelas, tinha uma bela vista para o terraço. No interior da sala, havia uma porta aberta a um pequeno recinto lateral, que parecia já estar totalmente decorado. Entre as coisas encontradas na casa de campo alugada, depois da mudança da casa da cidade, aparentemente havia tudo do melhor e mais confortável para prover ordem e conforto.

Junto à porta, deitada sobre uma cama protegida por cobertas penduradas à sua volta, havia uma mulher pálida, não mais tão jovem, cujos traços refinados revelavam resquícios de uma incomum beleza antiga. Sob as pálpebras semicerradas, ela acompanhava, atenta, todo movimento dos que iam e vinham.

Então ela ouviu uma voz vinda do terraço, na qual havia um riso que passava pelos grandes olhos azuis.

— Erik! — chamou ela, suplicante. — Venha para cá, para junto de mim. Venha aqui.

Ele estava em pé diante da janela do terraço, usando um robe escuro, as mãos enfiadas nos bolsos laterais, e um cigarro entre os dentes. Ao ouvir o chamado da esposa, ele se virou e entrou na sala.

Ela sempre tinha a sensação de que uma brisa vital o acompanhava, quando ele se aproximava dela daquele modo.

— Então, Bel — disse ele alegremente, — você precisa ver. O sol agora está irrompendo em meio à névoa. Eu levarei você para fora, para o jardim. Já montamos a sua grande espreguiçadeira lá atrás, ao lado da fonte.

Ela sacudiu a cabeça.

— Não terei sossego lá fora, enquanto tudo aqui ainda estiver no meio de tanta confusão. Como é que estão as coisas em seus aposentos, Erik? Desde que viemos para cá ontem, vocês só cuidaram de mim. Sabe, o pior é que nada mais estará em ordem, a vida toda. Tudo ficará espalhado por aí.

— Mas, Bel! — retrucou ele, irônico. — Qual é o sentido, no caso, de arrumar tudo isso? Que preocupações e dores são essas?

Porém, Clara-Bel não se juntou ao tom irônico, mas olhou tristemente em volta. Então, impaciente, ele acrescentou:

— Você terá de se conformar com isso, seriamente. Não ficar começando tudo de novo. Certamente, você foi criada, como a mais meticulosa de todas as donas de casa, para se sentar atrás da mais brilhante das máquinas de fazer chá; mas, em vez disso, ano após ano, precisa ficar aí deitada, observando, imóvel, como suas duas donas de casa masculinas, Jonas e eu, fazem isso despreocupadamente. É difícil, eu sei. É difícil reprimir seu talento. Mas você não poderá ser poupada dessa situação. Você deverá, finalmente, superar isso.

— Jonas poderia ser quase uma filha para mim, Erik, se você quisesse.

— Que ele fosse uma filha? Não, eu não quero isso. Como é que você pode falar tamanha bobagem, Bel?

— Não é uma bobagem, Erik. Você é tão rigoroso com ele, que, por isso, muitas vezes ele fica intimidado na sua frente, não consegue se expressar direito. Mas sente prazer em me servir, mesmo nos assuntos domésticos. Você não pode me permitir essa alegria?

— Não — disse ele secamente —, não assim como você está pensando. Não quero que ele fique afeminado. Cabe a mim servi-la.

Ele interrompeu a conversa, porque a criada entrou. Ela queria pagar o carroceiro.

Erik colocou algum dinheiro sobre a mesa, que, ainda empoeirada, havia sido disposta no meio da sala.

— Essa é a gorjeta, Gonne. Não, não precisa dar troco. É pouco para tanto trabalho.

Quando ela saiu, ele olhou para o porta-moedas com um sorriso reprimido e, depois, para a sua mulher.

— Temos incrivelmente muito dinheiro, Bel. Afinal, quem o tiraria de nós nesse recanto afastado. Não é verdade?

— Ó, Erik, não pode ser. Nesse "recanto afastado" escolhemos, para nós, uma das casas de campo mais caras. Eu nem ousei dizer qualquer coisa em contrário. Mas se você soubesse como isso me pesa em silêncio... Afinal, é você que precisa empregar toda a sua força para ganhar tanto dinheiro.

— Empregar toda a minha força? — repetiu ele, lentamente. — Que pena, Bel, que não é verdade. Eu quase acredito que seria muito bonito fazer isso gratuitamente. De fato, sem permanecer apenas com aquelas míseras aulas. Não, neste país sagrado, logo esquecerei que, no geral, preciso empregar muita força. Então pelo menos vamos nos alegrar, nesta vida, por eu ter dinheiro. Afinal, não peregrinamos até aqui especialmente para isso, há meio ano?

Ela não percebeu a ironia em seu tom de voz.

— Sim, Erik, é bom que para você tudo sempre parece ser muito pouco e fácil demais. — disse ela. — Você tem um ânimo tão estranho... Mas, verdadeiramente, eu não saberia como você, com toda boa vontade, poderia encaixar mais horas de aula.

Um laivo de angústia perpassou seu rosto. Ele não respondeu, mas virou-se e apoiou-se na ampla janela da sala de estar. Jonas retornara do jardim, parou ao lado do pai e olhou para fora.

A última névoa lutava contra o sol do mês de maio; podia-se distinguir, no fundo do jardim, alguns grupos de árvores frutíferas, em cujo centro despontava uma fonte em ruínas. Num segundo plano, um pequeno bosque de bétulas, choupos e salgueiros, com trepadeiras suspensas, bloqueava a visão. Mais próximos à casa, alguns poderosos olmos estendiam seus galhos até a parte de cima do telhado.

Delicado e barulhento, o primeiro rouxinol do ano aproximou-se dos dois na janela. Por um instante, eles ouviram, calados.

Com os rostos do pai e do filho tão próximos um do outro, a semelhança entre eles ficou evidente; isso era ainda mais perceptível pelo fato de Erik não usar barba. A mesma cabeça loira, com uma testa e um formato do crânio bastante amplos, o mesmo nariz com a ponta um pouco arredondada, e a mesma boca grande, bastante expressiva, ao falar e sorrir. Mas, visivelmente, esses traços um pouco rudes precisavam de várias décadas para se tornarem refinados e cativantes. Os traços de Erik haviam se tornado eloquentes em todas aquelas refinadas linhas e sombras, que lhes emprestavam um encanto anímico, quando a juventude foi embora. Por outro lado, Jonas ainda possuía um rosto jovem, em formato de maçã, que, em sua completa inocência, fazia com que muitas vezes parecesse menos esperto do que realmente era. Poderíamos chamar de belos apenas os grandes olhos azuis da mãe, e também a pele brilhante, que nela só desbotara por causa da doença.

Clara-Bel estava deitada em silêncio, observando suas duas pessoas mais amadas. Em pensamentos, ela via Jonas já maduro, na figura adulta de seu marido; acreditava reconhecê-lo no rapaz que ele fora no passado, quando o conhecera e ele pedira sua mão. Não eram tantos anos que, na época, o distanciava da idade de Jonas — Erik só tinha vinte e um anos quando o filho nasceu. Sempre que ela refletia sobre isso, sentia um pouco de orgulho. Ele se apaixonara tanto que se casou com ela no mesmo instante, em meio a seus animados tempos de estudante em Paris! Erik, o talentoso, o ambicioso, um homem precocemente intelectualizado e cidadão do mundo, ligou-se a Clara-Bel, uma simples babá, que, apenas pela sorte de um emprego vantajoso, foi levada de sua pequena terra natal, Haarlem, na Holanda, aos elegantes círculos sociais de Paris. Conduzindo crianças estranhas pela mão, ela espiava admirada os salões em que ele transitava. Mais tarde, ambos viajaram de Paris até a Alemanha e a Inglaterra, e viveram alguns anos com reduzidos recursos, que logo se esgotaram. Os estudos de Erik deveriam ser mais amplos, abrangendo igualmente as ciências humanas e naturais, mas quando Jonas completou dois anos, ele teve de se concentrar, com um esforço férreo, em concluí-los rapidamente e ganhar o pão de cada dia. Ofereceram-lhe um modesto cargo no ensino, totalmente fora do mundo, bem distante, junto ao mar, numa ilha frísia. Clara-Bel ficou feliz que sua louca e feliz vida de estudante tivesse se transformado em uma rotina tão calma e organizada, mas sentiu pena de Erik.

Em primeiro lugar, porque certamente ele tinha vocação para coisas bem maiores do que essa vida dependente e calma em função de mulher e filho, e, depois, porque ela nem conseguia imaginá-lo de outro modo, a não ser no imenso contexto de uma cidade cosmopolita e num amplo relacionamento com uma sociedade culta e refinada, que o arrebatasse e que fosse arrebatada por ele. Quando, pela primeira vez, ela o viu entre as pessoas simples do povo, ele lhe pareceu um príncipe encantado. No entanto, ela o conhecia, e não duvidava que, de algum modo, ele também logo encantaria as pessoas, até elas corresponderem melhor às suas demandas principescas.

Para seu espanto, tudo se deu de forma bem diferente. Erik não tentou impor sua maneira de ser aos outros; em vez disso, ele adotou a deles. Logo, ele era visto, com frequência, usando pulôver de marinheiro e calças de couro, como em seus antigos trajes típicos. Ele absorveu tão intensamente o ambiente ao redor que parecia genuíno nessa nova atmosfera. Mas a consequência foi que ele dominou totalmente aquele entorno. Não se entregou, como Bel temia, a reflexões sobre as amplas perspectivas de seus desejos ambiciosos. Talvez a sua natureza fosse ativa demais para isso.

Tudo o que surgia, ele agarrava, vivendo intensamente o presente e acreditando no futuro com a fé de uma criança.

Clara-Bel ergueu-se um pouco nos seus travesseiros e apoiou a cabeça na mão. Mais do que isso, ela nunca pensava.

O brilho de uma alegre lembrança surgiu em seu rosto, que o rejuvenesceu. Os cachos artisticamente arrumados, que emolduravam seu rosto, em vez de um penteado qualquer com os cabelos presos, ainda possuíam a mesma belíssima cor dourada de outrora. Apenas na parte detrás da cabeça, eles haviam se tornado mais finos, devido ao longo período em que permanecera deitada, e ali até já se formara uma pequena calvície dissimulada.

— Agora, precisamos ir à escola, Jonas — observou Erik, afastando-se da janela.

— Você vai ver as meninas hoje, papai? — perguntou ele, interessado.

— Sim. Mas você não precisa esperar por mim de novo no caminho até o portão da escola de meninas e ficar ali à toa — retrucou Erik com um olhar de soslaio, que deixou Jonas envergonhado. Sem uma palavra de protesto, ele saiu trotando da sala.

— Jonas está começando cedo! Ele se saiu a você, Erik! — disse Clara-Bel sorrindo, e como se, com essas palavras, ligasse o pensamento a alguma outra coisa, ela tirou uma carta já aberta do meio de um monte de objetos espalhados sobre uma mesinha baixa ao lado de sua cama.

— O convite ainda está aqui. Se você quer mesmo desmarcar, não o esqueça hoje lá na cidade. Ou você pretende fazer isso pessoalmente?

Ele estendeu a mão para pegar a carta e passou os olhos pelo seu conteúdo rapidamente. Era um breve convite, assinado: "Warwara Michailowna". Distraidamente, Erik amassou o papel em pequenas dobras e atirou-o sobre a mesa.

— Quero lhe perguntar algo, Erik.

— Sim, Bel?

— Diga-me, você não frequenta mais todo esse círculo de pessoas só porque ela se tornou perigosa para você?

Ele começou a dar risada.

— Não, Bel, quanto a isso, pode ficar sossegada.

— Mas ela não conseguiu atraí-lo muito, por um tempo?

— Sim, ela fez isso. É o que consegue toda mulher coquete, tão encantadora como ela.

— Sempre achamos que as jovens viúvas são coquetes. Eu não pensaria isso de Warwara. Você pensa isso dela?

Ele olhou surpreso para a mulher.

— Sim, naturalmente. Todas as mulheres bonitas o são. Mas não se deve fazer a menor crítica a ela. Isso faz parte delas, assim como a beleza. O contrário seria quase inadequado. E é bom; talvez um motivo pelo qual a beleza não cause nenhum prejuízo muito profundo. *Adieu*, Bel; está na hora de irmos à estação.

Estendeu o rosto para receber seu beijo. Mas quando Erik se inclinou em sua direção, ela enlaçou seu pescoço com as duas mãos e o segurou por um instante, olhando para seu rosto atentamente.

Com bastante paciência, ele permaneceu quieto.

— Você! — disse ela, com a boca sorridente, deixando-se beijar e, depois, soltando-o.

Erik e Jonas já haviam ido embora, e Gonne arrumava os quartos, afoita e ruidosa, enquanto Clara-Bel ainda refletia sobre a última conversa com o marido. Ela não costumava cismar e pensar demais nas coisas, muito pelo contrário. Mas quando se é obrigada a ficar deitada, quieta, o tempo todo, sempre de costas, olhando para o teto branco do quarto, acabava pensando em tudo que é possível, e também se mergulha na reflexão. Na verdade, Clara-Bel não pensava nunca em si mesma, sempre apenas indiretamente. Ela basicamente conhecia só três pensamentos sérios, por assim dizer, importantes, que exigiam uma maior concentração: Erik, Jonas e a temida desordem no ambiente doméstico. Porém, era estranho quanta coisa se podia fazer com esses três pensamentos, se os combinássemos com habilidade. Poderíamos achar que são milhares.

Entretanto, Erik havia dito: a beleza não causa nenhum prejuízo profundo. Sim, isso era de fato uma sorte; pois Erik era bastante receptivo para a beleza. Mesmo quando ela, Clara-Bel, ainda tinha saúde e andava por aí, isso a deixava intranquila. Felizmente ela mesma era muito bonita, mas era loira, e lhe parecia que as morenas também o interessavam. Certamente, ele já havia se apaixonado, inúmeras vezes. Mas houve uma pequena vez em que ela se assustou. Assustou-se formalmente, para além de toda a alegria que sentira até então. Foi durante o segundo ano na ilha. Erik começou a deixá-la muito tempo sozinha; às vezes, ela sentia que não bastava mais para ele como antes. Ele também tornou-se muito lacônico. E, finalmente — sim, finalmente —, ela fez o que ele nunca na vida poderia descobrir: ela o seguiu secretamente.

Foi numa noite tépida e escura do mês de abril. O mar estava imóvel, e, no céu, anunciava-se a primeira tempestade de primavera. Clara-Bel o viu sair de uma casinha na duna e passar por ela, perdido em pensamentos, e, depois, encaminhar-se para casa. Naquela casinha, morava a mulher mais estranha de toda a ilha. No entanto, era muito bem vista por todos, por causa de sua compreensão, sua postura diante de destinos difíceis e instáveis e por um raro patrimônio de sabedoria e experiência, em cuja plenitude ela se apoiava quando conseguia com que um homem refinado, afetuoso, conhecedor dos seres humanos, falasse e se abrisse com ela. Era a senhora Larsen, uma senhora de sessenta anos que mancava. Desde aquela noite, Clara-Bel nutriu uma confiança ilimitada em seu marido.

*

ERIK PASSOU AS PRIMEIRAS HORAS DA MANHÃ na escola com o filho. Por volta de meio-dia, ele foi à grande escola secundária para meninas, bem distante dali. Subiu num bonde de tração animal que passava, e, em um dos últimos pontos de parada, um colega entrou no veículo. O homem parecia muito acalorado e, mesmo depois de saudá-lo, continuou com o chapéu nas mãos, abanando-se com um lenço.

— Como vai, senhor Matthieux? — perguntou ele a Erik, com a respiração ofegante. — Aqui, na cidade, o mês de maio já está insuportável, de fato, pelo menos para andar pela rua. E, apesar disso, não temos coragem de tirar o sobretudo de verão, pois a qualquer instante podemos esperar um golpe de ar gelado vindo das montanhas Newa. Sem transições, sem uma temperatura normal. Um clima mortal.

Ele acompanhava as palavras com tantas gesticulações que dava a impressão de que nunca mais na vida conseguiria se refrescar. Erik observou com um rápido olhar aquele homem sentado à sua frente, com mais ou menos a mesma idade que ele, sobre cujos cabelos, já raros e fortemente desbotados, o forte sol de maio atirava seus raios que vinham de fora, como que zombando.

Se isso aqui é meu futuro? Um mês de maio insuportável, pensou ele, e disse em voz alta:

— Devo confessar que tenho um fraco por essa primavera russa. Ela pode ser descortês, talvez mais mal-humorada e perigosa do que qualquer outra, mas, por outro lado, é um milagre. Ela vacila por tanto tempo, e, depois, chega tão inesperada e improvavelmente bela que nem acreditamos no que vemos.

— Sim, sim. Se pudermos ter olhos para isso. Sempre no final do ano letivo eu viajo de volta à Alemanha para descansar das condições do clima e dos golpes de vento russos. Estou escrevendo um livro; faço isso sempre nas férias, na Alemanha. É meu descanso. Então resta pouco para o verão. Todos nós nos sentimos assim — todos que precisamos nos sobrecarregar com um trabalho intelectual.

Erik calou-se por um instante; depois, retrucou calmamente, como se concluísse um pensamento mudo.

— Naturalmente, eu me vejo como um "trabalhador intelectual" apenas em uma pequena fração.

— Ora, o senhor não quer dizer que, só por estar lá..., por ter permanecido tanto tempo em condições campestres...? Mas, por favor, com seu conhecimento e seu talento! Por que o senhor não poderia também produzir uma obra?

Erik deu risada.

— Não, não é o que eu quis dizer. Não que talvez eu pudesse de fato ter ficado um pouco embrutecido naquele lugar. Não pela falta de livros. Pois nós, os professores, em especial, trabalhamos principalmente com material humano.

Parece que já estamos, de algum modo, do lado de fora dos gabinetes dos eruditos. Entramos no meio da vida.

— Hum! — disse o colega. — Eu acho que só conseguimos nos aproximar das pessoas muito superficialmente. O que permanece, de fato, é apenas o trabalho de gabinete. Mas me diga, falava-se por aí que o senhor, há alguns meses, quis realizar uma série de palestras? O que aconteceu com isso?

Os olhos de Erik se anuviaram.

— Não aconteceu nada com isso! — disse ele secamente. — Negaram-me a utilização do salão!

— Veja só! Veja só! Isso vem da sua visão desconfortável da profissão de professor fora da sala de aula. Há o temor de que o senhor poderia tornar-se um pouco animado demais. Afinal, todos nós andamos por aí com as mãos atadas. O senhor sabe disso! Mas com uma coisa o senhor deveria se consolar: aqui, não existem pessoas nas quais algumas coisas pudessem esquentar e ter efeito. Aqui, existe apenas o povo, ao qual não podemos nem devemos falar; e um público, que quer se divertir.

Ele falou muito afoito, mas Erik não respondeu. O bonde parou, e ambos desceram.

— Então o senhor assumiu mais algumas aulas na escola de meninas? — retomou seu acompanhante a conversa, e como ele começara a andar mais devagar e fixar o olhar no pavimento da rua através dos óculos, sua aparência ficou mais tristonha e sonolenta, antes apressada e confusa. — Sim, querem explorá-lo, usando-o para tudo! O senhor deveria assumir essa classe apenas no outono!

— Mas precisavam de gente. E, também, eu quis conhecer as meninas. Sentir como são, antes que eu assuma no outono.

— Ora, mas o senhor vai se enjoar. Sabe, essa espécie é terrível! E, entre elas, não há nenhuma com o mínimo talento para a matemática. Elas não sabem fazer nem as contas básicas.

— Graças a Deus! — disse Erik.

— Não, não interprete isso ironicamente. Como professor de meninas, esquecemos de dar risada. Agradam-lhe as adolescentes de sua classe?

"Belas garotas!", quase respondeu Erik; mas, quando constatou a expressão preocupada de seu acompanhante, engoliu o comentário a tempo e só retrucou:

— Elas trazem estímulos, distração. Veja aqui, em minha pasta de couro, todo um monte de cadernos de redação. Coisas muito curiosas. Eles ainda remontam ao meu antecessor. Pedi que os entregassem a mim só para me orientar. Também encontrei no meio deles uma verdadeira esquisitice.

— Não fiquei curioso, não! — assegurou-lhe o colega da matemática, apertando os olhos, quase fechando-os. — Certamente que não. Mas o senhor é uma pessoa digna de inveja. Eu soube, de seus antecessores, que esses cadernos azuis de redação às vezes causavam-lhes pesadelos à noite.

— Foi apenas um castigo bem-merecido! — disse Erik, dando risada, enquanto eles passavam por baixo de um elevado portal e entravam no edifício da escola. — Afinal, por que lhes davam temas de redação tão difíceis, como, por exemplo, este último aqui: "Sobre a felicidade". Pobres meninas que precisam descrever numa bela linguagem o que elas ainda nem desfrutaram.

Eles pararam diante do largo vão de pedra da escadaria, que ligava o corredor do vestíbulo ao andar superior, das salas de aula.

— Aprender a escrever em alemão é algo que elas certamente podem fazer, e esse é o objetivo — comentou o colega rigidamente, pois o último comentário o havia desagradado bastante. — Seu antecessor, por certo, não pensou em nenhuma felicidade pela qual se deve abandonar a escola. Mas aqui nossos caminhos se separam. Quero dizer, literalmente.

— Então, até logo!

— Desejo-lhe o melhor dos "estímulos"!

Erik subiu a escada e caminhou pelo alto corredor onde ficavam as salas de aula. Abriu a porta de uma delas e olhou para seu relógio. O recreio do café da manhã ainda não havia terminado. Os raios solares do mês de maio haviam atraído as meninas ao amplo pátio da escola; elas podiam ser vistas dali, através da grande janela aberta, andando de um lado a outro e brincando, aos pares. Bem perto, logo abaixo da janela junto à qual ele se sentara, havia um chafariz com um banco de madeira. Um grupo de meninas, já quase adultas, sentara-se ali confortavelmente — as risadinhas e as tagarelices chegavam muito claras até os ouvidos de Erik, no andar de cima.

Nas salas de aula ao redor e no corredor, tudo estava silencioso; apenas raramente ouvia-se uma porta bater ou alguém chamar. O sol penetrava na sala pelas venezianas de enrolar das janelas, abertas até a metade, e algumas moscas zuniam ao redor de migalhas de pão sobre os bancos empoeirados.

Erik pegou os cadernos azuis e começou a folheá-los. Ao fazer isso, de tempos em tempos, soltava um suspiro. Basicamente, eles eram mesmo cadernos escolares bastante entediantes. Uma adolescente como essas até podia ser interessante, sem dúvida, como pessoa, como mulher, como adolescente, e até como um mundo por si só; mas, de tudo isso, nada entrava na redação escolar. Nada surpreendente! Afinal, não é o que ocorre com todos os livros escritos no mundo? O menor dos aspectos de uma vida real não é mil vezes mais rico, mais elucidativo?

Ele se levantou e lançou um olhar sobre o grupo das meninas risonhas e tagarelas junto ao chafariz. Aquelas que ele conseguia ver a partir do ponto em que se encontrava, certamente faziam parte da sua nova turma de alunas, portanto, carregavam em suas consciências aquelas entediantes redações. Ele as perdoou, enquanto olhava para elas — essas criaturas tão novas, que ainda possuíam o direito de serem belas sem terem nenhuma beleza. Dentre elas, podia-se facilmente distinguir alguns tipos bem determinados, apesar de pertencerem a diversas nacionalidades. Três línguas diferentes circulavam confusamente entre elas. Ele identificou nitidamente o tipo mais doméstico e o mais mundano. Ambos possuíam algo bem atraente — o ar meio malicioso, que sobressaía tão femininamente inocente sob os cachinhos enrolados com zelo sobre a testa, como também o olhar tão suave e civilizado, sob a franja à moda das Madonnas. O gênero infantil em si quase não era mais representado entre essas adolescentes. E, por isso, talvez havia tão pouca coisa atípica como um todo, tão pouca coisa individual — já se podia classificá-las, já eram firmemente marcadas pelo entorno em que foram educadas, onde, no entanto, não havia educadores nativos e pescadores de pessoas de acordo com o ideal de Erik, mas apenas pessoas comuns, funcionários e profissionais em geral.

De modo aleatório, suas mãos vasculharam entre os cadernos, como se ele desejasse castigar a si mesmo com suas mentiras. Sim, ali estava a "estranha" dentre as redações — em todo caso, algo altamente individual.

Em vez do título "Sobre a felicidade", havia outro, "A serenidade!" — e algo desse título ecoava, como um anseio e um júbilo, ao encontro da leitura de cada uma das linhas. Ela não estava escrita numa prosa sensata, menos ainda corrigível, mas em versos, totalmente incorrigíveis e selvagens, dos quais a linguagem fora arrancada. Apesar disso, esses versos exerciam certo efeito no leitor, por mais que fossem escritos com muitos erros. Ou muito mais, que fossem sonhados. Pois, basicamente, igualavam-se a um sonho pouco claro, um simples gaguejar de pensamentos, um rebelar-se contra a palavra e a lógica. Porém, de maneira inegável, havia neles sentimentos poderosos. Ficava-se, no mais alto grau, impaciente na leitura, mas também se era acometido por um desejo premente, impaciente, de que, aquele que sonhava e gaguejava, no caso, soltasse a língua com violência, para dar um esclarecimento sobre a sua alma. Versos como aqueles poderiam ter sido escritos por Santa Teresa quando criança, *antes de ela ter relacionado suas visões a Deus*, pensou Erik. *Qual delas ali, no pátio, poderia ser a autora?*

O alto som de algumas palavras agitadas chegava até ele e o distraía da leitura. Ele ouviu uma das vozes femininas dizer, com uma grande energia:

— Ele deve ser infeliz. Eu o quero assim. Tão infeliz quanto possível. Senão eu não o faço.

— Não, não, sou totalmente contra! — clamou outra, num tom compassivo.

— Ora, eu já seria a favor — tentou recomendar uma terceira —, se for apenas por algum tempo. Mais tarde, para compensar, ela se casa com ele.

— Casar? — perguntou a primeira voz, surpresa. — Não, nem penso nisso! Ele é e permanece infeliz, é o que lhes digo. Uma vez por todas. Mas casar-me com ele, isso eu não vou fazer.

O caderno caiu das mãos de Erik. Ele se apoiou no peitoril da janela e olhou para baixo, cuidadosamente. Gostaria muito de saber como era a cruel criatura que queria ver aquele infeliz martirizado pela vida inteira, e nem se casar com ele.

Provavelmente, ela se sentara bem junto ao muro do edifício e estava tão encoberta pelas outras meninas que Erik não podia inclinar-se mais para a frente sem ser visto por elas do pátio embaixo. Ele só conseguiu ver dois pés magros, bem esticados para a frente, calçados com sapatos abertos e meias escuras.

Então todas começaram a papaguear ao mesmo tempo, numa confusão em que ninguém conseguia entender nada.

Enquanto mordia uma maçã com muito empenho, uma adolescente muito bonita, de cabelos escuros, disse:

— Acho realmente muito estranho da sua parte. Por que então nós o preenchemos com tantas qualidades especiais, se você nem mesmo vai aceitá-lo? Ele obteve o que há de melhor. Se ele fosse apenas nobre e infeliz, poderia ter permanecido com características mais comuns, vocês não acham?

— Deixe-a, Vera, veja que ela já está planejando outra coisa, em silêncio, talvez alguma coisa bem mais bonita — disse uma menina pequena, loira, usando um avental de peitilho delicadamente bordado —, e, se vocês não a deixarem em paz, ela não o dirá a nós, no final.

— Você tem algo para nós? Tem? É bonito? — gritaram elas, ansiosas.

— Não é nada para vocês! Mas é de todos os mais belos contos de fadas! — explicou a inquirida junto ao muro do edifício. — Vocês conhecem os versos de Uhland[2]?

---

2 Johann Ludwig Uhland (Tübingen, 26 de abril de 1787 — Tübingen, 13 de novembro de 1862) foi um destacado poeta alemão do romantismo. Formado em jurisprudência pela Universidade de Tübingen, onde mais tarde atuou como professor honorário de literatura alemã, Uhland se destacou por sua poesia lírica de forte conexão com a tradição popular e histórica. Um de seus poemas mais conhecidos, Der gute Kamerad ("O bom camarada"), tornou-se parte integrante dos funerais militares das Forças Armadas alemãs.(N. da T.)

Então ela começou a declamar, com uma voz suave:

Nos braços do amor, vocês repousam, embriagados
Os frutos da vida lhes acenam
Um olhar apenas caiu sobre mim
Pois diante de todos, eu sou rico.

Gosto de sentir falta da felicidade da Terra
E um mártir olha para cima
Pois sobre mim, numa dourada distância
O céu se abriu.

Até as últimas palavras soarem, elas permaneceram à escuta, com expressões solenes, numa espécie de intensa devoção.

— Ó — exclamou a bela e morena Vera, verdadeiramente emocionada. Uma segunda acrescentou, também tocada:

— Sim, então, naturalmente...

Mas aquela que declamara só ficou rindo. Ela riu tanto, de dentro para fora, tão inocentemente e com trinados tão convincentes na garganta, que Erik, lá em cima, em sua janela, quase começou a rir também, e, de repente, até se sentiu numa espécie de comunhão com ela. Entre as meninas, algumas também começaram a rir baixinho. Mas a maioria ficou amuada.

— Você não leva nenhuma vida a sério! — disse a primeira da classe, acusando-a. Porém, outra afirmou:

— Ela não tem coração. Ela ri das próprias palavras, e de nós também.

Apenas a menina loira, bonitinha, parecia acolher docemente a declamadora risonha, e lembrou-lhe:

— Você prometeu finalmente nos mostrar o "infeliz". Fará isso hoje, no caminho para casa?

— Sim, eu vou. Pois quero cedê-lo a vocês. Façam-no tão feliz quanto quiserem.

— Então você está pensando em algum outro?

A sineta que soou para o reinício das aulas interrompeu a tagarelice naquele instante crítico. De braços dados, elas caminharam lentamente para dentro do edifício da escola. Porém, aqueles pés magros continuaram esticados debaixo do sol.

Agora poderei vê-la, pensou Erik, e, com uma expressão séria, inclinou-se para a frente. A conversa das meninas o deixara muito tocado.

Ele a viu.

Contra a parede pintada de cinza do edifício, ela estava relaxadamente encostada, os braços erguidos, com as mãos apoiando a parte detrás da cabeça, sentada em um barril de água da chuva virado para baixo, às vezes usado como banqueta naquele canto tão apreciado do chafariz. Os cabelos decididamente loiros, acinzentados, sem brilho, eram usados soltos, e caíam suaves e cacheados, em certa desordem, sobre o peito e os ombros. A fita vermelho-escura, que deveria mantê-lo amarrado junto à nuca, havia escorregado e movia-se lentamente com a brisa. Era o único ponto colorido e adorno no quadro geral, pois toda a figura franzina inseria-se num vestido solto, cinza-azulado, que não revelava semelhança alguma com vestidos belamente trabalhados, espartilhos, fitas e aventais das outras meninas. Acima dos quadris magros, enlaçados por um simples cinto de couro, mal se conseguia identificar o delicado início dos seios entre as pregas, e conferia à menina algo de especialmente pueril. Mas, acima disso tudo, havia um rostinho irregular, quase contagiante, em sua irreverente alegria. Sentada ali, o tronco inclinado para trás, os olhos meio escuros, erguidos, iluminados, os lábios entreabertos como no início de um riso ou numa sede premente, de modo que, sob o lábio superior curto demais e fortemente encurvado, sobressaíam dentes muito brancos. Ela dava a impressão de estar se preparando para, a cada instante, romper alegremente todos os limites – quase sem querer, imaginava-se um bastão de Tirso[3] nas mãos entrelaçadas atrás da cabeça — e o menino Baco estava formado.

Quando ela se empertigou, rápida e subitamente, e saltou para dentro do edifício, Erik saiu de sua posição inclinada junto à janela e arrumou apressadamente seus cadernos. Enquanto caminhava em direção à sala de aula, um riso surgiu, refletindo sua própria perplexidade. Em todo caso, dois cordeiros de seu rebanho não faziam parte daquela entediante mediocridade: a Santa Teresa e, depois, aquela terrível traquina imprestável.

Enquanto isso, no corredor, tudo estava agitado, e, por alguns instantes, vindos de todos os lados e de todos os cantos, ouviu-se um zunido confuso, como um enxame de moscas revoando sob o sol de maio. Depois, o barulho enfraqueceu, as portas das salas se fecharam; aqui e ali uma retardatária ainda corria para tomar seu lugar; alguns professores, usando um fraque azul-marinho, o uniforme prescrito para essas escolas, passavam juntos, saudando a todos, ou então, permaneciam no corredor trocando algumas palavras. Na turma de Erik, tudo já estava em silêncio e na mais bela ordem quando ele entrou, com uma viva expressão no rosto. Por um instante, em pé sobre a cátedra, ele passou o

---

[3] O tirso (do grego clássico thýrsos; em latim thyrsus) era um bastão envolto em folhas de hera e ramos de videira, com uma pinha no topo.
Na mitologia grega (e posteriormente na romana), o tirso era associado a Dionísio (ou Baco) e às suas seguidoras, as mênades (ou bacantes). A hera e a videira, plantas emblemáticas desse deus, simbolizavam fertilidade, abundância e o êxtase dionisíaco. (N. da T.)

olhar sobre as cabeças loiras e morenas das meninas, quase todas dirigidas a ele, com olhares atentos e vivos. Apesar de ser apenas a segunda vez que se encontrava naquele lugar, diante de seu jovem auditório, ele já sentia nitidamente o clima de simpatia irradiado por todos aqueles olhares em sua direção. Ele a devia à sua própria proximidade, pois elas percebiam muito bem o genuíno interesse que ele tinha por elas como professor — para as loiras e também para as morenas, para as inteligentes e as menos favorecidas, as bem-intencionadas e as rebeldes. Entre os defeitos que poderia ter, ao menos um ele não possuía: o de ministrar sua aula como uma máquina de obrigações inanimada

Erik empurrou os cadernos azuis para a borda da mesa e disse, sentando-se:

— Os cadernos podem ser distribuídos novamente. Eles têm, em grande parte, um conteúdo bem lamentável. Espero que a continuação seja bem melhor. Porém, em relação a uma das redações, quero fazer uma pergunta.

Ele abriu a capa do primeiro caderno da pilha e perguntou, lendo o nome:

— Quem é Ruth Delorme?

A interpelada parecia estar esperando essa pergunta, pois já se levantara antes que seu nome saísse dos lábios do professor.

Ele lançou-lhe um olhar atônito. Era a figura de Baco do pátio da escola.

Agora, ela não transmitia mais aquela impressão tão estranha. O cabelo, penteado e preso, e a "seriedade de classe" em seu rosto incomodavam-no — talvez também porque ela abaixara os olhos. Erik teria preferido passar a mão pelo seu rosto, como se quisesse tirar uma máscara, para que ele pudesse ver a verdadeira Ruth por baixo dela. Mas isso a transformaria na garota travessa e sorridente de antes, e isso não combinava nem um pouco com a imagem revelada pela redação. Ele se lembrou da conversa estranha das meninas junto ao chafariz.

— Impossível! — foi a exclamação que escapou de sua boca.

Ela olhou para cima, surpresa.

— É sim — disse ela.

— Ela sabe sim! Ela sabe fazer versos! — algumas vozes afirmaram. Podia-se até perceber como se sentiam orgulhosas com aquela espécie de ilusionismo, e como achavam interessante o inesperado *intermezzo*.

— Versos, é até possível — rebateu Erik —, embora não sejam belos, de forma nenhuma. Muito pelo contrário. Porém, em uma aluna de colégio...

Ele interrompeu a fala, meio contrariado, e se aborreceu. A observação também era um tanto estúpida. Afinal, todas eram alunas de colégio, e uma delas deveria ter sido a autora. Deveria? Então, veio-lhe a ideia: e se nem fosse uma redação independente?

Ele voltou a folhear o caderno.

— Há uma redação anterior nele. Algo literário-histórico. Ela difere fortemente do resto. Várias linhas minuciosamente copiadas, e linhas erradas. Corre a lenda de que nas redações nem sempre se menospreza ajuda externa. Não seria essa a solução do enigma?

Porém, enquanto ele ainda falava, já se convencera de que estava equivocado, de que ela logo reagiria, e, com o orgulho ferido, afirmaria que ninguém a ajudara.

Então, de fato, ela sacudiu a cabeça e disse:

— Ninguém me ajuda.

Mas novamente ele olhou para cima, apreensivo. Que ressonância teve aquela afirmação! Quase como se ela dissesse, em meio às lágrimas: "Sou tão terrivelmente só!". Havia um acorde silencioso naquilo, que o emocionou — algo tão novo, inesperado, algo que ele não conseguiu conciliar com o resto.

Subitamente, ele não quis mais continuar sofrendo ali, na cátedra, naquela postura calma de professor. Um forte interesse, que se tornou uma sensação premente, encontrou sua expressão no fato de ele descer e se encaminhar ao banco escolar daquela aluna, no meio das outras.

Quando chegou bem perto dela, conscientizou-se de seu ato precipitado e retornou, não ao seu lugar na cátedra, mas ao seu papel de professor.

— Na modificação do título e no emprego de versos, há uma evidente divergência do texto anterior; existe uma exceção, aqui, feita pelo meu antecessor?

— Ele a privilegiou! Ela podia fazer o que quisesse! — gritaram algumas.

— Ela não pertence mais à escola! Só vem a algumas aulas! — gritaram outras.

— Eu vou embora logo — disse Ruth.

— Embora? Do vilarejo? — perguntou ele, acometido por um ardente pesar.

Ela ergueu os olhos.

— Não, só das aulas.

Quando seus olhares se cruzaram, ele viu o semblante dela se transformar. Não apenas os olhos se iluminaram, mas a luz passou pela testa e pelos olhos, como um sorriso, apesar de ela permanecer séria. A "expressão de sala de aula" desapareceu dos traços de seu rosto como um véu retirado da sua frente.

Ele lhe fez um sinal para que se sentasse.

— É uma pena — disse ele, então, andando para cima e para baixo algumas vezes, e, afinal, não ficou claro nem para ele mesmo quem estava sentindo pena, o professor ou a aluna, ou ambos. Mas ele acrescentou, rapidamente:

— É cedo demais. Sua redação ainda não revela um sinal evidente de maturidade.

Depois, com a retomada da aula, ele não fez mais nenhuma observação a ela, e também evitou chamá-la pelo nome durante esse tempo, apesar de ficar preocupado com a intenção da jovem de ir embora. Mas entendeu que esse vivo interesse por uma aluna estranha, mesmo que fosse exclusivamente como educador, deveria ser dominado e totalmente esclarecido antes de se render diante de algumas dúzias de curiosos olhares femininos. Ele conhecia bem os costumeiros entusiasmos das alunas pelos professores, e também não duvidava que era objeto desses entusiasmos, mas persistia em não se denunciar por meio do próprio comportamento, quando alguma vez uma jovem aluna o impressionasse — o que inevitavelmente ocorre entre pessoas de carne e sangue.

Ruth permaneceu quieta, sentada em seu lugar, acompanhando as palavras e os comentários do professor com olhares sonhadores. Era uma aluna bastante distraída e, em geral, não assimilava nada do que ele falava, apenas notava o modo como ele o fazia, com gestos bastante peculiares da mão. Ela notou também que ele possuía mãos esbeltas, ágeis, de formato nobre, mas levemente bronzeadas, como de alguém que esteve exposto a muito ar livre e sol — e isso lhe pareceu uma contradição que lhe deu o que pensar. A linha reta, um tanto abrupta, de seus ombros impressionou-a, como a figura de uma pintura, e também o cabelo, que, quando ele falava, caía-lhe sobre a testa num topete liso, que ele sempre jogava para trás com um pequeno solavanco da cabeça e, depois, a mantinha erguida altivamente. O cabelo, usado bem curto, era liso e denso, e Ruth aborrecia-se formalmente com o fato de ele, em nenhum lugar, ser um pouco mais cacheado, só um pouquinho. Ela imaginou

Erik usando longos cachos, mas eles pareciam um tanto esquisitos nele, então Ruth os cortou novamente. Essa ideia a fez rir; ela quase riu alto, e, por segurança, pressionou as mãos contra a boca.

Apesar de tudo, ela não parecia concentrar-se irresponsavelmente nessas superficialidades, mas sim como se estivesse refletindo intensamente e mergulhando dentro de si para resolver um problema complicado. Assim, ela permaneceu ali, sentada, em sua primeira aula, sem que ele notasse.

Ruth continuava com aquela mesma expressão pensativa, sonhadora, quando, no final da aula, todo um bando de meninas agrupou-se em torno dela para irem juntas para casa. Elas mal haviam conseguido aguardar aquele momento, em que Ruth deveria mostrar-lhes o "infeliz", que dominava todas as suas fantasias. De braços dados, umas atrás das outras, balançando as mochilas, elas desceram a rua, rindo e tagarelando, e dobraram a esquina logo abaixo, com Ruth na frente, sem dar atenção a elas. Algumas se viraram cuidadosamente, para ver se ninguém as seguia nos caminhos em que Ruth deveria conduzir; mas havia pouca gente na rua, só algumas criadas que carregavam as mochilas das meninas mais mimadas e que as seguiam a uma distância moderada. Bem atrás delas, podia-se ver Erik se aproximando.

— Na verdade, a Ruth é uma felizarda — disse a bela Vera à sua vizinha — por saber criar essas histórias. Creio que seus parentes nem se preocupam com isso. Sim, é bem diferente quando ainda temos nossos pais.

— Ora, tenha vergonha! — indignou-se a menina que caminhava ao seu lado, empurrando-a de lado com a lancheira. — É uma terrível desgraça perder os pais tão cedo. Pobre Ruth! Pense em quantos lugares ela já esteve, desde pequena, na Bélgica e na Alemanha, e sempre entre quase estranhos.

— Sim, mas com isso também se conhece muitos lugares — persistiu a adolescente insensível. — Até numa pensão suíça ela já esteve. Justamente onde eu gostaria muito de morar.

— Até mesmo num palácio de cristal ela já morou uma vez — afirmou uma das meninas, um pouco insegura.

Uma forte gargalhada soou entre elas.

— Sim, em sonhos! Essa é apenas uma lenda que ela nos contou. Ouça, Ruth, ela pensa que isso é verdade!

— Lá vem ele! — disse Ruth de repente.

A palavra ressoou como um grão de trigo caindo no meio de um monte de pardais barulhentos. Num primeiro momento, elas ficaram atordoadas, quase se espalharam, mas, depois, reuniram-se de novo, começaram a tossir levemente, a puxar as barras dos vestidos umas das outras, e, então, esticaram os pescoços, a maioria delas enrubescendo intensamente.

— Ali, aquele loiro?

— Não! Aquele senhor de cartola.

Não era nenhum dos dois. Ruth olhou muito séria para a frente, e diretamente no rosto de um senhor, que andou em sua direção. Era um homem jovem, moreno, que usava uma capa leve de verão, de cor clara. Seus traços faciais eram um pouco gastos; usava um pequeno bigode e tinha olhos amendoados.

Ele parecia como que talhado para ser o herói da tragédia, todas estavam de acordo com isso. Mas, enquanto elas ainda o fitavam como se ele fosse um monstro dos mares, ocorreu diante dos seus olhos o inesperado, no qual elas, na verdade, não haviam acreditado seriamente. Ruth o saudou seriamente, sem mexer um único músculo de seu rosto; mesmo assim, ela o fez como se ele fosse um velho conhecido.

Um leve sorriso perpassou seu rosto; ele olhou fixamente para ela, e, então, tocou apressadamente a aba do chapéu redondo de feltro, devolvendo a saudação. Fez isso com muita confiança.

A bela Vera quase gritou de susto e prazer, até ficar vermelha como fogo. Para controlar as batidas de seu coração, ela teve de apertar, sem querer, o braço de sua acompanhante. Entretanto, visivelmente envergonhadas, outras permaneceram um pouco afastadas do grupo, caminhando constrangidas na lateral da rua, sobre a calçada, mantendo os olhos abaixados. Porém, o heroico desconhecido ainda encontrou um número considerável dentre elas que, com os olhos e as expressões, deram continuidade à brincadeira. Enquanto ele passava por elas com o passo desacelerado, olhares e sorrisos voavam em sua direção, recebiam de volta respostas claras e eram replicados. Algumas cabeças ainda se voltaram em sua direção, e ele também não se cansou de olhar para trás.

— Não! Isso já é demais — desabafou uma das bem comportadas da calçada —. É simplesmente pecaminoso!

— Ora, querida virtuosa! Não fomos nós que começamos. Foi a Ruth. Foi ela que o saudou, mesmo que agora esteja fingindo toda essa indiferença, fazendo de conta que não é com ela.

— Sim, mas que mal isso faz? — defenderam muitas, um tanto hesitantes, aquele comportamento.

— Certamente, isso faz mal; além disso, é pecado — afirmou a bem comportada. — Você nunca ouviu dizer que ninguém poderá se casar se já teve um relacionamento anterior?

— Sim, ela tem toda razão, ficaremos difamadas — ajudou-a uma outra. — E esse aí com certeza não se casaria com vocês, nem fiquem imaginando isso. Além disso, ele nem poderia casar-se com todas! — acrescentou ela, decidida.

Algumas tentavam dar palpites àquelas beligerantes.

— Tudo isso é apenas bobagem. Uma simples história fantasiosa. Deixem para lá! Amanhã, no intervalo do recreio, continuamos a brincar, distribuindo os papéis, então uma de nós será o nobre infeliz, e todo o perigo terá passado.

— Não, então não será mais uma simples história fantasiosa. Você não deveria tê-lo mostrado a nós, Ruth.

Ela sacudiu os ombros, impaciente.

— Não posso separar isso assim. Quando brincamos, também o vivenciamos. Mas façam como quiserem — disse ela, distraída.

— Não, primeiro você precisa continuar imaginando. Na verdade, é até bem divertido. É quase como se vivêssemos duas vezes: uma vez em casa e na escola, e, depois, mais uma vez em outro lugar bem diferente, onde tudo é como imaginamos. Porém, preferimos não percorrer mais esse caminho.

— Ora, como vocês são covardes! — disse Vera no meio delas, que até então não participara da discussão, porque ainda estava ocupada com o "infeliz", que ficara parado em algum lugar numa esquina.

— Acho essa história mil vezes mais interessante do que todas essas fantasias que existem por aí. O que ganhamos com elas? Elas só nos divertem porque nos mantêm presas.

Nesse vai e vem da conversa, elas nem perceberam que haviam chegado à casa de Ruth na praça Isaak, quer dizer, que a maioria delas havia se distanciado consideravelmente das próprias casas. Numa espécie de hábito, elas caminhavam juntas como um rebanho de carneiros, porém a própria Ruth fora para casa caminhando em linha reta. Chegando lá, ela parou, hesitante, e lutou entre a vontade de virar a esquina e entrar numa rua lateral, e a necessidade de entrar na casa dos parentes na hora costumeira. Ainda restava um tempo até a hora do almoço. Ela não se deixou levar pela censura, pois o que surgiu flutuando à sua frente era algo doce e atraente, como um conto de fadas de primavera.

Mas havia outra coisa que a segurava: se ela entrasse agora, ficaria, como sempre, totalmente despercebida e ignorada pela casa inteira. No entanto, se ficasse fora até o almoço, até mais tarde, talvez fosse notada, interrogada, perturbada. E isso foi decisivo.

Como aqueles pequenos insetos que, para se protegerem de forças inimigas, assumem a cor da madeira ou da folha sobre a qual estão pousados, assim também Ruth se comportava em relação ao seu ambiente, quase inconscientemente. Era a sua forma de se defender.

Ela se separou do grupo tagarela de meninas e desapareceu atrás dos altos portões de um amplo edifício de pedra, diante do qual um soldado montava guarda. Lá dentro, funcionava um departamento do ministério da guerra, ao lado de várias casas grandes, das quais o tio de Ruth, que era conselheiro municipal, era proprietário de uma.

O desaparecimento dela foi o sinal para a debandada geral. Só então algumas se assustaram ao perceberem quanto tempo haviam ficado ausentes de casa e tentaram alcançar, apressadas, uma linha de bonde, ou negociaram com as charretes de aluguel, que logo se reuniram à sua volta, e, gritando muito, subcotavam os preços.

Até o dia seguinte, elas não sentiram falta de Ruth; haviam se divertido imensamente, na verdade, até ficaram bastante animadas! Amanhã, quando já estivessem ansiosas por mais diversão, ela voltaria.

*

ERIK SEGUIRA AS MENINAS só por um pequeno trecho do caminho, pois ele ainda precisava dar algumas aulas em um colégio de rapazes e em uma escola particular. Depois, dirigiu-se à sua moradia na cidade, espaçosa e simpática, mas só alcançada depois de subir quatro lances de escada. Em compensação, das janelas, avistavam-se as imponentes montanhas Newa, com suas poderosas nuvens azuis, sob as quais o lago Ladoga ainda movimentava seus últimos restos de gelo. Eles brilhavam, transparentes, sob os raios iluminados do sol de maio. Era um panorama que enchia Erik de alegria todos os dias.

Após as aulas, Erik costumava passar por lá para resolver várias coisas e pegar as cartas, pois o correio no campo não era confiável. Naquele dia, mal havia entrado, quando a campainha tocou.

Ele abriu a porta e permaneceu ali, de pé, com um sorriso nos lábios.

— Warwara Michailowna! — disse ele.

— Mas o que é isso? — perguntou ela rapidamente, olhando em volta. — Já está no campo? Já se mudou? Sozinho aqui? Eu não sabia! Então o senhor recebeu minha carta...?

— Eu a encontrei aqui ontem — respondeu ele, conduzindo-a à sala anexa, onde os móveis estofados já haviam recebido suas *toilettes* de verão, e estavam espalhados por ali, cobertos por suas capas brancas de tecido, como se fossem fantasmas. O tapete sob a mesinha redonda próxima ao sofá tinha sido removido, e um leve aroma de cânfora pairava no ar.

— Eu preferi vir aqui pessoalmente buscar sua resposta, ou de sua mulher! — disse Warwara Michailowna, e afundou numa das poltronas cobertas pelo tecido branco. — E, apesar do pó e do sol, consegui chegar aqui. Eu preciso saber por que o senhor não quer vir.

Ela estava muito bonita, na seleta simplicidade de seu vestido de primavera, com a sua boca encantadora e a melancolia nos olhos escuros e profundos, que criavam um contraste picante com seu temperamento alegre.

— Eu agradeço! — respondeu Erik, e olhou para ela. — Mas, na prática, a senhora já tirou a resposta de meus lábios; eu não queria mesmo ir. Eu quis me enterrar no campo por uns tempos. Lá, podemos jogar *fangball*[4] e *croquet* para relaxar. Eu me envolvi demais nas atividades sociais neste inverno.

— E que mal faz? Pergunte a Clara-Bel se ela não preferiria vê-lo usando um terno social! O salão é seu ambiente natural. Afinal, o senhor não é nenhum daqueles ursos e filisteus alemães, que costumam vir aqui, com óculos dourados e densas barbas loiras! Sua família se estabeleceu ali apenas há algumas gerações, em algum lugar na fronteira frísia, emigrantes franceses... O senhor não acha que eu sei de tudo muito bem?

— A senhora quer realmente buscar uma prova tão longe de que devo frequentar a sociedade?

Ela riu e, animada, começou a bater o cabo de marfim de sua sombrinha no tampo da mesa.

— O senhor é um zombador. Eu só quis dizer... Não fique imaginando que o senhor nasceu para ser um professor de colégio, apesar desse uniforme azul que ainda usa, que, aliás, lhe fica muito bem, pois é um fraque. O senhor nasceu para ser um cidadão do mundo. Quando o senhor nos evita, nós, mundanos, o senhor magoa a si mesmo. Eu sei disso. Não dê risada.

— Não estou rindo. A senhora é muito perspicaz, Warwara Michailowna. Talvez até demais?

Ela sacudiu a cabeça.

— O senhor não agradaria tanto à nossa mimada sociedade se também não ficasse um pouco inebriado com ela, não tenho razão?

---

4 Jogo simples e descontraído de pegar bola. (N. da T.)

— Então, vamos supor que eu não queira ficar inebriado — disse Erik, e cruzou os braços — e que justamente a senhora venha aqui me tentar; é muito grave para mim. Uma sorte que a temporada chegou ao fim.

Ela fez uma expressão aborrecida.

— Já sei. Consideram-me uma encarnação da superficialidade mundana.

Ele não retrucou.

Por alguns instantes, ambos ficaram calados, e entre eles havia no ar, impossível de não se ouvir, a pergunta muda de Warwara: *sou eu que o deixa inebriado?*.

— O senhor é um egoísta — disse ela, então, olhando para cima —, senão teria percebido que se engana. O senhor não sabe por que gosto tanto de vê-lo no meio das pessoas? Porque, tanto quanto o senhor, sinto que essa vida é basicamente fútil e vazia, vazia de conteúdo, e, mesmo assim, ela me deixa inebriada, como também deixa o senhor. Portanto, para mim, sua presença era a de um companheiro de sofrimento. Com a mão no coração! Não somos algo como companheiros de sofrimento? Temos uma tentação em comum.

Ele a olhou fixamente. Warwara falava de maneira apressada, um pouco excitada, com o tom manso que ele achava tão insinuante nos eslavos. Para ela, naquele momento, não era totalmente claro se estava flertando com ele ou se talvez estivesse sendo mais honesta com ele do que jamais fora consigo mesma. De fato, parecia-lhe, às vezes — especialmente nas raras horas de solidão —, que uma força familiar os atraía um para o outro. E, então, ela achava Erik interessante, como ser humano. Assim como um faminto pode ser interessante no meio de vários saciados. Entre as pessoas da sociedade à sua volta, ele lhe parecia alguém que parte, impaciente, em busca de uma presa, e, como não encontra ali uma que lhe sirva, tenta entorpecer sua fome com gulodices.

— Portanto: camaradagem, em uma tentação conjunta! — disse Erik, desviando o olhar. — Talvez um campeonato mundial para saber quem resiste melhor a ela?

Ela se levantou para ir embora.

— Talvez o senhor tenha razão em zombar, e só pareceria muito sentimental se eu respondesse "não"! E mais do que isso, um anseio em comum! — respondeu ela, bem perto dele, que também se levantara. — O senhor tem mil vezes razão. Nós nunca trocamos uma palavra séria. E um homem não precisa de um aliado. Ele pode fazê-lo sozinho.

Ela falava muito seriamente e o que dizia parecia até verdadeiro, e combinava peculiarmente com a melancolia dos olhos escuros. Por um minuto, um minuto fugaz, Erik sentiu sua fantasia iludi-lo com alguma coisa. Subiu-lhe à cabeça um forte anseio, do qual sua razão deu risada, e ele sentiu um desejo selvagem, dominador, de pisar naquela razão que ria tanto e tornar realidade um belo autoengano.

Sem saber muito bem o que fazia, ele estendeu a mão; era um movimento quase imperioso, como um "fique!". Não via mais as coisas com muita clareza, só sentia a proximidade daquela figura insinuante, com aqueles olhos que irradiavam nostalgia.

E, de repente, ele a beijou — os olhos fechados — no pescoço e no rosto. Não como um flerte, mas como uma tentativa. Subitamente intenso, quase violento.

Ele murmurou, num tom meio incompreensível:

— Torne-o verdade! Torne-o verdade! Não me deixe despertar! Você estava à minha procura?

Warwara levou um susto repentino com aquele beijo impulsivo. Ela mesma ficara inebriada por um instante, mas o ímpeto com que ele avançara arrefeceu seu entusiasmo com a mesma rapidez. Naquela agitação momentânea dos seus sentidos, ela conseguiu perceber a profunda fome e a ânsia que havia dentro dele, e que ela havia tocado sem querer. Ela recebeu o beijo não como um atrevimento que surpreende ou magoa, mas como um perigo paralisante para o corpo e a alma, ameaçando engoli-la com sua proximidade excessiva.

Com um movimento brusco, ela se libertou.

Seu olhar o perpassou. Na verdade, ele deveria parecer-lhe uma criança, com tantas exigências vitais e expectativas impacientes, que não consegue mais brincar. Ela quebra com violência o brinquedo que lhe oferecem, para ver o que está por trás dele, e fica imóvel, com uma expressão decepcionada.

Ela não esperava por isso. Teria sido melhor brincar, do que levar as coisas tão a sério. Tão sério que seu íntimo foi desnudado e medido por ilusões impossíveis. Ela sentiu medo diante daquela decepção que viu em seu rosto.

Erik entendeu mal a impetuosidade de seu movimento; mas Warwara também o despertou. Ele esquecera, só por um instante, que ela estava brincando. Sua excitação sumiu imediatamente. Apenas um pouco de zombaria permaneceu em seus olhos e ao redor da sua boca. Zombaria de si mesmo.

O ar na sala estava muito abafado, quase sufocante. Sem nenhum impedimento, o sol penetrava através das finas cortinas brancas da janela, enquanto o barulho dissonante de carruagens e bondes de tração animal subia da rua até eles.

Warwara encaminhou-se lentamente ao corredor, e Erik a acompanhou até a porta de casa. Nesse trajeto, não trocaram uma única palavra.

Só à porta ela se virou para encará-lo, e mediu-o com um olhar estranho, que ele não entendeu. Havia nesse olhar certo pesar, mas também rejeição, uma pequena superioridade sobre ele, o homem, e, depois, mais alguma coisa, uma confissão em voz baixa:

— Eu quero ser aquela de quem você precisa e que poderia satisfazê-lo... Você, o selvagem. Mas não sou. Suponho que o senhor não virá — observou ela, distraidamente.

— Com sua permissão: não! — respondeu ele, seguindo seu olhar.

Então a porta se fechou.

*

Ruth havia comparecido pontualmente às quatro horas da tarde, no horário combinado para a refeição, na sala de jantar, espaçosa e de pé direito alto, decorada com móveis de mogno escuro, situada no meio de um corredor que levava aos aposentos. Ela havia arrumado sua aparência com tanto esmero quanto o tio, a tia e a prima costumavam fazer para se cuidar, e sentou-se, calada, em seu lugar à mesa, enquanto um serviçal usando luvas brancas de algodão servia, silenciosamente. Durante a refeição, na qual os participantes se concentravam, a conversa permaneceu monossilábica. O tio não gostava de longas conversas à mesa, e sua esposa já tinha trabalho suficiente em servi-lo com as porções corretas.

Só quando os copos verdes com higienizadores bucais, que ninguém usou, foram colocados diante de cada um, e a máquina de prata de fazer o café, o qual a tia sempre preparava com as próprias mãos, já fora colocada à sua frente, as coisas ficaram um pouco mais animadas. Parecia que Ruth estava à espera exatamente disso. Ela se levantou devagar de seu assento e tentou sumir.

— Você já vai para o seu quarto, minha filha? — perguntou a tia. — Então olhe um pouco em volta. Nenhuma jovem adolescente deve ter um quarto tão bagunçado, tão pouco gracioso.

Ruth fez uma expressão de "pobre pecadora":

— Pretendo arrumá-lo maravilhosamente — disse ela, de maneira apressada. — Depois, posso sair um pouco até a hora do chá?

— Até a hora do chá? É alguma coisa urgente?

— É, sim, algo muito urgente — disse Ruth. O tio ergueu o olhar.

— Na casa de quem você quer ir? É alguém da escola?

— Sim — explicou Ruth, esfregando impacientemente a maçaneta da porta, que já estava em sua mão.

— Diga ao criado que a acompanhe, e que espere por você no local.

O tio acompanhou-a com o olhar até ela fechar devagar a porta atrás de si.

— Ela é uma pessoa curiosamente conveniente, é o que ela é — disse ele, acendendo o cigarro. — Não conheço ninguém que exija tão pouco e se faça notar tão pouco quanto ela.

— Porque se permite tudo a ela — completou a tia, com sua voz forte, que deixava o sotaque báltico evidenciar-se ainda mais. Ela era uma baronesa da Livônia.

— Tudo? Pois saiba que outra criança não seria tão retraída. Ela sabe, por exemplo, que essa é a hora da nossa mais íntima e imperturbada reunião, e ela sempre sai. Mas com quase dezesseis anos, não se age com tanto tato.

— Não, mas isso ela não faz. Você sempre idealiza a Ruth. É que ela não nos ama o suficiente, a ponto de se apegar mais a nós. Às vezes eu penso que, talvez, ela não tenha coração.

— Matilde! Como você pode atribuir algo tão malévolo a essa coisinha tão nova! Leia a última carta da Bélgica, como eles a elogiam na pensão e a querem de volta.

— Sim, isso já sabemos, meu querido. Ela foi uma interna muito lucrativa. E, depois, lá eles são católicos. Como podemos confiar neles? Por causa disso é que fui a favor da mudança de Ruth para a nossa casa. Afinal, somos responsáveis por ela. Para que cresça com ordem e disciplina. O que podemos esperar daqueles seus parentes da nobreza belga? O principal são as visões de vida. E nem conhecemos as orientações daquela gente.

O tio ficou calado, carrancudo. Ele sabia que, para sua mulher, todas as pessoas fora das pequenas províncias bálticas eram "aquela gente", enquanto para ele, era justamente o contrário, o mundo só começava além da fronteira russa. Não apenas o limitado e exclusivista provincianismo de sua mulher parecia-lhe ridículo mas também seu sentimento patriótico báltico. Em contrapartida, ele se sentia tão cosmopolita com os nomes franceses e os elementos alemães e eslavos em sua família que nunca mantivera uma relação afetiva com nenhum país ou povo. Ele não se queixava nem falava mal da Rússia, como a maioria de seus semelhantes, porque considerava isso deselegante.

— Certamente, Ruth não gostaria de ir embora daqui, mamãe — comentou a filha —, agora que ela está quase adulta. Em nenhum lugar ela poderá ser introduzida no mundo tão bem como aqui.

— Mas parece-me que ela nem quer isso — disse o tio sorrindo, pois, na verdade, ele gostava muito de acompanhar a própria filha a eventos sociais —; ela já viu tanta coisa do mundo e tanta gente que nem dá importância a isso. Graças a Deus não teremos com ela os mesmos problemas que tivemos com você há um ano, Liuba.

— Agora, você está mesmo querendo rebaixar a própria filha diante de Ruth — disse a mulher, nervosa, que não tinha ouvidos para um comentário irônico. — Afinal, em nome de Deus, deixe-a viajar para a Bélgica!

— Não! — retrucou ele, zangado.

Ele afastou a cadeira da mesa, pegou um jornal e mergulhou na leitura. Uma das características mais desagradáveis de sua esposa parecia-lhe ser sempre seu inegável esmero com as coisas, contra o qual nunca se podia apelar; porém, para ele, mais desagradável ainda era o fato de ela não ter nenhum senso de humor.

A hora do mais íntimo e imperturbável "estar junto" foi profundamente estragada.

*

RUTH NÃO SUSPEITAVA que, do seu lugar vazio à mesa, ela representara a perturbadora inocente; talvez, naquele instante, ela quase esquecera completamente em que país do mundo se encontrava, se na Bélgica, na Rússia, na Alemanha ou qualquer outro lugar. As mãos cruzadas nas costas, a cabeça um pouco abaixada, ela andava infatigavelmente de um lado para o outro em seu quarto, com uma expressão de profunda reflexão, como pouco antes, no banco da escola, durante a aula. Seu rosto estava quente e vivamente enrubescido, e de tempos em tempos ela sacudia a cabeça, como se não conseguisse chegar a um acordo com seus pensamentos.

Depois de um tempo, ela parou, afastou os cabelos da testa e lembrou-se da sua promessa de "arrumar o quarto maravilhosamente". Fez isso excepcionalmente rápido. Cada coisa espalhada por ali era despachada para dentro da gaveta mais próxima, e quando tudo foi feito de modo adequado, tornou-se evidente que, no quarto, restavam pouquíssimos objetos que, segundo a recomendação da tia, podiam ser arrumados de forma "graciosa". Era um quarto pequeno e confortável, com bonitos móveis, um sofá de canto cor-de-rosa, e até uma estante com quinquilharias, com um cãozinho de vidro. No entanto, o ambiente não possuía a marca da dona, parecendo mais um quarto de hotel bem decorado. Nem trabalhos, nem passatempos revelavam algo sobre o espírito daquela que dormia, estudava e sonhava ali. Parecia que Ruth dizia diariamente àquele ambiente o mesmo que dissera antes na escola: "Afinal, eu vou logo embora".

Quando Ruth terminou, ela pegou rapidamente um gorro inglês de lã macio e leve, de tricô cinza, colocou-o na cabeça como se fosse uma boina masculina, e chamou o criado que estava na copa ao lado da cozinha. Usando uma camisa florida de peitilho, ele estava sentado num banco como numa montaria, limpando as facas e cantando, fazendo-as voar ao ritmo da canção. Era um jovem tártaro, muito habilidoso e, como muçulmano, exemplarmente sóbrio. Rezar, cantar e dormir eram suas ocupações preferidas. Quando ele ouviu Ruth chamar, enfiou-se rapidamente em sua libré escura e abriu-lhe a porta da casa.

Ele a acompanhou até a estação finlandesa, e lá ela o dispensou.

— Agora você pode ir visitar seus conhecidos, Basil — disse ela, ao vê-lo parado junto à porta do vagão, chapéu na mão. — Mas às nove horas você deverá me esperar neste mesmo lugar.

Ele assentiu com um leve inclinar de cabeça, revelando o corte rente de seus cabelos, que deixava à mostra um círculo raspado no topo; mas, enquanto isso, olhava para sua patroinha com certa preocupação. Ele até gostaria de visitar "seus conhecidos", mas parecia-lhe um insulto deixá-la viajar mundo afora tão desprotegida, ainda por cima com a noite chegando, em que havia tantos bêbados pelas ruas.

— Será que eu não poderia pedir-lhe permissão para ir junto? — perguntou ele, lutando com a heroica decisão de renunciar voluntariamente ao seu lazer.

Ruth riu de seu astuto rosto de tártaro, que naquele momento parecia quase ingênuo, e balançou a cabeça.

— Aonde eu vou agora ninguém poderá ir junto! — disse ela solenemente.

Durante a viagem, ela ficou olhando para fora impacientemente, como alguém que está feliz em deixar tudo para trás. O curto trecho pareceu-lhe muito longo, como se ela de fato viajasse para longe, bem longe, a um mundo totalmente diferente. Mas quando desceu no pequeno edifício da estação e foi obrigada a perguntar pelo caminho correto, começou a sentir medo. O que surgira à sua frente — forçosa e irresistivelmente — era uma imagem de sonho bem determinada, e enquanto apenas sua fantasia se desenhasse nela, tudo lhe parecia concretizar-se por si só. Porém, a imagem da realidade estranha, que agora vinha ao seu encontro e interferia no seu sonho, intimidava-a. Na verdade, teria sido bem mais bonito se tudo tivesse continuado a se formar de dentro para fora, do jeito que se costuma sonhar.

A sensação de medo não diminuiu, só aumentou, quando ela finalmente se aproximou da casa que procurava. Era como se despertasse de repente e se encontrasse totalmente só, num lugar estranho e selvagem. De tanto acanhamento, sentiu-se dominada por um medo verdadeiro, e permaneceu parada junto à grade do jardim, como se paralisada.

Lá estava a casa, à sua frente. No largo caminho de seixos, uma criada varria os talos de palha espalhados até a rua, para reuni-los e jogá-los fora, e, ao seu lado, um rapazinho a observava, com o chapéu empurrado para a nuca. Certamente, ele logo notaria sua presença. Ela pensou em dar a volta e ir embora.

Fechar os olhos e correr!, pensou ela, ansiosa. Mas isso ela não poderia fazer. Decerto, ela não poderia deixar para trás, abandonada, a própria vontade.

Então um rouxinol cantou nos arbustos de lilases junto à cerca.

E, bem baixinho, com um som atraente, chamou o outro, do fundo do jardim.

Ruth percorreu a casa com o olhar, passando pelo jardim, onde parou, encantada.

— A primavera! — disse ela, bem alto, exultante.

Nem havia visto a primavera ainda naquele ano. E só então percebeu que, há pouco, quando viera da estação, caminhara sob as bétulas verdejantes, e que, na relva, às margens do caminho, já floresciam as anêmonas brancas. Pareceu-lhe que tudo aquilo não passara de um breve vislumbre de primavera, espalhado pelo caminho pelas pessoas que deixavam o jardim. Ali, a primavera estava em pleno vigor, era dali que ela emanava. Ruth permaneceu bem junto à cerca, atrás da qual ela florescia. Na paisagem vermelho-dourado que o sol tecia ao seu redor, ela se destacava, com as florações recentes dos frutos e a delicada folhagem das árvores, como num conto de fadas, por trás da velha casa. Entrar ali era quase como se nunca se saísse de um sonho.

Jonas, curioso, havia se aproximado do portão do jardim, onde havia alguém; mas ele não conseguia ver direito quem era, se era mesmo uma moça.

— Eu quero entrar aqui! — disse Ruth, suplicante.

*

ERIK E CLARA-BEL ESTAVAM SENTADOS à mesa do almoço, ainda não arrumada, na sala junto ao terraço. Como sempre muito animado e comunicativo, Erik detalhou para a mulher os pequenos acontecimentos do dia. Com muito humor, ele descreveu a escola de meninas, Ruth e mencionou só rapidamente a visita de Warwara na moradia da cidade.

Jonas irrompeu na sala, quase sem fôlego.

— Papai! Há alguém lá fora querendo falar com você. O nome dela é Ruth. Eu a levei até seu gabinete de trabalho.

— Jonas! — exclamou a mãe. — Como você pôde fazer isso! Lá dentro ainda deve estar tudo horrível! Traga-a para cá, Erik! Por favor, é melhor trazê-la para cá! Se pelo menos Gonne pudesse arrumar as coisas!

Erik nem ouviu mais a voz da mulher, ele já havia ido embora.

Ao percorrer o corredor com passos rápidos e entrar no gabinete, encontrou Ruth no centro da sala, um pouco inclinada para a frente e com as mãos fortemente pressionadas contra o peito. A primeira impressão que ele teve foi a da moça tímida, solitária, como naquele instante em que ela dissera, numa voz muito baixa: "ninguém me ajuda!".

Quando ele a viu ali, em pé, olhando-o com seus grandes olhos vacilantes, ela não lembrava mais, em nenhum dos seus traços, a jovem bem disposta do pátio da escola.

Erik lembrou apenas obscuramente de que, no caso de uma visita inesperada de alguém, a primeira providência que se devia tomar seria oferecer uma cadeira e dizer alguma coisa gentil. Toda aquela encenação parecia-lhe pertencer a outro mundo. Ele esqueceu qualquer palavra convencional diante daquela figura tímida, infantil, visivelmente emocionada. Era como se ela estivesse numa ilha isolada, sozinha diante dele na ampla praia junto ao mar — uma criança do povo —, e, em volta, nada além de um casal de gaivotas voando sobre suas cabeças.

Sem querer, a partir dessa primeira impressão, ele apenas encontrou uma palavra de alegria:

— Você veio até mim?

A palavra "você" teve o efeito de uma libertação para ela. Nessa simplicidade, pareceu-lhe uma palavra mágica, que transformou a realidade estranha, angustiante, de um só golpe — transformou na maravilhosa concretização daquilo que Ruth desejava e inventava.

Ela deu um passo na direção de Erik. Uma expressão clara e bem mais leve passou sobre todo o seu rosto, e, pressionando com mais força as mãos sobre o peito, cujas palpitações lhe tiravam o fôlego, ela disse, numa voz infantil:

— Obrigada!

Ele se sentou em uma das cadeiras espalhadas por ali e apertou as mãos dela dentro das suas. As mãos dela tremiam, e ele percebeu o quanto Ruth estava pálida e débil, se a expressão de exaltada vitalidade, que ele havia visto nela, não fosse enganadora.

— Você está com medo? — ele perguntou, e seu olhar pousou sobre o rostinho esbelto.

Ela assentiu com a cabeça, bem devagar, e continuou tremendo como um passarinho sobre o qual uma mão estranha se aproxima.

— Você não tem medo de mim, sou aquele por quem você veio, não é? Diga-me, por que veio?

Ela tirou o gorro da cabeça e ficou pensando. Em pensamentos, perpassou toda a história do nascimento de sua decisão, a partir da primeira impressão na escola; mas, tão confusa e extensa como era, certamente não poderia ser recontada. Tentou extrair o principal. Mas esqueceu tudo. Era simplesmente impossível.

De repente, Ruth irrompeu em lágrimas.

— Minha querida criança! — disse ele suavemente, afastando o cabelo solto e cacheado da testa dela, que caíra sobre o rosto abaixado. E, então, pegou novamente suas mãos, envolvendo-as nas suas.

— Você confia em mim? — ele perguntou.

— Sim! — disse ela, baixinho.

— Uma confiança incondicional?

— Sim! — disse ela novamente.

— Então você não pode tremer nem sentir medo. Agora, tente, com muita força, dominá-lo. Com muita força, ouviu bem? Isso vai funcionar.

Ela fez um esforço para reprimir o tremor nervoso que perpassou seu corpo. Em silêncio, ele aguardou alguns instantes até ela conseguir. Afinal, insistiu na sua primeira pergunta:

— Tudo bem. Então, agora, diga-me por que você veio. Diga isso da melhor forma que conseguir. Apenas tente. Eu vou ajudá-la.

Ela suspirou e começou, ainda insegura:

— Em breve, não irei mais à escola...

— Não. Eu sei. E...?

— Então tive de vir até aqui.

Ruth interrompeu a fala, como se tentasse organizar os pensamentos, e, por fim, acrescentou, timidamente, com uma expressão tocante:

— Afinal, estou sozinha!

Erik sentiu-se comovido até o fundo do coração. Nunca pensou sentir um carinho tão profundo, tão sagrado como o que sentia diante daquela criança. O desejo de aproximar-se dela, colocar a mão sobre ela, como sobre alguma coisa que lhe pertencesse, tornou-se de repente tão forte nele que, involuntariamente, considerou-o já realizado, e não permitiu que algo o impedisse.

— Você quer ficar aqui, Ruth? — perguntou ele.

— Ó, sim! — ela exclamou animada; depois disse, com fervor: — Sempre!

Seu rosto havia se transformado, os olhos pareciam bem mais escuros e sorriam sob os cílios molhados. Ela teria gostado muito de dizer novamente: "obrigada!", pois toda a abrangência de seu pensamento e seu sentimento estavam expressos naquela palavra. Mas ela temia repeti-la.

Erik olhava para baixo, sério e reflexivo, como se pensasse na realização de um plano.

— Depois de deixar a escola, você poderia ter mais algumas aulas — comentou ele, o que levou Ruth a voltar à realidade —, pelo menos isso seria algo desejável. Você gostaria de tê-las comigo?

Ela assentiu, entusiasmada.

— Ótimo. Portanto, trabalharemos juntos — e, num tom mais ameno, ele acrescentou —, trabalharemos muito, Ruth! Você quer isso mesmo? Aquela redação nos conduziu um ao outro, não é verdade? Lá estão escritas coisas que até nos assustam, tanto quanto nos alegram. Eu nunca havia visto uma cabecinha tão bagunçada, com ideias e imaginações tão cabeludas, selvagens e inacabadas. Você acredita?

Ela apenas sorriu e olhou para ele com muita confiança, como se pensasse: *você ainda vai conseguir organizar e desembaraçar tudo!*

Erik olhou para Ruth em silêncio, e novamente ela lhe pareceu um passarinho assustado, esgotado, que, indefeso, voou demais e de repente encontrou um ninho macio.

Do lado de fora, o sol de maio vacilava no céu, e através da névoa que subia da relva úmida por trás do jardim, seus raios caíam quase vermelhos, como uma púrpura líquida. As pessoas que passavam pelas janelas, ainda sem cortinas, iam diretamente para o jardim dos fundos, do lado de fora.

Um aroma acre e fresco de brotos de bétula soprava, com a brisa morna do começo de noite, para dentro do recinto, e o ardente trinado encantado dos rouxinóis soava incansavelmente.

Enquanto Erik olhava para Ruth, uma lembrança perturbadora veio-lhe à mente:

— Diga-me, que homem era aquele que você saudou na rua?

Ela enrubesceu um pouco e ficou constrangida, mas, ao mesmo tempo, repuxou os cantos da boca, como se estivesse de má vontade, e um tanto reticente. Em suas faces, surgiram duas covinhas travessas.

— Eu... Ah, sei, aquele! Eu nem o conheço.

— Mas ele olhou para você como se já se conhecessem. Como isso pode ser?

— Sim, aconteceu assim — começou ela com um suspiro, e pensou um pouco —; na verdade, não é fácil falar disso. Eu o escolhi, mas ele não sabe disso.

— Escolheu? Mas, minha querida criança, isso ninguém consegue entender — disse ele impaciente —, é melhor você se concentrar, Ruth, e falar com mais clareza. Então?

— Eu até quero! — ela exclamou, constrangida. — Mas é tão difícil! Foi apenas uma brincadeira que fizemos entre nós, no pátio da escola, no intervalo do recreio, e foi preciso aparecer alguém que se parecesse com ele. E, então, eu o escolhi, porque é melhor quando pensamos numa pessoa viva.

— Mas o que ele devia pensar disso? Por exemplo, de você saudá-lo primeiro?

— Eu tive de fazer isso! Senão, como ele saberia o que fazer? Ele saberia que poderia saudar também?

— Mas e se ele a tivesse agarrado na rua? Você não pensou nisso?

Ela olhou para cima, espantada.

— Ele nem poderia fazê-lo. Isso não se adequaria nem um pouco ao seu papel. Ele deveria ser nobre e infeliz.

Erik expressou uma breve exclamação. Olhou para ela com ar sério, quase preocupado.

— Nessa brincadeira infantil de vocês, sim. Mas, e na realidade? — perguntou ele devagar. — Você não consegue dominar melhor seus pensamentos? Não consegue separar as coisas? Precisa conseguir, Ruth! Então, diga-me, o que você teria feito se ele tivesse saído do papel que você imaginou para ele?

Ela ficou pensando.

— Nesse caso, eu teria fechado os olhos e fugido.

— Você teria se tornado invisível, só por ter fechado os olhos?

— Eu? Não! Mas ele sim. Pois eu teria de procurar outro.

— Um outro?

Ela assentiu.

— Existem muitos assim! — assegurou ela, candidamente.

— E você teria mesmo feito isso? Pense um pouco! Mesmo assim, ainda não teria ficado claro para você o quanto seu comportamento havia sido infantil e ousado?

Ruth parecia infeliz. Aparentemente, ele a censurava. Ela pensou o que ele queria dizer com isso. Não conseguia entender por que aquele homem estranho fora de seu papel deveria preocupá-la.

— Eu precisava dele e, então, tomei-o para mim! — ela exclamou, com uma expressão queixosa.

Erik se levantou e andou algumas vezes pelo recinto. Por fim, ficou em pé diante de Ruth, que estava sentada no canto de sua cadeira.

— Diga-me, existem mais pessoas estranhas como essas, que você costuma saudar na rua?

— Sim, todas as ruas estão repletas delas.

— ... Homens? — perguntou ele, hesitante.

— Homens também. Sempre preciso de alguns novos para a escola. Inclusive mulheres, crianças, idosos.

— O que você quer dizer com "preciso de homens para a escola"?

— Nas histórias que conto para as meninas sempre precisa haver algum. Preferencialmente com um bigodinho. Mas também tenho outras histórias, muito, muito mais bonitas, maravilhosas — ela acrescentou animada —, e as com crianças são as minhas preferidas.

— Mas você não conta essas histórias às meninas na escola?

Ela sacudiu a cabeça.

— Não, elas não as acham bonitas! — disse Ruth, tristonha.

Ele se sentou ao lado dela em uma poltrona de couro, que estava perto da janela, e se inclinou um pouco para a frente.

— Você gostaria de contá-las para mim, futuramente? — perguntou ele, sério. — Porém, todas, sem exceção. E sem um cantinho onde eu não consiga enxergar. Preciso ouvir e saber de tudo que passa por essa cabecinha fantástica, inútil. Vamos fazer um contrato regular. Mas você também não poderá contá-las para mais ninguém. Só para mim. Sempre, quando vier para cá. Afinal, você queria pertencer a este lugar. Faria isso, sempre obediente e sem impor condições?

Seus olhos, fixos nele, estavam enormes e repletos de gratidão. Ele podia ver em seu rosto como os pensamentos lutavam, em vão, para se expressarem, mas ainda não tinha noção do enorme júbilo interior despertado nela por essa nova alegria. Ela gostaria muito de lhe dizer isso, mas, em seu sentimento sem palavras, permaneceu muda. Em vez disso, de repente, como se no lugar das palavras ela devesse pelo menos valer-se de gestos, Ruth deslizou para baixo da cadeira e ajoelhou-se na frente de Erik, como se aquele lugar fosse a ela destinado, e olhou para ele com muita expectativa, como uma criança no Natal.

Ela se sentiu muito feliz. Em casa. Segura. Dali deveria vir tudo de bom.

Erik afagou devagar os cabelos dela.

— Portanto, ouça nosso contrato até o fim — ele disse, com aquele tom tranquilo, que a deixou quieta, apenas ouvindo —, se você me der de presente suas histórias, então eu também lhe darei um presente. Você não deve, quanto ao que me compete, permanecer presa na própria fantasia, mas, com um olhar muito claro, aprender a enxergar tão extensamente quanto o alcance da vida, a vida real, tão maravilhosa. E, mesmo que isso exija um esforço no início, não imagine que eu lhe ensinarei algo mais bonito do que aquilo que você sonhou até agora e reuniu em versos.

— Ó sim! — exclamou ela, saudosa, como se estendesse as duas mãos demandando algo esperado. — É ela: a mais bela história de conto de fadas de todas!

Ele se lembrou daquela expressão, pois ela já a havia utilizado no pátio da escola diante das meninas.

— Você disse exatamente isso, ao explicar às meninas, hoje de manhã, que tinha em mente algo novo. O que era?

Para sua surpresa, Ruth se retraiu e abaixou a cabeça.

Erik parecia apreensivo.

— O que era? — perguntou ele novamente, com mais ênfase.

— Não posso dizer — assegurou-lhe, amedrontada —, por favor, por favor, não.

Ele pegou sua mão pelo pulso, com força, até Ruth sentir dor.

— Se é algo tão difícil para você expressar, então é mais necessário ainda que o diga. Eu preciso saber agora, logo, Ruth.

Ela tentou puxar a mão dolorida da dele, mas como não conseguiu, abaixou a cabeça mais fundo, deixando o rosto quase escondido na manga do casaco.

Ele ergueu a cabeça da jovem de volta e olhou bem para o seu rosto, que estava em brasa.

— Não adianta nada se esconder — disse ele, inesperadamente delicado —, você sempre deve ceder a mim, minha criança. Seja breve!

As mãos dela cruzaram-se nervosamente sobre os joelhos de Erik, então ela as ergueu diante dele, com um gesto suplicante.

— Foi só que... eu fiquei tão cansada de todas essas histórias de uma vez. De repente, tudo parou, não conseguia mais inventar nada. Por mais bonito que imaginasse, por mais pessoas que incluísse na imaginação, eu sempre ficava sozinha. As pessoas cumprimentavam e passavam. E então... então veio um anseio tão forte... há quatro dias... um anseio tão forte. Eu não consegui mais brincar. Nunca mais.

— Anseio? Anseio do quê? — perguntou ele, à meia-voz.

— De vir para cá! — disse ela com a voz baixa, e afastou a cabeça.

Ele a soltou e permitiu que ela a escondesse novamente na manga do casaco.

Erik, então, envolveu Ruth com os dois braços.

II

ERIK ESTAVA SENTADO NA SALA DE VISITAS da casa dos tios de Ruth, segurando o chapéu e as luvas nos joelhos, e olhando pensativo para baixo, enquanto ouvia a conversa de ambos.

— Penso que isso combina bem com sua viagem, Matilde — disse o tio —, pois enquanto você estiver com Liuba em Wiesbaden, Ruth ficará sem nenhuma vigilância aqui. Também não sei o que a pequena deverá fazer com as longas férias, pois neste ano a maioria dos nossos conhecidos não virá para o campo, mas viajarão para outros países.

Erik tinha um olhar aguçado para a aparência externa das pessoas e era fortemente influenciado por ela. O tio, com seu cabelo e barba loiro-acinzentados, já um tanto misturados com o grisalho, os ombros esbeltos de sua figura elegantemente construída e as mãos refinadas quase femininas, agradava-lhe bastante. Na voz e na postura, ele lembrava um pouco Ruth. Por outro lado, Erik sentiu uma pronunciada antipatia pela tia.

— Essas visitas a todo tipo de conhecidos no campo também não seriam, agora, uma ocupação apropriada para Ruth — comentou ele, erguendo o olhar. — Ela precisa ter o que fazer, precisa de um trabalho e um esforço reais. Até mesmo um esforço físico ou intelectual seria melhor do que a falta de ocupação. Nessa idade, precisamos de uma alimentação reforçada, e justamente Ruth é quem precisa mais.

— Viu só, o que eu digo sempre? — interrompeu a tia, e moveu significativamente a cabeça na direção do marido. — Eu digo: concedemos coisas demais a ela. Mas você sempre considerou isso bastante cômodo.

— Ó meu Deus! O que você queria, afinal, fazer com essa mulherzinha — retrucou o tio, tranquilizando —, não podemos simplesmente empregá-la para limpar quartos!

— Não! Sabe, Louis, isso você realmente não precisava apontar. É como se eu estivesse permitindo que Ruth fizesse coisas que seriam adequadas apenas para o mais humilde dos criados! — disse a esposa, levando a brincadeira exagerada extremamente a sério. — Mas cuidar um pouco do ambiente doméstico, isso Ruth poderia fazer muito bem. Liuba também é encorajada a fazê-lo. Afinal, essa é a profissão da mulher.

Erik observava, com uma zombaria mal disfarçada no olhar, a grande e imponente figura da tia, na qual lhe pareceu típico, em todo o seu ser, que as costumeiras boas formas de comportamento não conseguiam esconder certa carência de graça natural.

— Mas, quanto a isso — interrompeu-a Erik, impaciente —, a senhora não precisa continuar se queixando dessa falha. Numa casa tão bem servida por todos os lados, a assim chamada "ajuda doméstica", seja ela regar as flores ou fazer o café, é, no melhor dos casos, uma brincadeira inofensiva; no pior dos casos, produz a impressão de que se realizou alguma coisa. Diante disso, eu nem teria muito a argumentar contra a faxina dos quartos.

O tio deu uma boa risada.

— Agora, o senhor conseguiu destruir os argumentos da minha esposa! — ameaçou ele, brincando. — Mas devo confessar que nem consigo entender por que vocês dois estão tão empenhados em sobrecarregar Ruth. Não tenho nada contra as aulas que o senhor sugeriu há pouco como desejáveis, muito pelo contrário, fico feliz pela pequena. Mas quero lhe pedir que não concretize aquela ideia da faxina, nem mesmo simbolicamente. Não a transfira para o campo mental. Não faça as coisas com demasiada seriedade. Ruth está acostumada a andar por aí e sentir-se satisfeita com sua preguiça.

— Eu acredito que o senhor está enganado — retrucou Erik, num tom incisivo. — Ruth não é preguiçosa nem despreocupada. Ela está acostumada a se esgotar completamente, num estado de sonho criado por ela mesma. Por causa disso, em parte, ela se adiantou em relação à sua idade, mas, em parte, também ficou para trás. Eu nunca vi um desenvolvimento tão desigual. Se ela não for impedida a tempo, correrá o risco de adoecer mentalmente, com toda essa fantasia.

O tio sacudiu a cabeça, admirado.

— Mas isso é muito estranho — disse ele —, eu sempre considerei Ruth uma garotinha extremamente prática. Nunca se notou nenhum indício de fantasia nela. Tudo que ela diz é tão direto e sensato! E, de preferência, ela não diz nada. O senhor precisa ver como ela é sensata em tudo, enquanto as jovens em geral dão mais valor à fantasia! Isso sempre me agradou tanto! Liuba nem consegue acompanhá-la nisso.

A esposa olhou para ele, ofendida.

— Felizmente não! — afirmou ela, um tanto irritada. — Liuba não andaria por aí vestida num saco cinzento, só porque é mais cômodo. E, no geral, imagine só, meu senhor, recentemente ouvi minha filha dizer a Ruth: "Preste atenção, quando você for um ano mais velha, saberá o que é bonito ou feio, e perguntará ao espelho: como poderei agradar a ele?". Meu Deus, o senhor sabe como as jovens conversam entre si! Mas sabe o que Ruth respondeu? Ela deu uma risada, depois, disse, espantada: "Por que não seria melhor perguntar 'como ele agrada a mim?'".

Naquele instante a porta se abriu, e Ruth entrou.

Ela veio do seu quarto, sem saber que encontraria uma visita. Quando viu Erik, tão inesperadamente, retornou e ficou vermelha em brasa.

A súbita presença dele no meio dos seus, que lhe eram tão distantes, aquela indesejada mistura de uma imagem que a preenchia tanto com o entorno que ela evitava e do qual fugia, produziu nela uma impressão muito estranha. Era como se uma figura de sonho de maravilhosas fantasias descesse à vida real, para se envolver numa conversa banal; é quase como se encontrássemos o que temos de mais íntimo, que nem mesmo possui palavras, traduzido à linguagem vulgar da ralé.

O fato de Erik ir até lá dialogar com seus parentes era algo que ela nunca poderia imaginar. Ele deveria ter organizado as coisas de modo a deixar que o evento de outro mundo permanecesse fora do seu mundo. Senão, ela teria preferido ir secretamente ao seu encontro à noite, de pés descalços.

Ela estava terrivelmente corada e sem jeito, com uma expressão muito assustada, enquanto se encostava na fresta da porta. Mas não era constrangimento o que sentia, e sim uma indissociável mistura de raiva e vergonha — vergonha por algo delicado, pertencente a ela, ter sido mostrado e discutido diante de olhares estranhos.

— Então, Ruth, é assim que você se comporta? — observou a tia, referindo-se a essa atitude dela. — Não pode se aproximar de nós?

Ruth fez algo bastante estranho. Ergueu as duas mãos, colocando-as lateralmente aos olhos, e, assim, com o rosto encoberto por duas viseiras, como uma criança com medo de visitas estranhas, atravessou a sala até a mesinha redonda entalhada diante do sofá, em volta da qual estavam todos sentados.

O tio deu uma risada, a esposa sacudiu a cabeça em sinal de desaprovação, e disse, censurando-a:

— Uma menina tão grande!

Erik, que virou a cabeça na direção de Ruth quando ela entrou, olhou para ela, calado e atento. Quando ela se posicionou bem perto dele, Erik ergueu a mão e puxou as mãos dela, afastando-as do seu rosto.

— Por que você não quer olhar para mim hoje, Ruth? — perguntou ele.

Ela não respondeu. Ainda estava muito corada e mantinha os olhos dirigidos ao chão. O "você" com o qual ele se dirigiu a ela, e que no dia anterior a tocara tanto, deixando-a tão grata, naquele momento quase a magoava. Ali, naquele lugar, soava muito diferente, era como a abordagem que se escolhe diante de uma criança que está no meio de vários adultos. Sim, ela estava diante dele e dos outros, e eles conversavam sobre a sua pessoa, como se ela tivesse sido traída e vendida, como se não se tratasse de um assunto exclusivamente seu.

Ela se sentiu traída e vendida por Erik.

— O senhor conhece Ruth por um lado muito amável — disse o tio, ainda sorrindo —, mas ela não é tão ruim quanto parece. — E, virando-se para a jovem, continuou. — O que foi que deu na sua cabeça, pequena? Eu nunca a vi constrangida desse jeito.

Erik, que a encarava com firmeza, procurou desviar a atenção dela.

— Nós ainda vamos nos entender — disse ele, com uma voz branda, e dirigiu-se ao tio com uma pergunta a respeito do dia e da hora da aula planejada.

Ruth permaneceu à parte, calada, sem dar atenção ao diálogo dos outros. Apenas o rubor foi sumindo gradualmente de seu rosto e deu lugar a uma expressão de contida tristeza e decepção. Ela não olhou para cima, ficou examinando minuciosamente o desenho brilhante do piso de madeira.

Enquanto Erik já revelava a intenção de se despedir, ela ouviu o tio dizer:

— Se isso de fato não for um sacrifício muito grande para o senhor, nós o aguardamos aqui, às tardes, depois de suas aulas no colégio!

— Não! — gritou Ruth de repente, no meio da frase. Era como se ela despertasse. Espantada e raivosa, seus olhos iam de um para outro. — Aqui? Mas isso é um engano. Eu vou para lá!

Todos olharam para ela, espantados, quando ela disse isso tão categoricamente, sem nenhum indício de hesitação. Mas Erik levantou-se rapidamente, para dizer:

— No final é até melhor — concordou com ela, involuntariamente —, e se Ruth não tiver medo do caminho e, depois, quiser passar a noite conosco, na prática, isso até seria viável durante esses dias de verão.

Ele não expressava mais a mesma segurança de antes; suas palavras eram agora marcadas por uma precipitação incomum. Um reflexo tênue da agonia e da perturbação que haviam afetado Ruth tão profundamente naquela situação parecia agora transferir-se para ele também, como se de repente ele adivinhasse ou percebesse toda a rejeição furiosa dela. Quando seus olhos se encontraram, cheios de censura e desprovidos de qualquer traço infantil, quase severos, ele percebeu, de repente, que preferiria estar com ela em outro lugar, e não em seu quarto silencioso, de onde ela tinha vindo ao seu encontro. Era como se o acaso tivesse arranjado as coisas daquele jeito. Mas ela não permitiu a atuação de nenhum acaso. De forma clara e inevitável, como uma visão, surgiu diante dele o que ela desejava e sonhava.

Enquanto Erik deixava a sala com o tio, e a tia se retirava, Ruth ficou em pé, imóvel, as mãos nas costas, a cabeça inclinada, como sempre, quando alguma coisa a preocupava.

No corredor, ela ouviu a porta da frente se abrir, depois, um passo rápido na escada de pedra. Então tudo permaneceu em silêncio.

Ruth contemplou a sala como se visse através de um véu, banhada por uma brilhante luz solar que entrava pelos cantos das janelas, depois de atravessar a alta vegetação de arbustos e os grupos de palmeiras, refletindo-se nas molduras douradas dos quadros, já cobertos por uma fina capa de tule contra a poeira e a luz.

Caminhou lentamente em direção à cadeira na qual Erik havia se sentado pouco antes. Sentou-se, apoiou os dois braços na mesa e deitou a cabeça sobre eles.

Começou a chorar amargamente.

*

À MESA, NA HORA DO ALMOÇO, o tio ficou observando Ruth, pensativo. Ele ficara impressionado com o fato de Erik parecer estar ciente de tudo o que se passava com ela. Enquanto isso, Ruth permaneceu sentada em silêncio. Não se podia saber o que estava pensando. Mas o professor também não teria como saber. Afinal, ele não era um vidente.

— No que você fica pensando o dia inteiro? — perguntou o tio Louis de repente, aborrecido.

— Eu? Em nada! — ela assegurou com um olhar surpreso.

— Mas em alguma coisa você deve pensar. É o que toda pessoa faz. Por exemplo, no que você pensou agora há pouco?

— Agora há pouco, pensei no vovô — disse Ruth.

O tio alegrou-se com a resposta, e olhou-a gentilmente. Ele havia amado o pai infinitamente.

— Você tinha apenas cinco anos quando seus pais faleceram e veio para cá, ainda se lembra disso?

Ela acenou afirmativamente, e a primeira lembrança clara e consciente de sua infância surgiu diante de seus olhos: um uniforme de general, um grande bigode branco como a neve e, acima dele, dois olhos azuis gentis — quase como os olhos de uma criança.

— Uma vez ele me tirou do berço, tão lindo, com faixas, estrelas e raios por todo lado. Então seu cigarro aceso tocou meu braço nu e eu gritei muito. Lágrimas enormes brotaram dos olhos dele, até que transbordaram. Ele me apertou forte contra si e me beijou no braço, no pescoço, no rosto e em todo o corpo. Assim era meu vovô. Agora, eu até deixaria ele queimar meu braço de novo, se quisesse, só para me beijar mais vezes daquele jeito! — acrescentou ela, enfática.

Podia-se perceber como aquilo a tocava. Ela nunca conseguiu esquecer o carinho do avô...

— Tem retratos e lembranças dele? — perguntou o tio, e ficou pensando o que ele poderia ter dado de presente para ela.

Ela sacudiu a cabeça.

— Nenhum retrato. Só um doce estalante.[5] Foi o que ele trouxe para mim, uma vez, do imperador. De um jantar de gala. Eu acreditava piamente que dentro dele haveria roupas douradas. Mas o vovô dizia que eram apenas roupas de um papel de seda bem fino, com uma pequena borda de purpurina. Eu preferi não explodir o doce. Ainda o guardo comigo. Assim, na verdade, as roupas douradas continuam lá dentro.

O tio esboçou um sorriso. Há muito Ruth já não o impressionava mais tanto assim. Beijos, doces estalantes, roupas douradas e de papel de seda do avô, certamente, eram

---

5 No original, *Knallbonbon*, que pode ser traduzido literalmente como "doce estalante". É um tipo de embalagem festiva popular na Alemanha e em outros países da Europa. Não é um doce propriamente dito, mas sim uma forma de embrulho que estala quando aberta e revela uma pequena surpresa dentro (N. da T.).

fantasias normais e inofensivas da cabeça de uma criança.

Quando Ruth saiu na tarde seguinte para ir à sua primeira aula, o tio Louis beliscou o lóbulo da orelha dela para consolá-la, e murmurou:

— Ei, se você quiser fugir dele, eu lhe ofereço proteção!

*

DESTA VEZ, QUANDO RUTH PAROU junto à cerca do jardim da casa de campo, ela não teve, como antes, a ideia de fugir. Também não hesitou tanto tempo até entrar, porém abriu o portão e caminhou em linha reta, não para subir a escada do terraço na parte detrás, mas para prosseguir até o fundo do jardim, que a atraíra tanto da primeira vez.

Jonas se encontrava ali, no meio dos grupos de árvores frutíferas, ativamente ocupado em procurar lagartas entre as folhas menores. Na verdade, ainda não se viam lagartas por ali. No entanto, ele não conseguia esperar para examiná-las.

Quando viu Ruth se aproximando, arrancou o chapéu de palha de abas largas da cabeça. Uma expressão constrangida surgiu em seu rosto, pois havia tirado a jaqueta e a jogado no chão, por causa do calor.

— Papai está dentro de casa! — observou ele, solícito, abaixando-se para pegar a jaqueta no gramado.

— Sim! Ele estava junto à janela — confirmou Ruth, apoiando-se no grosso tronco de um velho olmo. Diante disso, ele não soube responder mais nada, então ambos ficaram calados por alguns instantes.

— Que coisa maravilhosa! — exclamou Ruth, imersa em sua primavera, estendendo os dois braços na direção dos poderosos galhos que balançavam suavemente e sussurravam acima dela.

Jonas olhou para cima com algum esforço, mas não percebeu nada.

— Onde está essa beleza toda? — perguntou ele, surpreso.

— Essas folhinhas engraçadas de olmo! As outras árvores já têm folhas bem maiores. Mas essas ainda estão muito enroladas nos brotos e ficam todas juntas nas pontas dos ramos, como se não tivessem coragem de abrir. Ou como se olhassem, trêmulas de frio, para as vagens marrons, grudentas, que já as atiraram no chão. Não lhe parece que estão todas distribuídas pelas árvores em pequenos ramalhetes? Parece que chegaram voando. E que poderiam ir embora de novo, voando também.

— Mas elas não vão embora voando — garantiu Jonas, voltando-se novamente às suas supostas lagartas.

— Não. Só essas aqui fazem isso — observou Ruth, e estendeu a mão na direção da cerejeira, da qual caíram as delicadas pétalas das flores que deslizaram sobre seu braço, devido ao toque descuidado de Jonas.

— Essas aqui dão boas cerejas. Espero que sejam daquelas vermelhas, transparentes — comentou Jonas. — São as que mais gosto de comer. Além delas, temos quase só macieiras e peras comuns.

— Mas elas também são bonitas — respondeu Ruth. — Quando estamos junto à cerca, tudo aqui parece um conto de fadas. Mais tarde elas ficarão tão verdes e naturais quanto as outras árvores. Apenas menores.

— Precisa ser assim — explicou Jonas, indiferente —, senão o gramado nunca receberia uma boa sombra. E ela é a melhor coisa do verão, pois, justamente aqui, junto ao chafariz, sob as árvores frutíferas, é que minha mãe fica deitada na cadeira de descanso. E ela não pode tomar muito sol.

Ruth olhou para ele com bastante interesse. Parecia-lhe algo especial que, por causa da mãe enferma, ele se alegrasse tanto com as árvores e as sombras, e achasse as folhas verdes melhores do que todas as maravilhosas flores brancas.

A maioria das colegiais que Ruth conhecia também tinha mães, mas estas costumavam ser saudáveis, e ela nunca ouvira as meninas se alegrarem com o verão por causa delas, porém sempre apenas por causa das férias. Além disso, eram meninas. Mas, nesse caso, tratava-se de um menino.

Ela observou Jonas mais atentamente, e começou a gostar dele. E ele também ficou olhando para ela, a todo instante, e também começou a gostar dela, além do normal.

— Ela está muito doente? — perguntou Ruth, depois de um tempo, hesitante.

— Não muito. Ela só não consegue levantar, há muitos anos — explicou ele. — Quando ela quer fazer isso, papai a pega em seus braços e a carrega. Ele sabe fazer isso muito bem. Às vezes ela também tem dores e chora. Então papai sempre precisa ficar com ela, e isso a ajuda.

Involuntariamente, Ruth virou a cabeça na direção da casa, onde a mulher doente estava deitada, e onde estava aquele que a carregava e a ajudava, quando ela sentia dores.

— Atrás daquela janela — disse Jonas, e com a mão estendida indicou a sala atrás do terraço — está a cadeira dela, que foi levada para dentro por causa do sol.

Na ampla moldura da janela aberta, via-se apenas a figura de Erik, com as costas voltadas para eles. Então ele se virou lentamente.

Apressada, Ruth afastou-se do tronco em que estivera apoiada.

— Agora, vou entrar — disse ela.

Depois que Erik viu Ruth sair da rua e entrar no jardim, ele foi até a janela da sala e, de tempos em tempos, observava o grupo de árvores frutíferas sob os quais ela conversava com Jonas.

Clara-Bel estava deitada junto à janela, ocupada com um complicado trabalho manual, que consistia em refazer o desenho de um guardanapo de tecido de damasco que se danificara. Na Holanda, esse trabalho era chamado de *mazen*.[6] E quem aprendia a fazê-lo, logo queria estendê-lo para o reparo de meias e de camisetas.

— Ruth ainda não se decidiu a entrar? — perguntou ela, depois de uma longa pausa.

Ele puxou o relógio do bolso.

— Não, ainda faltam alguns minutos — observou ele, secamente.

— Na verdade, esse não é um motivo para não entrar, já que ela está aqui. Talvez ela prefira ficar no jardim e tagarelar com Jonas, em vez de ficar no gabinete e estudar, Erik. Afinal, isso é totalmente natural.

Ele ficou calado e olhou para baixo, para o bordado da esposa, com uma expressão de impaciência. Não suportava o *mazen*, alegava que estragava os olhos e até o caráter.

— Por favor, pare por um instante com esse "pica-pica" — disse ele, e simplesmente tirou-lhe a agulha da mão —, essa coisa me deixa nervoso.

Olhou novamente para o relógio.

Ele teve a noção de que não conseguiria por si só obter certo poder sobre Ruth, como imaginara naquela maravilhosa noite de maio. Ela não queria ser perturbada em sua independente vida de sonhos por nenhum movimento inesperado ou indesejado da parte dele, e o elevou a uma posição de herói de seu "mais belo conto de fadas". Com isso, ele deveria se comportar muito tranquilamente e aceitar todas as suas intenções, senão ela lhe escaparia novamente, em silêncio, tão silenciosa e imersa em sonhos quanto chegara em sua vida.

---

6 *Mazen* é um tipo de artesanato de origem holandesa, uma espécie de bordado, também usado para remendar ou restaurar peças danificadas. (N. da T.).

Isso não poderia acontecer. O educador dentro dele não aguentaria fracassar no que ele se propusera a fazer em relação a Ruth. Erik sabia que não descansaria enquanto não tivesse toda a vontade dela em suas mãos. E que mãos delicadas ele queria ter para poder cuidar dela!

Ao lado dessas ponderações pedagógicas, ele se sentiu tomado por uma alegria impaciente. Alegria com a luta que teria pela frente com Ruth. Erik, que sabia perscrutar os outros muito mais do que a si mesmo, nem podia imaginar a força do desejo dominador e juvenil que se escondia nele sob o manto do pedagogo.

Ele se dirigiu ao jardim.

— Agora ela vem! — disse ele, e, de fato, isso soou como um suspiro de alívio.

Sua esposa reprimiu um sorriso e retomou o trabalho.

— Então, sucesso, Erik. Só não esqueça de que às nove horas tomamos chá. Você vai deixá-la faminta e sedenta, penso eu.

Pelo corredor, ele havia se encaminhado ao seu gabinete, e já abria a porta pelo lado de dentro quando Ruth chegou e ia bater.

— Finalmente! — comentou ele, enquanto ela entrava. — Sabe, Ruth, o que minha mulher acaba de dizer? Ela disse que você prefere ficar com Jonas lá fora no jardim do que aqui comigo, no gabinete. O que você me diz?

Ela olhou para ele, meio insegura, e, obedecendo a seu aceno, sentou-se na poltrona de couro junto à janela. Depois, ela respondeu, com o olhar dirigido para baixo:

— Vim até aqui porque quis, só porque eu quis. Eu nem sabia que Jonas também estaria aqui. Foi só um acaso. Eu o encontrei aqui.

Ele não percebeu logo o que o surpreendeu tanto na resposta; que, na verdade, nem era uma resposta. Ruth enfatizou expressamente que estava ali apenas por vontade própria. Por precaução, ela nem se atreveu a fazer uma comparação.

— Apenas se, em seguida, isso não ocorrer inversamente, minha querida criança — disse ele, enquanto se sentava à escrivaninha e começava a arrumar alguns cadernos e livros —, pois conversar com Jonas ou passear no jardim são coisas que você só fará em seguida, quando "quiser", quer dizer, só quando, por acaso, tiver vontade e predisposição para isso. Aqui, por outro lado, para onde você veio voluntariamente, não poderá ser assim. Aqui, necessariamente, estará à sua espera algo bem determinado, que será independente do momento e de seus estados de espírito. Portanto, também é algo sobre o que você às vezes pensará: "não quero as coisas assim, não pensei nisso desse jeito, isso deverá ser diferente, isso aí não deveria estar aqui hoje". Não é mesmo?

Ela se calou teimosamente, com uma expressão carrancuda. Realmente, pela cabeça dela, passara mais ou menos aquilo que ele dissera. Mas o fato de ele saber disso deixou-a bastante desconfortável.

Ele permaneceu em pé ao seu lado e tirou-lhe, de cima dos cabelos, o gorro de lã que ela deixara na cabeça.

— Então, Ruth, ontem você não quis olhar para mim, e hoje você não quer falar comigo. É assim que você mantém nosso acordo? Eu esperava, com certeza, que você me contasse muitas histórias. Todas. Todas as suas mais belas histórias.

— Não — explicou Ruth —, nunca, jamais. Não contarei nada. Quero manter tudo guardado só para mim.

— Ora, sua unha de fome! — disse ele, dando risada. — Isso é muito ruim! Não é muito ruim quando convidamos alguém e depois batemos a porta na sua cara? Mas, por sorte, você não pode mais fazer isso, Ruth. Você não me deu suas histórias de presente? Já se esqueceu disso? Agora, são de minha propriedade. Posso fazer com elas o que quero. Posso tirá-las da sua cabeça e ficar com elas só para mim.

— Ó, não! — respondeu ela, um pouco mais animada, e involuntariamente colocou a mão na cabeça. — Isso não pode ser feito. Não pode ser, se eu não quiser.

— Você fala tanto da sua vontade, Ruth, e que só está aqui porque quer. Mas, na verdade, também sabe para que quer estar aqui?

Ela se aprumou e olhou para cima. Como não encontrou logo uma resposta, ele acrescentou:

— Eu sei, posso dizer isso por você. É que você quis esclarecer essa vontade, e deixar que ela fosse explicada por alguém que gostasse o suficiente de você. Todo aprendizado é apenas um meio para isso.

Ruth apoiou as mãos nos braços da poltrona, e seu semblante tornou-se mais hostil ainda. *É como se ela tivesse colocado de novo uma viseira diante do rosto!*, pensou Erik, observando-a. Entretanto, por trás dessa viseira, movia-se uma crescente emoção. O ânimo passivo, com o qual havia chegado naquele dia, não se sustentou diante das provocações de Erik, porém menos ainda ela queria recapitular o sonho e a estranha felicidade da primeira noite. Ruth se fechou e se recolheu instintivamente diante de Erik, como de algo poderoso que se deve examinar atentamente, antes de se envolver.

— Hoje, tudo é diferente! — murmurou ela.

— Tudo sempre será diferente daquilo que você pintar na realidade — respondeu ele, num tom bem calmo —, e deverá ser assim mesmo, Ruth! É sério demais para uma simples brincadeira de fantasia. Veja, eu também imaginei e sonhei algo belo, que quero ver concretizado em você. Afinal, eu lhe prometi que, pelas histórias que quisesses me contar, uma você deveria vivenciar através de mim. A mais bela, não foi o que disse? Quanto às histórias que você me contaria, isso deve ser mantido de acordo com o que você quiser, mas quanto à vivência, você deverá manter sua palavra, de que será como eu quiser. Foi o meu presente para você. E mesmo que hoje você não queira saber de nada, deverá aceitá-lo, de qualquer jeito.

Ruth ficou inquieta. Ela só conhecia dois tipos de pessoa, e o fato de não conseguir enquadrar Erik em nenhum dos dois, deixava-a muito angustiada. Um dos tipos consistia em pessoas de seu respectivo entorno diário que, em sua maioria, a incomodavam ou lhe eram indiferentes, e passavam por ela sem produzir nenhum impacto. Outro tipo consistia em pessoas estranhas que, como silhuetas de sombras, observava à distância, e das quais se valia para obter o estímulo exterior às suas fantasias. Mas Erik não poderia fazer parte dessas últimas, pois elas só faziam o que ela queria, afinal, elas eram apenas o que ela queria que fossem. Por outro lado, ele era uma realidade que a invadia. Mas ela também não podia rejeitá-lo, como rejeitava seus parentes, pois havia algo nele que a atraía e a empolgava mais fortemente do que todas as silhuetas de sombras juntas.

Ruth olhou para Erik timidamente.

— Prefiro vir outro dia — pediu ela, baixinho —, não posso estudar hoje. Não posso.

— Pode, sim! Pode, sim! — respondeu ele, em tom conciliatório. — Você pode sim. E basicamente também quer. Mas não podemos a cada instante retomar o embate. Ele precisa ser decidido de uma vez por todas. Você ou eu, Ruth! Um de nós dois precisa obedecer.

De repente, Ruth saltou da poltrona e disse, vagamente:

— Então eu também posso ir embora.

Isso lhe havia escapado espontaneamente, contrariando qualquer reflexão. Mas não adiantou nada. Já havia escapado.

Erik viu que ela ficou ali, em pé, pálida e assustada consigo mesma, e sentiu muita pena dela. Pareceu-lhe que a tinha maltratado, e seu olhar tornou-se bem brando.

Mas ele nem pensou em ceder a esse sentimento de brandura. Quis resolver essa situação o mais incisivamente possível. Não duvidava que conseguiria. E, com muita alegria, sentiu que, tão logo tudo estivesse superado, poderia atirar todo o rigor no lixo. Assim, Ruth estaria ligada a ele, para sempre.

— Claro que você pode ir embora — confirmou ele, calmamente —, se isso aqui para você, de fato, não foi mais do que um passatempo, como aquele jogo que costumam jogar entre vocês no pátio da escola. Você ainda lembra o que disse do estranho que vocês puxaram para dentro daquela brincadeira infantil? "Se ele não fosse adequado para mim, se tivesse saído do papel que eu havia escolhido para ele, então eu simplesmente teria de procurar outro, teria fechado os olhos e fugido", não foi mais ou menos isso que você disse? É a mesma coisa aqui, ou apenas semelhante? Então vá embora, fuja.

Enquanto falava, Erik sentia, o tempo todo, aquela forte compaixão. Ela olhou para cima só uma única vez, e quando encontrou aquele olhar tão brando, foi como se sua defesa passiva se transformasse numa espécie de agressão, como se ela procurasse uma arma, ou qualquer coisa que a livrasse do sofrimento, que pudesse feri-lo e desse a ela mais poder. Ele parafraseou em pensamento as palavras que ela usara para falar do estranho na rua: *eu precisei dele, então o peguei para mim!*

Ruth estendeu o braço para alcançar seu gorro de lã, que estava sobre a escrivaninha, e, com ele nas mãos, começou a amassá-lo inutilmente.

— Quero ir para casa! — repetiu ela, com um tremor no corpo inteiro.

— Como quiser.

— Portanto, *adieu* — disse ela, e encaminhou-se lentamente, como se estivesse paralisada, à porta de saída.

— *Adieu*, minha criança.

Ruth teve dificuldade em encontrar a maçaneta da porta e abaixá-la; suas mãos estavam frias e não lhe obedeciam. Assim que a porta se abriu, ela saiu para o corredor, e enquanto a porta se fechava, olhou para trás, para o gabinete, com os olhos em brasa.

Erik sentou-se na poltrona de couro que ela abandonara junto à janela. Apoiou o braço direito no braço da poltrona e colocou a mão sobre os olhos.

De repente, Ruth sentiu um peso na consciência. Sentiu que toda a sua vontade de domínio era apenas uma vontade de servir. De repente, ela percebeu que, talvez, naquele momento, ele estivesse sofrendo, sofrendo por ela, que o havia magoado.

Isso a acometeu com uma sensação de dor, mas essa sensação era estranha e inebriante; havia uma espécie de triunfo nela. Era uma dor sentida como uma espécie de felicidade. O corpo inteiro continuava tremendo, porém não mais por causa do medo da fuga. No meio do medo da fuga, ela fez uma pausa e colocou-se contra o inimigo, considerando-o já vencido.

Quem visse Ruth caminhando no corredor, poderia pensar que ela estava embriagada.

*

ÀS NOVE HORAS, quando Gonne já havia trazido o chá e as fatias de pão tostado à mesa, Erik finalmente entrou na sala de jantar.

— Aconteceu alguma coisa? — perguntou a esposa, olhando para seu rosto. — Ruth foi embora tão depressa.

Pensei que ela ia permanecer conosco.

— Por hoje foi melhor assim — retrucou ele, e Clara-Bel não perguntou mais nada.

Mas Jonas o fez no lugar dela.

— Gosto demais da Ruth — assegurou ele. — Ela vai voltar logo para cá, não é, papai?

— Logo! — disse ele.

— Imagine só, ela não quis me dizer o que estava acontecendo — continuou Jonas. — É que, na verdade, ainda consegui falar com ela no jardim, enquanto ela saía. Estava tão esquisita, papai, seus olhos estavam tão grandes e brilhavam tanto, parecia que tinha acabado de ganhar algum presente.

— Um presente? — repetiu Erik, e colocou de volta à mesa, com força, o copo de chá que pretendia levar à boca.

— Sim, era o que parecia. Mas ela não me respondeu, depois, junto à cerca, ela me pediu um copo de água.

— Ela não estava se sentindo mal, estava? — perguntou Clara-Bel, preocupada.

— Não, mas tremia muito. A água, eu fui pegar na fonte. Depois, ela foi embora. Mas eu a acompanhei com o olhar por um bom tempo — acrescentou Jonas.

— Com certeza, você foi rigoroso demais com ela, Erik — disse Clara-Bel. — Pude ver isso no seu rosto, quando você foi para lá.

— Rigoroso demais? Mas Bel, então não se tem a aparência de alguém que acaba de ganhar um presente!

Ele falou num tom brando, porém o que Jonas acabara de lhe contar deixou-o muito preocupado. Era algo novo, inesperado, que ele não conseguiu entender de imediato. Antes, ele conseguira entender muito bem a atitude dela, e até contara com o fato de zombar dele e ir embora. Mas aquilo ele não conseguiu entender. Seria possível que ela tivesse ido embora sentindo prazer, alegria, e não retornasse?

*

Enquanto eles ainda tomavam o chá na sala, do lado de fora surgia a ameaça de uma tempestade. Clara-Bel olhava assustada pela janela, através da qual se podia ver o amontoado de nuvens escuras, negro-amareladas, no céu. Um vento muito forte atravessava as copas das árvores, sacudia e vergava-as; o brilho do dia, que pouco antes ainda estendia a ampla claridade de maio sobre o jardim, desaparecera subitamente. Logo depois, sob as luzes estridentes e velozes dos raios e os violentos estrondos dos trovões, desabou um pesado aguaceiro.

— Por favor, vamos fechar as janelas! Jonas, pare de comer! Erik, o trovão! — disse Clara-Bel, que a cada raio apertava os olhos.

Erik se levantou, permaneceu por um instante parado junto à janela, e olhou para a turbulência do lado de fora. Fechou-a e retornou à companhia da esposa. O medo da tempestade era algo que ela adquirira desde que ficara doente e fora obrigada a permanecer deitada, indefesa. Quando jovem e saudável, não sentia nada disso, e Erik também não o teria tolerado nela. Atualmente, ele tinha mais paciência.

— Se pudéssemos acender um candeeiro! De repente, ficou tudo tão escuro! E o raio é tão terrivelmente claro, Erik!

— Gonne, não precisa trazer nenhum candeeiro para cá — respondeu ele, sorrindo, e colocou as mãos sobre os olhos dela. — Você não está se sentindo abrigada, Bel?

Ela assentiu, agradecida, e apertou o rosto contra as mãos dele.

Era uma tempestade muito forte. Raios e trovões seguiam incessantemente. Havia instantes em que o jardim parecia iluminado por fogos de artifício, e, no brilho azulado dos relâmpagos, podia-se ver as folhas e as flores arrancadas pela tempestade girando loucamente, num violento redemoinho.

Toda vez que o estrondo do trovão era especialmente forte, Clara-Bel se encolhia.

— Será que Ruth chegou em casa antes da tempestade? — perguntou ela.

— Há muito tempo. Ela já devia ter chegado antes de nos sentarmos à mesa para o chá — tranquilizou-a Erik. — O criado deve ter ficado feliz por não precisar vir buscá-la debaixo dessa chuva toda.

Passou-se certo tempo até que os raios e a tormenta se acalmassem um pouco, e o barulho da chuva de granizo tamborilando no telhado se tornasse mais fraco.

— Então, Bel, está melhorando — disse Erik, e afastou as mãos que cobriam o rosto dela. Ele abriu novamente a janela, pela qual o ar já bem mais fresco e perfumado daquele fim de tarde penetrou no recinto.

Jonas estava no terraço respingado pela chuva, diante da janela, e, inclinado sobre o peitoril, olhava para o jardim devastado. Um grande galho de olmo despencara sobre o caminho de seixos, e a floração que cobria a árvore teve de pagar com a vida o dano causado pela tormenta.

— Então elas voaram, de verdade, todas de uma vez, essas flores brancas! — exclamou Jonas, lamentando-se.

— Exatamente como Ruth havia previsto! Ela vai sentir muito. Achava-as tão belas! Mas, lá em cima, o céu já está ficando azul, papai.

— Graças a Deus! — comentou Clara-Bel. — Essa agitação e confusão toda lá fora é horrível. Somos literalmente arrastados para dentro dela.

— Sim, isso não é mais para você, minha pobre — disse Erik —, mas já houve tempos em que você teve de aguentar essas tempestades e, ainda por cima, o rugido do mar, sem que eu estivesse ao seu lado.

— Aquilo era terrível, Erik, terrível mesmo — assegurou ela, simulando calafrios. — Naquela época, quando você saía com aquela gente para acudir um navio em perigo, era assustador. E aquela vez, lembra? Quando você estava só e tentou convencer Niels e os outros. Pois eles também tinham esposa e filhos. Mas isto você sempre soube fazer muito bem: convencer as pessoas. "Vai dar certo", é o que você lhes dizia, e eles acreditavam.

— Você também acreditava em mim, Bel, quando precisava ficar em casa, sozinha, e quando lhe parecia que não ia dar certo.

— Sim, Erik. Às vezes eu pensava que o susto me mataria. Mas você dizia, tão confiante: "quando eu voltar para casa, molhado e cansado, Bel, preciso encontrar ambos, minha esposa e meu pequeno menino, satisfeitos e saudáveis. Então é porque teve de ser assim".

Erik se calou. Diante dos seus olhos apareceu a cena de uma noite de tempestade em que, voltando para casa, depois de um real perigo de vida, ele encontrou a esposa com a criança ao seu lado, ajoelhada no meio do pequeno recinto, rezando em voz alta. Por um instante, ele ficou parado na soleira da porta, consternado, pois nunca a vira rezando. Quando se casaram, caíram-lhe nas mãos, entre outras coisas, alguns livros de oração, e quando ela viu que ele os folheava, perguntara-lhe:

— Você acredita no que está escrito neles?

Ele erguera os olhos e respondera, com uma expressão séria:

— Não, Bel.

Desde então, eles tocaram nesse assunto apenas uma única vez depois de anos, numa conversa, e ele constatara, com certo espanto, que sua esposa, até mesmo sem ela perceber direito, não tinha mais a crença anterior. Ao perguntar-lhe como isso acontecera, ela respondeu, com sua amável serenidade:

— Bem, Erik, se as coisas nem são assim, de que adianta acreditar nelas?

Naquela noite de tempestade, ele entrara em casa com suas longas botas de marinheiro e seu pulôver molhado, ela parou de rezar e com um grito de alegria estendeu os dois braços em sua direção. Ele a ergueu do chão em que estava ajoelhada e a beijou.

— Você sempre faz isso, Bel, quando não estou com você? — perguntara ele baixinho.

— Quando você não está comigo, Erik! — dissera ela chorando. — Pois eu sempre sinto que devo fazê-lo!

Naquela época, Clara-Bel estava grávida do segundo filho. Pouco depois daquele episódio, sofreu uma queda perigosa, que lhe custara a saúde e a vida da criancinha, que nasceu morta.

Quando Gonne entrou com um candeeiro aceso, Erik despertou de seus pensamentos.

— Quero me retirar ao meu gabinete — comentou ele, e beijou a esposa na testa. — Ainda preciso corrigir alguns trabalhos da escola para amanhã. Assim que se sentir cansada, mande me chamar.

O gabinete de Erik já estava quase escuro. Apenas um fraco clarão de luz de algumas nuvenzinhas róseas separadas da grande massa de nuvens, e que flutuavam independentes numa grande abertura azul do céu, entrava pelas janelas abertas. Sob essa fraca claridade, podia-se ver, com certa nitidez, a escrivaninha, a estante de livros e o velho sofá forrado de couro, todos na parede ao fundo.

Erik parou, de repente, na soleira da porta. Por um

instante, acreditou ter visto claramente Ruth sentada na poltrona de couro junto à janela.

Decerto, ele não costumava ter alucinações.

Com uma sensação de aborrecimento consigo mesmo, fechou a porta atrás de si e pegou um castiçal de uma mesa lateral, para iluminar o ambiente.

Ele se recompôs e colocou o castiçal de volta ao seu lugar na mesa. De fato, na poltrona havia alguém.

— Sou eu! — disse uma voz lamuriante.

— Ruth! — exclamou ele, em voz alta.

Era ela, molhada até os ossos, com as roupas pingando pesadamente no chão, e com um dos lados do vestido pendente, todo rasgado. Seus dentes batiam uns contra os outros produzindo um som forte.

Erik a enlaçou em seus braços e começou a tateá-la, aflito e preocupado, com mãos carinhosas — o peito, os braços e o cabelo embaraçado, úmido, colado em volta de seu rostinho frio.

— Quando, como, de onde você veio? Não estava em casa?

— Eu não estava em casa — disse ela, timidamente e tremendo de frio, aconchegando-se nele. — Resolvi voltar da estação da cidade, e caminhei até aqui, justamente quando começou a chover. Não quero ir para casa — acrescentou ela suplicante. — Estou com muito frio!

— Minha querida, você não deve ir para casa! Deve ficar aqui! Mas, há quanto tempo está sentada nessa poltrona? Como pôde fazer isso? E ninguém a ouviu tocar a campainha na porta do terraço?

— Eu não toquei. Fiquei com vergonha. Entrei pela janela. Mas foi difícil — confessou ela, com um sorriso maroto na boca e nos olhos.

— E então? E se eu não tivesse entrado aqui?

— Então eu teria sido obrigada a ficar sentada aqui a noite inteira! — explicou ela, tremendo, e esfregou a cabeça em seu braço, como uma gata molhada. Depois, disse baixinho:

— Eu não podia dizer isso na frente dos outros. Mesmo assim preciso dizer. Por isso é que voltei! Eu precisava dizer: quero fazer tudo que devo fazer.

Quinze minutos mais tarde, Jonas estava a caminho da estação para enviar um telegrama ao tio de Ruth, avisando-o de que ela passaria a noite com eles. Ruth foi bem agasalhada e colocada na cama de Jonas, que Gonne havia arrumado apressadamente para ela. Depois, deram-lhe um chá quente, e ela caiu num sono bastante intranquilo.

Jonas se sentiu muito orgulhoso quando, ao voltar, ouviu que haviam cedido a Ruth o móvel mais importante que uma pessoa possui, ou seja, a cama. E, bastante satisfeito, naquela noite, ele se acomodou no gabinete de Erik, no velho divã de couro, cujo estofamento não deixava nada a desejar em dureza e incompreensíveis protuberâncias. Jonas estava agitado demais para conseguir dormir, e a todo instante espiava pela fresta da porta para perguntar o que Ruth estava fazendo. Ela estava com uma febre muito alta e, meio sonolenta, falava sem parar, coisas confusas e misturadas.

— O bolo de areia — foi o que Erik conseguiu ouvi-la falar, várias vezes, assustada. — Ele me aperta tanto. Ele foi crescendo cada vez mais. Estou com medo. Ele vai me engolir. Ele era tão macio e pequeno, e tão maravilhosamente fácil de amassar!

Erik permaneceu em vigília, junto dela, até o amanhecer.

Ela se debatia, agitada, sobre o travesseiro, e sempre voltava a falar consigo mesma, em frases entrecortadas. Pareceu a Erik que não eram meras fantasias decorrentes da febre, pois eram bastante coerentes. Ele imaginou que, talvez, muitas vezes, ela falasse assim consigo mesma, sem que alguma pessoa a ouvisse, e que agora a febre tivesse lhe dado um impulso poderoso para que ela o fizesse inconscientemente, diante de ouvidos humanos.

Das palavras dela, ele conseguiu saber que continuava pensando na caminhada sob a tempestade. Do modo como falava, podia-se pensar que nunca a fizera, ela mesma, mas que fora empurrada para ela contra a sua vontade, impelida com violência para dentro da tempestade, sob raios e trovões.

Ela se viu andando naquele caminho solitário, escuro, enquanto o granizo e o vento a açoitavam, e seus pés ficavam presos no chão de lama amolecida. E a isso misturava-se outra imagem febril: a tentativa de fugir de alguma coisa, sem conseguir, como costuma ocorrer nos sonhos.

— Eu corro e corro, e não saio do lugar — queixou-se ela, inquieta, e quando pensava nisso a febre subia.

Na manhã seguinte, Ruth estava livre da febre. Quando Erik entrou no quarto, já vestido para seu trabalho na escola, ela estava sentada ereta na cama, usando um casaquinho de noite de Clara-Bel, curto e largo demais para ela, e o encarou com um olhar constrangido.

A colcha sobre a cama estava coberta de flores, que Jonas lhe havia enviado logo de manhã cedinho. Até alguns ramos intactos de sua cerejeira preferida encontravam-se no meio delas. Ele os havia colhido com certo desdém pela morte da árvore.

— Preciso ir para casa? — perguntou Ruth, amedrontada.

— Não, minha querida. Você não deve ficar aqui deitada o tempo todo, como uma enferma, mas saltar por aí, como uma pessoa saudável. Meu gabinete ainda espera por você. Não queríamos trabalhar juntos?

— Sim — disse ela, animada, e fez um esforço, como se fosse se levantar, mas, com isso, as flores escorregaram de cima da colcha.

— Mas minha querida criança, não agora, neste instante. Mais tarde!

— Mais tarde! — repetiu ela, obediente, enquanto se reclinava e fechava os olhos.

Erik segurou seu pulso, para sentir as pulsações.

— Quando eu voltar da cidade para casa, hoje — observou ele, de permeio —, quero encontrá-la no jardim, à luz do sol, completamente saudável. Não é verdade?

— Sim — disse ela, obediente como sempre, sem abrir os olhos. Mas em seu rosto havia uma expressão de dor ou de preocupação, que deixou Erik intranquilo.

Ele se inclinou sobre ela e afastou suavemente o cabelo da testa da jovem.

— Não apenas saudável, Ruth — acrescentou ele — mas também alegre! Não com essa cara fechada, virada para dentro de si mesma! Não se feche novamente para mim, tão timidamente, minha criança. Você não gosta mais de estar comigo? Não lhe faz bem estar aqui conosco?

Ela abriu os olhos e o encarou por inteiro.

— É como se eu tivesse despencado no mar — disse ela.

*

Erik saiu mais cedo do que de costume, para poder conversar com os parentes de Ruth antes do início das aulas no colégio. Ele os encontrou tomando o café da manhã. Só depois de Erik apresentar explicitamente o que desejava, é que Basil, um pouco hesitante, deixou-o entrar na sala de jantar, onde a tia, usando uma touca matinal, ainda se encontrava atrás do samovar. Ela ficou um pouco constrangida com aquela visita, tão cedo de manhã. Como todas as manhãs, o tio já se preparava para ir até o ministério. Estava sentado à mesa, com suas calças de militar e um elegante casaco fechado, tomando uma última xícara de chá. Ele se levantou e foi ao encontro de Erik, com perguntas animadas, porém preocupadas, sobre Ruth. Erik lhe contou que, ao voltar para casa, ela resolvera retornar, mas foi surpreendida pela tempestade, e, devido ao nervosismo, acabou adoecendo.

— Ó, essa coisinha! — exclamou o tio, num tom carinhosamente preocupado. Em silêncio, ele se culpou por ter incentivado Ruth a "fugir".

— Como isso deve ter sido duro para ela! Quando, inesperadamente, ela sai do calor e entra no frio, costuma ter calafrios pelo corpo inteiro e começa a tremer. Então também sente um medo terrível.

Liuba entrou, saudou Erik e, com os olhos ainda vermelhos de sono, serviu-se de chá. Estivera com amigos na noite anterior e permanecera acordada até tarde.

— Sim, coragem é o que Ruth não tem — confirmou ela. — Uma vez, quando colocamos uma lagarta em seu pescoço, ela teve convulsões.

Erik olhou para ela, espantado.

— Alguma vez ela demonstrou ter tendências a isso? — perguntou ele, em voz baixa.

— Ora, não, a não ser dessa vez, nunca! — respondeu o tio, zangado. — Isso já faz alguns anos. Acho que ela deveria ter uns treze anos. Foi em algum lugar da Suíça. Ruth usava um fino vestido de verão, com o pescoço descoberto. Foi uma maldade de vocês, assustá-la daquele jeito.

Virando-se para a filha, disse:

— Liuba, era melhor você não ter falado nada sobre isso.

— Não pensamos nada de mal ao fazer aquilo — disse Liuba. — Foi porque ela ficava sentada ali, pensativa e concentrada, como uma pedra que não vê nem ouve. Isso atrapalhava a brincadeira dos outros. Então, como nada conseguia despertá-la, colocamos uma lagarta sobre o babado do vestido, junto ao pescoço dela. Mas a lagarta rastejou para dentro do vestido, pelo decote. Ruth nem gritou. Ela simplesmente caiu no chão, desacordada.

— Vocês esqueceram o principal — observou a tia. — Aquilo que tira a culpa de meninas travessas e explica o susto de Ruth. É que, quando criança, Ruth foi firmemente convencida de que o mal se encarnava em lagartas, cobras e todos os tipos de vermes. Ela vivia contando histórias da carochinha e lendas pagãs. Sabe Deus onde ela lia e ouvia tudo isso. Nessas coisas, Ruth sempre era tão estranhamente infantil, e permaneceu assim. Hoje, ela ainda sente esse mesmo pavor, que não diminuiu.

— Mas, desde então, tudo foi afastado de seus olhos, tudo o que poderia lembrá-la disso — disse o tio a Erik.

— Isso não poderia ter sido feito — alegou Erik com determinação; entretanto, seu semblante ficara muito pensativo. — Não podemos lidar com muita condescendência com Ruth; ao mesmo tempo, também não tão duramente, se quisermos ajudá-la.

Erik levantou para se despedir.

O tio calou-se por um instante, e, em pé, apagou o resto de seu cigarro no cinzeiro. De repente, muito amável, disse a Erik:

— Sabe, estou feliz, estou mesmo muito feliz que Ruth esteja com o senhor.

— Não desejo mais nada, além de que ela permaneça comigo — retrucou Erik, simplesmente.

— Sim, veja o senhor — continuou o tio, enquanto chegava bem perto dele —, acredito que justamente com o senhor essa coisinha, por fim, chegou ao seu lugar certo, depois de todas as viagens equivocadas que ela realizou. E, ao seu lugar certo, quero dizer quase tanto quanto "para casa".

— Eu lhe peço — lembrou a tia ao marido, pois não gostara da fala dele —, pelas suas palavras, todos devem pensar que Ruth foi maltratada aqui.

— Ora, como assim, maltratada? — disse ele, aborrecido.

— Não, ela foi muito bem tratada aqui, como poderia ser diferente? Entretanto, por que deveríamos negar, o senhor sabe cuidar dela melhor do que nós. Recentemente, eu senti isso, e hoje eu sei disso claramente. Alegro-me por ela, sim, por Deus, eu me alegro sim; de resto, bem, a criança não tem nada a ver com isso, é só o que penso.

— Bem, sim — interrompeu a tia —, certamente devemos ser gratos a esse senhor. Mas não fale com tanto sentimento de culpa, até parece que você quer se ver livre dela.

E, dirigindo-se a Erik:

— Mande lembranças minhas a essa criança querida. E caso ela adoeça, decerto irei até sua casa e cuidarei dela.

Erik prometeu transmitir as lembranças à "criança querida", o que ele preferiria nunca mais ter de fazer. Então saiu com o tio, e imaginou um plano para conquistar a confiança dele. Quase se tornaram amigos.

*

Quando Ruth se levantou, mais tarde, ela viu a cadeira de descanso de Clara-Bel já colocada junto ao chafariz de pedra. Um pedaço de lona listrada, estendida entre as árvores frutíferas, protegia-a do sol da manhã.

Depois da tempestade, a vegetação ao redor parecia ter renascido, como num passe de mágica. O jardim estava todo verde, e as últimas folhas forçavam sua saída dos brotos. Ruth atravessou o jardim lentamente. Seus olhos fitaram, encantados, a fresca e cálida beleza à sua volta, e a mulher enferma que repousava no meio dela.

— Bom dia, Ruth! — exclamou Clara-Bel, e estendeu afetuosamente a mão para ela. — Seja bem-vinda, minha querida criança. Você sabe quem eu sou, não é? Não pude ir vê-la quando esteve de cama, doente, ontem à noite. Fico feliz que esteja novamente com saúde e que possa vir até aqui onde estou.

Ruth pegou a mãozinha macia, na qual ainda se podia ver como ela fora um dia, muito rosada e redonda, com covinhas sobre os nós dos dedos. E, obedecendo a um súbito sentimento, inclinou-se e beijou aquela mão. Olhou para Clara-Bel com uma espécie de veneração, como se ela fosse o objeto mais valioso daquela casa.

— Erik e Jonas estão na cidade — disse Clara-Bel —, e estou deitada aqui, sozinha. Você não quer me fazer um pouco de companhia, Ruth?

Ruth assentiu, ainda sem falar. Estava inebriada pela primavera e o forte e fresco perfume exalado por tudo em volta. Ela teria gostado de expressar todo aquele entusiasmo.

— Vou ficar aqui, sentada — explicou ela, e acocorou-se, com os joelhos para cima, na borda de pedra do chafariz, coberta de musgo. Do recipiente de água no seu topo, crescia, serpenteando para baixo, uma longa e fina trepadeira.

— Este é o lugar mais bonito do mundo inteiro! — disse Ruth.

Ela exagera em tudo, pensou Clara-Bel, observando-a secretamente. Porém, naquele instante, sentiu-se agradavelmente emocionada.

— Nessa época, junto ao mar, é muito mais bonito, Ruth — disse ela. — Ali, onde morávamos antigamente, naquela pequena ilha longínqua. Alguma vez você já esteve junto ao mar?

— Sim, muitas vezes — respondeu Ruth. — Porém, eu teria gostado muito mais de estar ali onde a senhora morava, naquela pequena ilha. Mas, na época, eu não sabia nada a esse respeito. Não, eu não sabia nada disso.

Parecia-lhe visivelmente maravilhoso e, na verdade, incompreensível que ela nunca tivesse tido conhecimento disso. Para Clara-Bel, ela falava como uma criança: algo tão óbvio com uma expressão tão séria e emocionada!

— E a senhora sabe tudo sobre isso! — acrescentou Ruth, com a mesma expressão. — Tudo como era, completamente. Era mesmo tão maravilhoso?

Clara-Bel não tinha uma natureza eloquente. Ela falava tão pouco quanto Erik falava muito. No entanto, sentiu muita vontade de conversar com Ruth.

— Devo falar-lhe sobre isso? — perguntou Clara-Bel, e olhou para ela, sorrindo.

— Sim — disse Ruth enfática, e um sentimento mais forte do que apenas curiosidade surgiu no seu olhar. — Mas me fale tudo: como eram as pessoas, a vida, a casa, o mar e também as crianças da escola.

Clara-Bel achou que deveria começar com a casa. Depois que ela a descreveu, dizendo como era pequena, do tipo das casinhas da aldeia, e mesmo assim muito confortável, apesar do baixo vigamento do teto e das estreitas vidraças das janelas, sempre embaçadas pelo ar salgado do mar, ela passou a falar das pessoas, que entravam e saíam dela. Era muita gente, e Ruth até teve a impressão de ser todo um povo. A narrativa de Clara-Bel sempre girava em torno daquele que ela colocava no ponto central, que compartilhava e fazia tudo com essas pessoas e a quem elas saudavam sempre com o mesmo sorriso, tanto a criança mais nova quanto a mulher mais velha.

Os olhos de Ruth faiscavam. Tudo o que Clara-Bel lhe contava ela aceitava como verdadeiro, como o olhar e aquela vivência conjunta. Inconscientemente ela completava a imagem até conseguir uma nitidez mais palpável, na medida em que a pintava com tintas douradas, que a própria Clara-Bel ia colocando na palheta. Ao redor de toda essa imagem, ela ouvia constantemente o mar violento trovejar e espumar.

Ruth inspirou o ar salgado e sentiu a fina areia marítima sob seus pés. Com a mesma velocidade, sua fantasia acompanhava a narrativa da mulher, que nem sabia como era afetuosa a idealização daquilo tudo que ela ia descrevendo a Ruth.

Quando Clara-Bel terminou, Ruth respirou fundo, com o rosto vivamente corado.

— Ó, como a senhora conta as coisas maravilhosamente! — exclamou ela, grata. — Não quero fazer mais nada a não ser ouvi-la o dia inteiro. Ainda quero vivenciar tudo isso! Como deve ter sido lindo!

— E foi mesmo — constatou Clara-Bel, satisfeita.

Entretanto, na época, tudo nem lhe parecera tão bonito assim, quanto o que ela estava narrando naquele dia. Até então, ela ainda não falara nada de si mesma, só de Erik. Mas, diante do pedido de Ruth, ela acrescentou, com o orgulho da mulher que conseguiu a própria felicidade, amando sempre:

— Lindo, porém também muito difícil, Ruth. Pois não é fácil ter que compartilhar com tanta gente que quer o conselho, o apoio e a participação, tudo da mesma pessoa, e que sempre recorrem a ela, sempre a levam consigo. Não é fácil, devemos nos tornar humildes. Deveríamos aprender isso primeiro.

— Isso? — disse Ruth, perplexa. — Não, não quero isso, não. Eu nunca escolheria algo assim para mim. Mas estar ali, no meio das pessoas, tendo todo esse poder, como um bruxo, deve ser maravilhoso. Deve ser como se, de repente, fôssemos várias pessoas ao mesmo tempo — e ainda mais do que todas elas juntas.

Clara-Bel ficou calada, confusa.

Ela sentiu perfeitamente a admiração entusiasmada que transparecia no tom de voz de Ruth, mas não conseguiu entender como esse entusiasmo dela, longe de se direcionar ao objeto admirado, simplesmente expressava um desejo de estar em seu lugar.

Ruth mergulhou totalmente na imagem que havia pintado. Depois de uma breve pausa, recomeçou:

— E era apenas uma aldeia! Uma ilha bem comum! Em volta só havia água, de modo que ali terminava tudo. Mas esse tudo poderia ter sido algo bem maior, não é verdade? Talvez com muito mais gente em cima. Eu não sei bem como. Eu penso comigo mesma: ser tão forte e depois poder fazer algo tão poderoso. Isso não precisa permanecer restrito à aldeia.

Essas palavras tocaram Clara-Bel de um modo estranho. Ela pensou que aquilo teria sido mais ou menos o que seu marido desejou e esperou um dia, na época em que tudo à sua volta ainda era futuro e esperança.

— No final, tudo aquilo nem teria permanecido restrito à aldeia — disse ela, olhando para Ruth —, só as condições foram culpadas. Antigamente, Erik tinha grandes planos. Ó, quantos planos ele tinha! Mas depois veio a desgraça, e eu tive de permanecer acamada. Vieram os médicos, as viagens, as cirurgias. E, finalmente, as dívidas. Então, acabaram-se os planos. Tudo aquilo custou muito dinheiro, Ruth. E tudo em vão.

Com os olhos arregalados, Ruth olhou para a mulher, que conseguia dizer as coisas tão tranquilamente.

— Eu não conseguiria sobreviver! — exclamou Ruth sem querer, horrorizada.

— Ora, minha querida criança! Isso nós pensamos quando somos tão jovens como você. Mas, depois, aprendemos a nos conformar com o destino e suas vontades. Até mesmo ao mais difícil de todos: permanecer acamada, quieta, e não poder mais prover, com as próprias mãos, o bem-estar de quem amamos, pois isso é o mais difícil de tudo, Ruth.

Ela o disse num tom suave e afetuoso, em resposta à impensada exclamação de Ruth. Nenhuma queixa de si mesma. Só lamentava não poder mais cuidar dos outros.

Mas Ruth achava que não tinha a mínima importância se, num caso como esse, ainda se podia ou não cuidar dos outros. O que a deixou tão horrorizada foi a ideia de que, devido a uma desgraça como essa, alguém fosse a causa para o outro ter de interromper a dedicação a uma causa própria, o outro mais forte e mais saudável.

Confundia-a o fato de não sentir pena nenhuma daquela mulher delicada, doente. Ruth tinha a sensação de que só sentiria pena de Clara-Bel se esta tivesse tempo para pensar em si mesma. Mas ela sempre pensava apenas em Erik. E sentiu pena dele, um sentimento tão tempestuoso que quase a fez chorar.

Clara-Bel estava estendida, reta, e olhava para cima, para o claro céu azul, com seus tranquilos olhos azuis. Pensava na felicidade e em como conseguira mantê-la, tão clara, azul e tranquila.

— É o que lhe desejo — disse ela a Ruth, que estava muda —, que alguma vez você possa cuidar, com todo coração, de alguém que você ama. Estar saudável, bonita, boa e inteligente ao mesmo tempo! Tanto faz se depois ele produz algo grande ou pequeno no mundo, não é isso que importa! O mais belo é cuidar e amar. Principalmente para nós, mulheres. É muito mais bonito do que ser aquela a quem tudo isso é dedicado. Não precisamos invejar isso.

— Ó não! — disse Ruth, vivamente. — Não pode ser que isso seja o mais belo. Aquele a quem tudo isso é dedicado está em melhor posição. Do contrário, Deus estaria em desvantagem em relação aos homens![7]

Com seus olhos azuis, Clara-Bel dirigiu-lhe um olhar de espanto, um olhar de crítica. Mas ela não soube o que argumentar contra isso. Realmente, devia-se ter muita indulgência com Ruth. Clara-Bel só se sentia segura enquanto Ruth a ouvia. Ela a ouvia tão atenta! Mas, quando falava, era sempre uma surpresa para o ouvinte, ou até um aborrecimento. Certamente, ela combinava melhor com Erik do que Clara-Bel. Certamente, ele poderia compreendê-la, pois, afinal, era a sua especialidade.

Enquanto isso, assobiando animadamente, Jonas entrou no jardim vindo da rua, e podia-se vê-lo no meio das árvores, a mochila nas costas, sumir para dentro de casa. Quando voltou a ser visto, a mochila havia sido descartada, e, na mão, ele trazia um imenso pão com manteiga, no qual deu uma boa mordida.

Jonas correu em direção à mãe, beijou-a, estendeu a mão a Ruth e disse:

— Você... a senhorita tem... — parou ele, e ficou vermelho.

— Você! — decidiu Ruth, séria, e o encarou.

— Sim, não é verdade? — disse ele, alegre, e sentou-se no lugar ao lado dela na borda do chafariz. — Pois agora somos companheiros de residência. Na verdade, quase irmãos. Não é mesmo, mamãe? E também colegas de idade. Qual é a sua idade, afinal?

---

[7] Ruth adota uma perspectiva teológica ao rejeitar a ideia de que amar e servir são mais nobres ou superiores do que ser o destinatário desse amor e serviço. Ela argumenta que o destinatário ocupa uma posição privilegiada, ilustrando isso com o exemplo de Deus e os homens. Para Ruth, a lógica de Clara-Bel não se sustenta, pois, segundo ela, essa visão colocaria os seres humanos em uma posição superior a Deus. (N. da E.)

— Em onze meses, completarei dezessete anos — disse Ruth.

— Ainda tenho apenas dezesseis — confessou ele, constrangido; depois, seu rosto clareou —; quer dizer, agora. Mas em onze meses, não mais. Até antes disso, na verdade. Agora, você deveria comer um pedaço de pão comigo, pois ainda falta uma hora até o almoço ser servido — acrescentou ele, e, num impulso enfático, partiu o pão em duas metades, para compartilhá-lo com ela.

— Não quero comer — disse Ruth, dando risada de seu zelo.

— Então, com certeza, você ainda está doente — observou ele. — Mas isso também foi uma sorte, sabe? Senão, você nem teria permanecido aqui conosco. Foi uma boa ideia sua andar por aí assim, no meio da tempestade. Imagine só! Você poderia ter ficado confortavelmente ao lado do papai.

— Sim. Se eu tivesse permanecido sentada ali, eu também teria ido embora — observou Ruth pensativa.

Jonas não entendeu muito bem o que ela quis dizer, então falou rapidamente:

— Venha comigo até o bosque, Ruth. Você nem o conhece ainda. Lá há muitos ninhos. E, no meio dele, corre um pequeno regato, em direção à base do gramado. Podemos facilmente saltar por cima da cerca, ela é bem baixa.

— Não — respondeu ela. — Vá para o bosque você, agora preciso ficar aqui.

— O que você quer fazer aqui?

— Preciso pensar.

— Pensar?

Jonas olhou para ela meio desconcertado. Entretanto, aquela lhe parecia uma atividade que exigia respeito. Então ele se levantou suspirando e foi para casa, pois não sabia direito como poderia participar daquilo.

Ruth nem percebeu que ele havia ido embora. Ficou sentada com os joelhos dobrados para cima, os braços enlaçando-os, e o queixo redondo apoiado nas mãos fechadas em punho, como se fossem dois pilares. Concentrada, ela olhou bem para a frente, para um único ponto do gramado onde havia uma margarida branca, e começou a pensar intensamente, como um guru indiano. Ela sabia muito bem onde havia sido interrompida quando Jonas veio ao seu encontro, o que a obrigou a parar.

Clara-Bel estava deitada, quieta, e havia fechado os olhos. O sol quente do meio-dia brilhava sobre as árvores e nem um arzinho movimentava as copas perfumadas. Algumas borboletas amarelas gulosas esvoaçavam pelos canteiros de primavera, e, aos pés de Ruth, os grilos cantavam, estridentes, um canto alto e forte.

Ruth afundava cada vez mais em seu devaneio sob o sol do meio-dia. Como em ondas douradas de luz, ela ia tecendo as personagens que as histórias de Clara-Bel haviam trazido à tona, à sua frente. Uma ânsia difusa, meio humildade, meio exigência, apoderou-se dela, para ver essa personagem o mais luminosa possível, e sem sombras, num brilho cálido que a destacava dentre todos os outros seres. Por quê? Isso Ruth não sabia.

Mas uma coisa ela sabia: a essa luz, as pessoas reais que ela conhecia pareciam muito mais perturbadoras e absurdas do que até então, quase como se fossem apenas corpos, com praticamente nada dentro deles. As fantásticas figuras de sombra que ela criava a partir de pessoas imaginadas e estranhas, tão belas, do jeito que ela quisesse, e que apagava depois, quando quisesse, pareciam muito mais sombrias do que até então. Elas realmente se tornaram mais mirradas e tão transparentes que se poderia pensar serem apenas seres fantasmagóricos oriundos de pensamentos.

Ruth vagava pelo mundo inteiro como se fosse o Criador no sexto dia, mas só encontrava o caos novamente. E no meio desse caos, ela via apenas uma pessoa, a única capaz de dar alma a tudo ao seu redor, caso quisesse, formada pela fusão de sua imaginação e da realidade. Parecia que ele estava diante dela, sozinho, nessa solitária e fantástica dimensão dos seus sonhos — o primeiro ser humano no sexto dia da criação, ainda desconhecido e um milagre. Com assombro, ela o observava como se precisasse perguntar: "Quem é você? Como chegou até aqui? Como pode reinar aqui?". Ele ocupava seus pensamentos com tanta força, ele a induzia ao espanto com tanta força, que ela mesma se perdia de seus pensamentos e o contemplava. Parecia-lhe necessário que ele fosse algo especial, estranho, sem comparação com ninguém, para que ela o aceitasse. Novamente, surgiu nela a inquieta ânsia de acumular nele brilho sobre brilho, luz sobre luz.

Depois de permanecer por muito tempo sentada, muda, ela se levantou, saindo daquela posição tão complexa, e caminhou lentamente em direção ao portão do jardim. Com os braços cruzados apoiados sobre a cerca, ela olhou para baixo, para a rua pela qual Erik deveria chegar. Ele veio logo.

Seu primeiro olhar foi para o rosto dela, onde ele permaneceu, atento e perscrutador. Ela parecia bastante pálida e fraca, depois da noite inteira com febre, mas a expressão sofredora daquela manhã sumira totalmente dos seus traços infantis. Em seus olhos, surgira uma nova expressão, aberta e plena de desejo, que agradou muito a Erik.

Ele inclinou a cabeça em sua direção, sorrindo. Eles não se falaram, só a mão de Ruth deslizou lentamente para dentro da dele. Clara-Bel viu-os aproximando-se, de mãos dadas.

— Quanto tempo você teve de esperar por mim hoje, sob esse sol tão forte, minha pobre! — disse ele à mulher.

— Então não deve continuar deitada aqui, nem por mais um instante!

Dizendo isso, ele empurrou a cadeira até perto do terraço, ergueu aquela mulher tão pequena em seus braços cuidadosamente, como se aconchega uma criança junto ao peito.

— Ó, mas que carga tão leve! — brincou ele, alegre e animado.

Clara-Bel ria de tanto prazer, e enlaçou os braços em seu pescoço.

Ruth pegou uma almofada que havia escorregado da cadeira, e seguiu-os escada acima. Ela teria preferido carregar a cadeira inteira, junto com todos os acessórios, para fazer o mesmo que Erik fazia.

A pena que ela sentira dele durante as narrativas de Clara-Bel havia sumido, saíra voando ao nada e, em seu lugar, permaneceu a admiração. Agora, parecia-lhe, muito naturalmente, que a mulher enferma não se sentia um peso e um impedimento no caminho daquele homem saudável, mas, pelo contrário, dava risada e se segurava pelos braços ao redor do pescoço dele.

Quando Ruth assumiu seu lugar à mesa para a refeição, esqueceu totalmente que aquilo acontecia pela primeira vez, e que, na noite anterior, ela já tentara fugir. Agora, ela se sentia incorporada aos restantes, um membro residente há muito pertencente àquele lugar, satisfeita e sem nenhuma cerimônia.

— Trago algo do seu tio para você — disse Erik, que havia lhe indicado um lugar para se sentar ao seu lado, à mesa —; ou seja, a permissão de ficar aqui pelo tempo que você quiser. Por enquanto, estou pensando em responder a ele que você ficará o verão inteiro. O que acha?

Ela só assentiu, e pareceu feliz. Mas se ele não tivesse permanecido atento a ela o tempo todo e não tivesse colocado a comida à sua frente, ela teria preferido não comer nem um bocadinho.

Depois que tomaram o café, e os jovens correram para fora, Erik olhou para a esposa e perguntou:

— Então, Bel, ela lhe agrada?

— Ó, Erik, ela me agrada muito, mas para você. Pois ela tem algo tão incompreensível, é o que acho. É justamente algo para você. Algo para você decifrar.

— Ela é um pássaro tímido — disse ele, com um sorriso. — Ainda não tenho certeza se consegui prendê-lo na gaiola. Um movimento em falso e ele sai voando, fugindo de mim.

— Sim, Erik, penso que isso é extremamente fatigante. E me transmite muita insegurança. Também me deixaria com vertigens, como o padrão confuso de um bordado.

— Insegura? Não, Bel, bem ao contrário. Tornamo-nos novamente conscientes do que podemos fazer, e se podemos. Reunimos forças, aquelas esquecidas, enferrujadas. Assim, finalmente, chegamos de novo à grande segurança da vida e à antiga crença em nós.

— Sim, sim, Erik. Se tudo correr bem.

Ele se levantou e colocou afetuosamente o braço em volta do ombro dela.

— Ó, mas que mãezinha preocupada! Só por uma vez, deixe as preocupações e os medos de lado! Estou feliz! Você ainda verá: nessa menina surgirá minha obra-prima!

Ela suspirou, e, em silêncio, deu-lhe razão. O fato de ele trazer Ruth para perto era mais ou menos como um erudito que, em algum lugar, desenterra um manuscrito indecifrável e que ele prefere ficar lendo, ansiosamente, mais do que o melhor livro já escrito.

Não poderia ser diferente, afinal, esse era seu talento e sua profissão.

Erik saiu, pois ainda queria ir até a estação ferroviária para pegar as bagagens de Ruth e mandar levá-las para casa pelo carreto de um camponês. O tio já as havia enviado anteriormente, pelo trem.

Clara-Bel ficou deitada, pensando. Ela se esforçou para lembrar aqueles tempos passados, que geralmente ia empurrando para trás, para o fundo da memória.

Era muito bom que Erik pudesse sentir-se novamente tão feliz e tão pleno de esperanças. Isso era bem melhor para ele e mais natural do que aqueles longos, longos anos de sofrimento, em que apenas um único pensamento o dominava, ou seja, como recuperar a saúde de sua esposa. Uma única batalha de anos de duração, repleta de dores, horrível.

Clara-Bel teve de suportar coisas inomináveis em nome da tenaz esperança de Erik, que nunca esmorecia, não deixava passar nenhuma tentativa, corria atrás do impossível, e, com incansável obstinação, retomava sempre a antiga luta. Não era fácil, pois, em função de uma pequena fraqueza do coração de Clara-Bel, não se podia aplicar nela nenhum tipo de anestesia. Mas, com sua ilimitada influência, de novo, ele tentava incentivá-la a arriscar, a passar por uma nova tortura e a forçá-la. Nessa luta toda, ele até se tornara um médico; o que antigamente ele fazia por prazer e talento natural, tornou-se profissão. Jogou nisso sua força inteira, sem reservas. Ele não quis acreditar, não quis aceitar que um único acaso idiota e cego pudesse estragar a felicidade de uma vida inteira.

Como ele teve de acreditar em tudo isso e aceitar tudo isso, foi muito duro ter sacrificado, em vão, aquilo a que suas esperanças ainda estavam ligadas. E se Ruth lhe devolvesse uma só dessas esperanças, Clara-Bel poderia amar aquela jovem. O que a vida lhe ficara devendo não era mais do que uma pequena, tardia e discreta flor, para um ramalhete inteiro.

Nunca aquilo ficara tão certo para Clara-Bel como naquele dia, desde a conversa com Ruth no chafariz do jardim.

Jonas entrou e sentou-se na extremidade da cama da mãe, do lado dos pés. Pegou um novelo de linha que Clara-Bel começara a enrolar e segurou-o para ela, esticando os fios entre os dedos da mão.

— Ruth ficará conosco, mamãe? — perguntou ele.

— Sim, senhor, você ouviu, não é? Não ficou feliz com isso?

— Isso me alegra, mais do que qualquer coisa. Só que agora vou me esforçar em vão.

— O que você quer dizer com isso, meu filho?

— Quero dizer que, com certeza, papai vai gostar muito mais de Ruth do que de mim. Tenho certeza disso. Ela é esperta. Você não acha?

— É impossível para mim saber. Mas que bobagem é essa, Jonas. Papai o ama, e ele quer que você se esforce, vá em frente e melhore cada vez mais.

— Ora, mamãe, eu já me esforço o mais que posso. E também sempre vou em frente. Mas é tão difícil satisfazer o papai. É o professor mais rigoroso entre nós. Todos o temem. Porém, eu mais do que todos. Ele exige muito mais de mim.

— Você deveria ficar feliz com isso. Mas não me venha com ciuminhos bobos, Jonas, ouviu?

Ele riu com o rosto inteiro, provavelmente sem motivação alguma, o que o fez parecer muito simplório.

— Não, mamãe, certamente não farei isso. Pelo menos não assim como você pensa. Mas se Ruth pensar em gostar mais de papai do que de mim...

— Jonas!

Ele deixou a linha escorregar dos dedos, o que quase a embaralhou.

— Desculpe, mamãe. Logo eu a arrumo novamente. Sabe, há pouco você tinha razão ao dizer que eu deveria apenas ficar feliz pelo papai ser tão exigente. É que isso nos faz pensar em Ruth de um modo mais agradável do que pensamos. Ela ainda vai perceber isso. E nunca exigirei nada dela que seja desagradável.

— Você é realmente um menino muito tolo e inútil! — disse Clara-Bel zangada, e mirou seu rebento com um olhar aguçado. A expressão que ele imprimiu no rosto era de total ingenuidade. O sorriso havia se concentrado no canto dos olhos.

— Se seu pai ouvisse isso! E você ainda se surpreende quando ele prefere Ruth...

— Eu não me surpreendo não, mamãe. Não posso jamais, em toda a minha vida, levá-lo a mal por causa disso. Por que é que ele não deveria gostar mais de Ruth do que de mim?

— Afinal, onde Ruth se enfiou? — perguntou Clara-Bel.

— Subiu ao quartinho do sótão, onde Gonne ainda está arrumando tudo. Diz que é para arrumar o próprio quarto.

Quando Erik voltou da estação e a cabeça de Ruth apareceu do lado de fora da janela aberta do sótão para espiar, ele subiu rapidamente para se encontrar com ela. O pequeno quarto, com o teto inclinado na parte detrás, já estava em ordem. Além da cama providenciada naquele dia e uma grande caixa de madeira, que, com cortinas de musselina delicadamente franzidas, quase adquirira a aparência de um verdadeiro lavabo, o quartinho ainda não continha muito mais coisas que se pudesse ver. Um forte cheiro de sabão e de pintura fresca se fazia notar.

Ruth estava sentada no estreito peitoril da janela, em cujas laterais já haviam sido colocadas pequenas cortinas brancas, e a escada usada para isso ainda permanecia apoiada próxima a ela. Uma leve brisa movia os galhos dos grandes e antigos olmos na frente do terraço, e que se balançavam de um lado a outro junto à janela, quase tocando o rosto de Ruth. Lá de cima, só se enxergava a ponta das árvores, e Ruth achava isso muito engraçado: era como um torvelinho verde farfalhando, do qual se podia imaginar que flutuasse no ar, sem tronco nem raiz. Quantos passarinhos iam querer construir seus ninhos nele naquele verão! E, sob o teto, cujo beiral avançava por cima da janela, já havia dois ninhos de andorinhas colados ali desde o ano anterior.

Quando Erik passou pela soleira da porta e notou a decoração do quarto, começou a rir.

— É mesmo um verdadeiro cárcere. É como se fosse para crianças malvadas que precisam ficar de castigo — disse ele, parado sob o batente da porta — ou para fugitivos, com quem devemos usar a força para prendê-los. Você não acha, Ruth?

— Não. Ele está muito bonito — retrucou ela, enfaticamente, e quase se ofendeu por ele zombar da sua moradia. — Ele só ainda não está pronto, falta a melhor parte. Quando eu estiver lá dentro, ele ficará pronto por si mesmo. É bem bonito. Bem do jeito que eu quero.

— Naturalmente, isso é o mais importante, minha pequena rainha — reconheceu ele, sorrindo, e reuniu-se a ela junto à janela.

— Quando viemos pela primeira vez para cá, do exterior, os ambientes na nossa casa da cidade também não tinham uma aparência muito boa. Mas me agradou bastante, mesmo assim. Pudemos começar do início, bem de acordo com nossas medidas.

Ruth se virou para ele e encarou-o com muito interesse.

— Ó, sim — disse ela. — Além disso, deve ter sido terrivelmente difícil sair daquela pequena ilha e vir para cá, longe do mar e de todas aquelas muitas pessoas, não é mesmo?

Ele havia colocado as mãos sobre os magros ombros dela e, com uma suave pressão nas costas, forçou-os para trás, pois tinha a secreta preocupação com o fato de ela gostar tanto de incliná-los para a frente.

— Por que difícil? — perguntou ele, com sua voz tranquila. — Aqui também há muitos meninos e meninas a serem ensinados, até menininhas más com redações péssimas, como você deve saber.

— Ó, essas! — disse ela, com um tom de profundo desdém e erguendo os ombros. — Essas não valem nada.

— Você também, não? — disse ele hesitante, olhando-a de soslaio, com muita atenção.

— Não, eu também não — respondeu ela, com franqueza.

— Você está tremendamente humilde hoje — comentou ele —; humilde demais, Ruth. Isso não é bom.

— Por que isso também não é bom? — perguntou ela, distraidamente.

— Porque não vem de dentro de você, ó garota. Não vem de sua natureza. É como alguém que quer manter uma postura, para a qual ele precisa se desarticular inteiro. Você não deve fazer isso.

Ruth não o contradisse, talvez nem tenha ouvido direito o que ele lhe explicara. Seus pensamentos dirigiam-se para outra coisa, que ela não soube como formular. Depois de uma pequena pausa, ela disse, baixinho:

— O senhor parece tão feliz. Nos olhos e em geral. Por quê?

— Porque tenho você de volta, minha criança — respondeu ele, sério.

— Eu? Mas e todos os outros?

— Quem, Ruth?

Então ela não aguentou mais.

— O que quero dizer é que dar aulas apenas para meninos e meninas, que nem valem a pena, e nada mais além disso! Em vez de poder fazer algo bem diferente, algo muito, muito maior, tão grande quanto um mar imenso com todos os navios — tentou ela explicar, e, com isso, sem perceber, começou a remexer nervosamente na corrente do relógio dele.

Ele olhou surpreso para ela.

— Está fantasiando de novo, minha criança? Você não deve ceder a isso — disse ele, enérgico. — O que, de fato, você imaginou? Deve poder dizê-lo claramente. Então?

— É algo muito real — disse ela, timidamente. — Não é nenhuma fantasia. Conversamos sobre isso no jardim esta manhã.

— Com minha esposa?

Ruth assentiu.

— Ela me contou. Falou tudo de antigamente e de agora. Ela conta as coisas tão maravilhosamente! Ela me contou tudo isso de uma forma linda!

— Sei. Ela fez isso? Mas o que ela lhe contou? — perguntou ele, e seu olhar era perscrutador e de muita surpresa.

— Tudo. E, então, sim, tudo me pareceu tão terrível, pareceu-me impossível que aquilo tudo não tenha resultado em nada — disse ela enfaticamente, e seus dedos prenderam a corrente do relógio dele, como se ela precisasse quebrar alguma coisa. — Nada além de uma simples sala de aula. E que tudo isso deverá permanecer assim, sempre. Isso não pode permanecer assim.

Ela falava quase zangada; em seus olhos, surgiram grandes lágrimas.

Erik não respondeu de pronto. Sua mão se ergueu e afagou suavemente o cabelo solto e macio de Ruth, e quando ela quis olhar para cima, a mão dele deslizou para baixo e pousou levemente sobre seus olhos interrogadores. Ele afastou o próprio olhar para longe dela, para dentro das farfalhantes copas verdes das árvores, e lutou contra uma forte emoção. Uma estranha sensação o dominava. Ele sabia que aquilo que

Ruth sentia não vinha de sua esposa: a percepção apaixonada e a fantástica falta de clareza do que era lamentado, algo que sua esposa jamais seria capaz de experimentar.

Nunca, desde que se casara, alguém tinha falado com ele sobre as decepções de sua vida, e ali estava ela, que o conhecia há apenas quatro dias, tomada de raiva, desgosto e lágrimas, sofrendo por essas decepções como se fossem suas próprias.

Quando se passaram alguns minutos de silêncio, Ruth abaixou a cabeça mais fundo e sua mão deslizou da corrente do relógio.

— Com certeza, não direi isso nunca mais! — disse ela baixinho, desculpando-se.

Erik segurou a mão de Ruth com força e apertou-a entre as suas.

— Você deverá me dizer tudo, sempre, tudo que a preocupa — retrucou ele, tranquilamente, mas o som de sua voz estava diferente e abafado. — Nunca esconda de mim pensamentos que a perturbem, e nem mesmo preocupações, todas essas preocupações infantis e fantásticas, minha criança.

Então, afastando-se da luz, ele se apoiou no peitoril da janela, deixando o rosto na sombra.

— Quero lhe contar uma história, Ruth, devo?

Ela assentiu, obediente, sem erguer a cabeça abaixada. Podia-se ver que ela não tinha muito interesse nessa história, e que se sentia tratada como uma criança.

— Era uma vez um homem — começou ele —, que desejava muito cultivar um grande e vasto campo, um campo tão grande quanto o mar. Ele sabia que a terra era boa, mas que havia poucos trabalhadores para fazer isso, bem poucos mesmo. As coisas não ocorreram como ele havia desejado, e, no grande campo, ele pôde participar do trabalho, mas muito pouco, quase nada. Destinaram-lhe apenas um pedacinho de terra num lugar muito distante, num canto bem externo, onde ele plantou repolho e batatas. Só o suficiente para sobreviver.

Há muito, Ruth já havia aberto bem os olhos, encarando Erik com uma viva atenção. Grandes, impacientes, eles se fixaram em seus lábios. Toda a sua alma estava naqueles olhos.

— E então? — perguntou ela, quase sem fôlego.

— Então — continuou ele —, um dia, sob os pés de repolho e de batata, ele encontrou uma estranha plantinha. De algum lugar a sua sementinha deve ter caído naquele solo. Era apenas um broto delicado, quase invisível, e ainda não se podia distinguir o que havia dentro dele. Talvez ele pudesse um dia crescer e se tornar uma arvorezinha. E, se isso ocorresse, se um bom jardineiro prestasse seus serviços continuamente a essa arvorezinha, e, com boa vontade, ela permitisse que ele cuidasse dela e se deixasse moldar, molhar e podar, então, sim, no final, ela daria frutos melhores do que qualquer outra coisa que crescesse naquele cantinho do campo.

— Sou eu essa arvorezinha? — perguntou ela, ingenuamente, e afastou-se devagar do peitoril da janela.

Ele não respondeu, mas puxou-a para perto de si, até que o cabelo dela tocasse seu ombro. No rosto de Ruth, surgiu uma expressão que não era de seriedade, mas também não era um sorriso; mesmo assim, era como um reflexo maior das duas coisas, parecido com um êxtase. De repente, ela lembrou a Erik aquela redação com o título: "A serenidade!". Pela primeira vez, aquele rosto esbelto de criança, com os olhos eloquentes e os lábios chanfrados, lembrou-o dos versos no caderno da escola.

— Você quer se tornar uma arvorezinha como essa para o jardineiro, Ruth? — perguntou ele à meia-voz.

Ela respirou fundo.

— Prefiro me tornar o jardineiro — disse ela, inesperadamente —, mas talvez seja quase a mesma coisa.

III

A CADA MANHÃ, BEM CEDO, antes mesmo dos outros moradores da casa despertarem, Erik e Ruth se encontravam no gabinete. Ambos se levantavam algumas horas antes do habitual, especialmente para isso, e, a cada manhã, ele repassava com ela a tarefa para o dia, que, então, deixava para ela fazer sozinha.

Era sempre o mesmo cenário: Ruth estava lá, à espera dele, apoiada no peitoril da janela aberta. Ela ficava à escuta dos pequenos tentilhões do lado de fora, e, ao mesmo tempo, atenta aos passos de Erik no corredor. Geralmente, ela parecia um pouco pálida e fraca. Por mais alegre que pudesse se mostrar diante de Erik, ao longo do dia, como professor, ela o temia. Também naquele momento, quando ouvia seus passos no corredor, ela ainda sentia, como na primeira noite, as palpitações do coração e a antiga timidez.

Era sempre a mesma coisa: sem que ela se virasse para recebê-lo, ele ia chegando bem perto até que as costas dela se apoiassem nele, então ele fechava as duas mãos dela nas suas, e, com isso, ela ficava presa entre seus braços. Para ela, isso não era apenas um gesto de carinho, mas algo apaziguador e imperativo, quando então, involuntariamente, ela permanecia quieta e se recolhia em si mesma. Depois, sem perda de tempo nem conversas transitórias, imediatamente ele começava a interrogá-la, sóbria e seriamente. Assim, de maneira imperceptível, a saudação da manhã passava ao trabalho da manhã.

Uma manhã, Erik abriu a porta do seu gabinete e parou por um instante, surpreso. As venezianas internas da janela, pintadas de branco, haviam sido fechadas, de modo que o ar cinzento da chuva do lado de fora só podia entrar pelas frestas. Uma única luz iluminava a escrivaninha, com um raio turvo. Ruth estava sentada diante dela, rodeada de cadernos e livros, e escrevia freneticamente sem ao menos olhar para cima.

Erik não disse nada. Puxou uma das venezianas e abriu a janela, para que o ar e a luz penetrassem no recinto, numa ampla corrente. Ele se aproximou da escrivaninha e apagou a luz, soprando a chama, enquanto Ruth, confusa, ergueu o olhar.

Ele se inclinou sobre ela, pegou seu rosto entre as mãos e a encarou com muita atenção.

— Você chorou. Por quê?

Ela corou e hesitou por um instante.

— Não quero ser ignorante! — exclamou ela, fora de si, com os olhos úmidos.

Ele deu risada.

— Você não é ignorante. Fui eu que disse isso? Pelo menos não sem esperanças. Enquanto eu não renunciar a você, você também não precisa fazê-lo.

Ele puxou a cadeira, afastando-a da mesa, e tirou a caneta de sua mão.

— Você não pode levantar de noite para trabalhar. Nunca sem o meu conhecimento. Isso é um absurdo. Depois que faço a revisão de seus trabalhos à noite, você deve parar.

— O sol também não parou — disse Ruth —, ele brilhou quase a noite inteira. No bosque, havia um cuco gritando, os tordos diante da minha janela ficaram conversando. Então eu vim para cá, sem fazer barulho.

Por cima do ombro de Ruth, Erik pegou o caderno em que ela estivera escrevendo, mas ela o segurou com força, hesitante e timidamente. Podia-se ver que, em sua aflição, ela estava quase sofrendo.

— Quieta! — disse ele de maneira enfática, e afastou a mão dela do caderno.

Em silêncio, ele leu por alguns instantes o que estava escrito, enquanto Ruth, sentada ali, amedrontada, entrelaçou as mãos na nuca e ficou muito pálida.

Então ele colocou o trabalho à sua frente.

— Isso você fez muito bem — comentou ele. — Custou-lhe muito esforço e vontade de superação?

— Sim — confessou ela com sinceridade, sem mudar a postura —, mas não faz mal.

— Não. Não faz mal. Você reconhece isso? Não adianta nada trabalharmos com o que você gosta e acha fácil; justamente no que chega à sua cabecinha fantástica da maneira mais dura é que ela precisa trabalhar, por meio daquilo que lhe é mais difícil.

Ele soltou as mãos da jovem, entrelaçadas na nuca, e manteve-as fechadas nas suas.

— Eu sei que às vezes é um esforço muito grande — disse ele —, e você teve de reprimir a própria natureza. Doeu, não é verdade? Mas teve de ser. E, então, eu a recebo exatamente assim, aos poucos, como eu a quero ter, ó garota. Não é bonito?

— É maravilhoso! — disse ela, virando-se para ele com os olhos brilhantes. — Sempre penso isso mesmo, quando sinto que é difícil! Busco esquecê-lo e só penso como deve ser maravilhoso conseguir com que alguém, que é totalmente diferente de nós, fique do jeito que queremos que ele seja.

Uma sombra de decepção passou pelos olhos de Erik.

— É só então que você pensa nisso, Ruth? Eu acreditava que isso deveria deixar você feliz.

— Mas deixa mesmo! — exclamou ela, espantada, e se levantou.

— O que afinal você quer fazer hoje de manhã? Vamos passear no jardim. Não está mais chovendo. Ou você acha que ainda conseguiria dormir?

Ela sacudiu a cabeça, dando risada.

— Não quero que mais tarde você fique sozinha, sem nenhuma ocupação e no sereno da manhã — disse Erik. — Hoje você não deve trabalhar. Quem sabe você possa vir comigo para a escola. Em alguns dias, as aulas acabarão. As meninas ainda estão esperando a sua prometida visita. Isso vai afastá-la e distraí-la. E, se for cansá-la, melhor ainda.

*

GONNE ARRUMARA A MESA DO CAFÉ DA MANHÃ no terraço e Clara-Bel já estava deitada em sua cadeira quando Erik, Ruth e Jonas vieram do jardim, depois de repetidos chamados. Jonas parecia muito acalorado, e seu chapéu de palha havia escorregado para a nuca. Na mão direita, ele carregava um balde alto, capturado de Gonne, e que colocou sobre os degraus que conduziam ao terraço. Uma cobra de uns sessenta centímetros, de um brilho azul acinzentado, mexia-se lá dentro.

— Ó, Jonas! — exclamou Clara-Bel, horrorizada. — Como é que você pode trazer até aqui um bicho tão nojento! Ele não pode morder todos nós mortalmente, Erik?

— Não, isso ele não pode. É uma cobra-de-água-de-colar — respondeu ele, sorrindo.

— Mas uma poderosa, mamãe! Eu a encontrei atrás do bosque, ali, onde o pequeno regato corre junto ao gramado — disse Jonas pleno de orgulho e admiração.

O fato de ter feito um achado daquele tipo, era, para ele, um divertimento campestre inesperado; na verdade, ele só contava com as lagartas e, no máximo, com uma cobra-cega.

Ruth não participou da conversa sobre a cobra, que Jonas não parava de admirar, enquanto tomavam café. Desde que encontraram Jonas no jardim, com aquele balde na mão, Ruth ficara em silêncio. Secretamente, ela esperava que Clara-Bel protestasse contra a cobra, mas ela apenas se informou se o animal poderia morder e matar alguém. *E isso era o mínimo, numa cobra como aquela*, pensou Ruth.

No entanto, depois de muitas tentativas frustradas, a cobra conseguiu aprumar-se no fundo do balde. Começou a balançar ritmicamente a parte superior do corpo, e encarou os presentes, com seus espertos olhinhos negros.

Por acaso, Clara-Bel olhou para Ruth, cujos membros começaram a estremecer, e que colocara a xícara cheia pela metade na mesa, e empalidecera.

— Jogue fora esse monstro, Jonas, rápido — disse a mãe aflita. — Você não vê que Ruth está assustada?

— Não, deixe-a ficar — disse Erik calmamente, que ficara o tempo todo observando Ruth. — Não se deve dar nenhuma importância a isso.

Erik se dirigiu a Ruth num tom de voz mais brando:

— Liuba me contou que, uma vez, você desmaiou por causa de uma coisinha boba semelhante a essa. Ela não mentiu, não é?

— Liuba disse que foi por causa de uma coisinha boba? — perguntou Ruth, surpresa. — Não era uma coisinha boba. Era algo terrível, frio e nojento, que surgiu de forma agressiva, assim como quando se mata alguém.

— Pelo amor de Deus! — exclamou Clara-Bel. — O que poderia ter sido?

— Uma pequena lagarta! — retrucou Erik, zombando.

Respeitando a verdade, Ruth quis corrigir Erik e dizer: "uma grande lagarta", mas pareceu-lhe mais seguro não confirmar, expressamente, que havia sido apenas uma lagarta.

— Preste atenção — disse Jonas —, eu vou domar esse animal. Essas cobras são confiáveis e compreensivas, até podemos enrolá-las no pescoço. Então podemos brincar de "encantador de serpentes". Você já ouviu alguma coisa tão bonita? Eu sou o encantador de serpentes. Assim você nem precisa ter medo. Só precisa assistir e me admirar.

Erik deu risada e o segurou pelos cabelos loiros, cortados rente.

— Feche essa sua boca solta cheia de vaidade — advertiu ele —, pois já está bem próximo o momento em que Ruth não vai mais se satisfazer com o papel de espectadora. O momento em que ela mesma, de iniciativa própria, vai se aproximar da cobra, pegá-la e deixar que o animal rasteje sobre seu corpo.

Ruth tentara, em vão, interrompê-lo.

— Eu? Quando isso vai acontecer? — perguntou ela, totalmente fora de si de tanto espanto.

— Quando? Provavelmente logo.

— Não! Nunca! — assegurou-lhe Ruth, ainda perplexa com aquele engano de Erik. — Eu sempre teria medo.

— Você provavelmente teria. Mas isso ainda não é um motivo válido. Acontece que uma pessoa pode ser mais forte que o próprio medo e derrotá-lo.

— Mas Erik, essa é uma alegação um tanto forte — disse Clara-Bel, à meia-voz.

Jonas parecia desconcertado pelo seu pai saber, assim, de antemão, o que a própria Ruth ainda não sabia. Mas entendeu que ele lhe profetizara algo desagradável, pois, involuntariamente, ela se encolheu inteira, estremecendo.

— Quer saber de uma coisa? — gritou Jonas, de repente, e a ideia salvadora clareou seu rosto. — Eu sei como você pode sair dessa. Simplesmente, não o faça! Pense nisso, você simplesmente não precisa fazê-lo!

Ele precisou se expor às risadas dos pais; e, então, a conversa se desviou para outros assuntos.

Ruth ficou sentada, imóvel, olhando timidamente para o balde. Como se estivesse hipnotizada, ela teve de fitar a cabeça alongada, coberta de escamas e grudenta que se esticava por cima da borda do balde. Era como se ela a saudasse. Era como se ela a observasse. Só ela, apenas ela. Era como se Ruth estivesse só com a cobra.

Os pequenos olhos negros e redondos pareciam ampliar-se cada vez mais, como um terrível abismo dos infernos, onde tudo o que era medonho tramava suas maldades. E, com o corpo atrás da cabeça, o verme nojento e escorregadio mexia-se impacientemente. Era certo: a cobra já estava à sua espreita.

Pela sua aparência, realmente podia-se imaginar o pior dela.

Ruth e a cobra mediam-se pelos olhares.

Lentamente, Ruth foi ficando vermelha, um rubor cada vez mais escuro, sem dizer uma única palavra.

Quando Erik se levantou da mesa do café, e Jonas quis correr de novo para o jardim, Ruth se levantou num impulso e disse, violentamente:

— Então que seja logo!

Os outros não a entenderam direito; só Erik, que a mantivera o tempo todo sob seu olhar vigilante, deixou escapar uma interjeição de surpresa.

— Logo, agora? — retrucou ele. — Não, minha criança, isso não é bom nem necessário. Seria um exagero, igual àquele dos seus trabalhos noturnos. E, depois dessa noite, penso que você não está suficientemente segura para isso.

— Eu estou segura! — garantiu ela, quase suplicando. — Não posso aguardar por algo tão horrendo! Não posso vê-la rastejar assim, dia após dia, cada vez mais perto, cada vez mais certo! Morar com uma cobra da qual eu tenho medo, que se torna cada vez mais íntima da família inteira e fica me espiando o tempo todo, só eu; não, isso realmente eu não consigo!

Erik deu risada, mas, ao mesmo tempo, parecia preocupado. Aquilo surgira de forma indesejada.

— Ruth! — exclamou ele. — Será que sua fantasia a devorou inteira, com pele e cabelos? Um medo como esse, de criança pequena, é eliminado em segurança por meio de um contato gradual. Prefiro que isso aconteça aos poucos. Reflita bem, pois se você insistir, não haverá mais retorno! Não existe "brincar e experimentar"! Eu não aceitaria isso. Você precisa ter certeza de si mesma!

— Sim! — afirmou Ruth, a testa ficando úmida.

— Você quer, mesmo assim? Bem, então venha para cá.

Erik a observou com uma atenção bastante tensa; ao mesmo tempo, ficou bem perto de suas costas, para que ela pudesse apoiar-se nele se porventura "caísse".

Ruth ficou parada ali, em pé, com os braços caídos lateralmente ao corpo, com uma expressão fechada, quase sombria. Quando Erik pegou o balde, e ela, bem próxima, viu a cobra enrolar-se na mão dele, sentiu uma forte tontura.

Involuntariamente, suas mãos se fecharam em punho, às quais ela apontou na direção do verme viscoso; ela fechou os olhos, piscando, e um zumbido começou a invadir seus ouvidos.

Então ela ouviu a voz calma de Erik:

— Você está sentindo muito medo?

Ela assentiu, quase imperceptivelmente.

— Então vamos parar, minha criança.

Ruth abriu bem os olhos, esperançosa.

— Para sempre? — perguntou ela, rapidamente.

Ele teve de dar risada.

— Não. Não para sempre — disse ele, tranquila e amavelmente —, mas sem muita pressa.

Ela se retraiu.

— Então, que seja logo! — murmurou ela.

Ruth esticou o braço e tirou a cobra da mão de Erik. Ao primeiro toque, seu corpo inteiro começou a estremecer, como se ela tivesse tomado um choque elétrico. Jogou a cabeça para trás e aproximou-se de Erik, buscando ajuda. Ao fazer isso, seus dedos já seguravam com firmeza o longo e liso corpo da cobra, e, sem conseguir emitir um único som de seus lábios empalidecidos, ela viu, com os olhos arregalados, a cobra esgueirar-se até seu braço, enrolar-se nele, deixando a cabeça, com a língua bifurcada, pendurada lateralmente ao seu corpo.

O braço permaneceu esticado, como se estivesse paralisado. A expressão de Ruth era de alguém que estivesse prestes a ser executado.

— Bravo! — disse Erik, que colocara as mãos protetoras e animadoras em volta dela — E isso você também fez bem feito, garota.

Quando ela soltou a cobra, e com um movimento rápido sacudiu-a sobre o balde, prendendo-a de novo, Ruth cambaleou.

— Não, não! — gritou ele, sereno. — Você não deve pensar que agora ainda pode "cair". Isso não vai mais ocorrer — disse ele, empurrando uma cadeira para ela se sentar.

Ruth nem deu atenção à cadeira, e, sem olhar para cima, com passos incertos, passou por Erik, atravessou o terraço e entrou no corredor. Ali, o mais afastado dele quanto possível, ela se sentou num canto, atrás do cabide dos casacos, escondeu o rosto neles, e começou a chorar.

Erik ficou olhando para ela, surpreso.

— Ruth, sua doida! — exclamou ele, e teve de dar risada. — Você deveria estar feliz e até orgulhosa. De que adianta chorar depois?

Ela afastou os casacos e olhou para ele, com ar de censura.

— Sinto tanta pena de mim! — disse ela, e continuou chorando.

Jonas, que permanecera ali o tempo inteiro, boquiaberto, mas que, a um aceno da mãe, achou melhor manter seu crescente espanto para si mesmo, diante dessas palavras também olhou para o pai com uma expressão acusadora. Ele foi até o corredor para consolar Ruth.

*

UMA HORA DEPOIS, Ruth foi com ele e Erik até a cidade.
As meninas do colégio aguardavam há muito a sua visita. Interessava-as o fato de Ruth estar vivendo na casa de Erik, e em cada aula elas pediam a ele informações sobre a jovem. Achavam que, de repente, tudo ficara muito entediante. Só um grupo pequeno, certamente das melhores alunas, não sentia falta de Ruth. Eram as alunas mais "aplicadas", que se sentiam mais seguras sem as extravagâncias da garota, e não eram mais levadas às tentações por meio de suas horríveis ideias. Mas o ânimo permaneceu baixo, e quando, tão próximo das férias, começou a chover, as expressões se obscureceram mais ainda, inclusive daquelas alunas mais aplicadas.

Portanto, elas sentiram uma alegria enorme quando Ruth, no recreio, surgiu novamente no pátio da escola, segurando um grande guarda-chuva, debaixo do qual seu rosto alegre as contemplava. Todas a cercaram, e o barulho tornou-se tão perturbador que os moradores dos edifícios de trás da escola olharam pelas janelas para ver o que estava acontecendo, pois os "pássaros" da escola estavam chilreando mais alto do que o normal.

Dentre elas, Ruth era a única silenciosa. Quando se viu ali, no meio delas, pressionada por todas, pareceu-lhe que retornava de um lugar muito distante da Terra, e sentiu-se constrangida. As muitas coisas que tinha para contar, aguardadas ansiosamente por algumas delas, derreteram-se e transformaram-se num simples olhar e um sorriso, e não restou nada além da expressão de felicidade infantil em seu rosto, que contou as histórias no lugar dela...

As alunas aglomeraram-se junto ao muro do edifício, onde o beiral do telhado as protegia da fraca chuva de verão, e, como na época em que Erik a observara da janela da sala de aula, Ruth encontrou novamente o seu lugar sobre o barril de água tombado.

Às meninas, ela pareceu diferente, sem que pudessem dizer como ou por quê. Entre elas, Ruth continuava parecendo um menino usando uma camisa larga, pois também ainda não se decidira a usar uma trança. Elas nem perceberam que Ruth ainda não começara a falar, pois o material informativo que haviam armazenado por tanto tempo queimava em suas línguas, e, em vez do que queriam saber dela, foi ela que, em poucos minutos, ficou conhecendo o destino de cada uma, desde o passado até aquele dia, inclusive todo o curso dos acontecimentos "públicos".

O maior dos eventos elas apresentaram a Ruth em pessoa. Era uma noiva. Uma autêntica noiva, da classe delas. Uma menina alta e loira, com uma estatura de mulher, de traços tranquilos e amáveis. Para a confirmação, elas retiraram o anel da mão esquerda da colega, a fim de mostrar, triunfantes, a inscrição interna. O liso aro de ouro escorregou e caiu no colo de Ruth.

A noiva nem se importou com o fato de ser tratada como um bem comunitário. É compreensível que, em seus pensamentos, ela já estivesse muito longe da escola, sentindo-se ligada às outras alunas apenas por meio do infinito interesse, verdadeiramente ardente, representado por ela mesma, por seu noivo e sua felicidade. Com ela, a classe inteira, por assim dizer, considerava-se noiva também, e comprometida com o homem.

— Ele tem cabelos escuros! — explicou a pequena e loira Gretchen, que era carinhosamente apegada a Ruth. — Ora, Ruth, um verdadeiro noivo como esse é o máximo. Pense só em tudo o que se tem para contar, como noiva! Quando estamos todas assim reunidas, como agora, e ela nos fala dele, da vida, do casamento e do futuro, sentimos que em uma hora ficamos sabendo mais do que em todos os anos de colégio, em que somos obrigadas a aprender todas essas chatices.

— Mas por quê? — perguntou Ruth. — Ela mesma ainda nem sabe nada sobre isso.

Gretchen ficou calada, um tanto consternada.

— Ora, você também está ficando bem prosaica! Interveio outra, rindo. Eles se amam! Você não acha isso maravilhoso?

— Sim! — disse Ruth, e contemplou, pensativa, o estreito aro de ouro em sua mão. — Talvez seja maravilhoso.

Então, com um olhar amável, ela o devolveu à noiva e acrescentou:

— Mas o maravilhoso nisso tudo não pode ser contado, não é verdade?

A interrogada enrubesceu um pouco e olhou para Ruth com simpatia. Pela primeira vez, ela se sentiu presenteada com aquilo que possuía inteiramente para si, como noiva, por aquilo que não podia compartilhar com as outras. *Na verdade, seria melhor não falar tanto e tão detalhadamente com todos sobre isso*, pensou ela, de repente, com pudor e orgulho. Enquanto colocava o anel novamente no dedo e olhava para Ruth, não conseguiu evitar o pensamento: *essa aqui certamente será a próxima noiva.*

— Sim, Ruth, você tem razão, para vivenciar é saboroso, para contar é entediante! — intrometeu-se a bela morena Vera, que sempre fazia parte do grupo das atrevidas, e que agora resistia contra a importância que a classe conferia a esse "noivado". — Quantas histórias e aventuras maravilhosas você sempre tinha disponíveis para nos contar! E agora... só as meras observações de dona de casa! Eu sou a única que ainda segue o "nobre infeliz"!

— Ele ainda está por aí? — perguntou Ruth.

— Sim, imagine só — fofocou uma delas ao ouvido de Ruth —, ela anda fazendo amizades na rua. Até já recebeu uma repreensão.

— Não permita que lhe assoprem coisas ao ouvido, Ruth — interrompeu a ofendida —, afinal, é tudo culpa sua e de seu legado! Por que você ficou tão ausente com suas belas histórias, que nos contava nos momentos de lazer?

Ruth apoiara a cabeça no muro do edifício e olhava, calada, para o pátio molhado pela chuva. Justamente à sua frente, erguia-se uma chaminé muito alta, cujas colunas de fumaça, ano sim, ano não, escureciam as paredes e espalhavam a fuligem no pátio da escola. No lado oposto, a poderosa parede amarela do edifício da parte detrás bloqueava toda a vista. O ar estava abafado, mas lá, no campo, no junho florescente, ela nem notara isso.

Como uma prisão!, pensou Ruth, e disse em voz alta:

— Aquilo das histórias foi apenas uma ajuda emergencial. Apenas fantasias!

— Como assim, uma ajuda emergencial?

— Você não vai mais nos contar nenhuma?

Ela sacudiu a cabeça.

— Não. Mais nenhuma história fantasiosa. Nunca mais. Quando estamos sentadas diante de um grande muro, naturalmente imaginamos o que há por trás dele. E não sabíamos nada, além de que, atrás dele, poderia haver homens. Então imaginávamos que haveria um monte de homens atrás dele. Foram vocês que quiseram isso assim.

— Então, o quê? O que mais há atrás dele?

— Agora, você já sabe algo sobre isso, o que há ali?

— Ó! — disse Ruth, apenas, mas seus olhos se arregalaram e brilharam sobre todas elas, como dois segredos insondáveis de uma felicidade plena de promessas. — Atrás dele existe a vida.

Em seu olhar e sua expressão, havia algo tão instigante que produzia tanta curiosidade e tanta ânsia, que, naquele instante, até o "noivo" parecia, à maioria delas, um tanto insípido e obsoleto. Nos rostos, mostrava-se claramente que uma nova "fome" estava surgindo.

— Como se pode passar pelo muro? — perguntou a empreendedora Vera.

Ruth deu risada.

— Simplesmente, pulando para o outro lado — disse ela, continuando a dar risada —, e, depois, andando em linha reta, então, virando à direita e à esquerda, dando toda a volta, e, depois, indo para todos os lados. Até ficarmos velhas.

— Tomem cuidado! — exclamou uma das alunas mais aplicadas, advertindo as outras. — Não estão vendo que ela está zombando de vocês? Foi isso que ela sempre fez. Ela brinca e fica fantasiando; depois, dá risada de todas nós, porque a levamos a sério.

— Levem-me a sério, sim! — disse Ruth, e se esforçou, em vão, para dominar seu espírito brincalhão.

— Então devemos falar com o senhor Matthieux e pedir-lhe que nos ajude a pular o muro?

— Vocês podem fazer isso.

— Ele até teria vontade e tempo para isso!

— O tempo, ele teria com certeza — assegurou Ruth —, e a vontade também. Ele tem tudo, a não ser as pessoas que farão parte disso.

Elas se entreolharam hesitantes e sorridentes. Depois, desviaram o olhar para Ruth, sentada ali, indiferente, como a encarnação da satisfação.

A tensão cresceu. Aquela lhes pareceu ser a mais bela história de Ruth.

— Diga-nos, é certo que lá atrás tudo é agradável? Tem certeza de que nunca encontrou algo desagradável? — perguntou uma delas, cuidadosamente.

— Nunca! — afirmou Ruth, e as luzes piscaram em seu rosto, quando lembrou que seus olhos, desde o dia anterior, ainda não haviam secado.

O som estridente da sineta do colégio começou a vibrar, e as meninas abandonaram seus lugares junto ao chafariz.

— Alguma vez você poderia perguntar ao senhor Matthieux, por nós — comentou a bela Vera —, não custa nada.

— Por quê? — retrucou Ruth. — É assunto de vocês. Que lhes custe algo.

Numa agitada troca de opiniões, elas se aglomeraram no caminho ao edifício da escola. Com isso, nem notaram que Ruth não as seguiu. Com a tensão que provocara, ela mesma havia sido esquecida. Quando as meninas se viraram para falar com ela, e combinarem um caminho para voltarem para casa juntas, Ruth havia desaparecido. A última coisa que ainda ouviram dela foi uma gargalhada.

Naquela manhã, Erik não precisava dar tantas aulas quanto nos outros dias, pois muitas escolas particulares já haviam decretado férias. Foi cedo até a casa da cidade, onde Ruth deveria esperar por ele, mas ainda não havia sinal dela. Ele resolveu tudo o que ainda estava pendente e trocou de roupa, feliz por poder se livrar do uniforme do colégio. Como Ruth não aparecia, ele ficou preocupado, abriu a porta da sala e olhou para dentro.

Ela estava ali, dormindo.

Havia tirado os sapatinhos e os colocado sob uma cadeira. Então, com os pés para cima, enrolara-se na capa protetora do sofá, de linho branco. Com cabeça encostada na almofada lateral, dormia profundamente, com o rosto sério e as faces coradas pelo sono, como uma criança. Talvez sucumbira ao sono enquanto esperava.

Vindos do céu cinzento de chuva, alguns feixes de raios nos quais os grãos de poeira cintilavam e tremeluziam em largas ondas, penetravam através das cortinas abaixadas da janela e passavam furtivamente pelo rosto de Ruth. Um leve sorriso esboçou-se nele e permaneceu parado em seus lábios, como num sonho. Depois, quando o sol tornou-se mais invasivo, ela franziu algumas vezes a testa e o nariz, e, finalmente, espirrou com força.

O sorriso espalhou-se por todo o seu rosto. Rindo, ela despertou e ouviu Erik dando risada também.

— Já é de manhã? — perguntou, surpresa, e sentou-se aprumada no sofá.

— Não, é meio-dia. Por que fugiu tão depressa das meninas? Elas perguntaram por você — disse ele.

Ruth esfregou os olhos.

— Ah, sim, as meninas. — afirmou ela. — Sim, com as meninas não deu em nada. Você não acredita. Mas eu pensei que, quando não conseguimos obter pessoas vivas, no final, ainda existe outro meio.

— Menina! Sacuda esse sono! Ainda está sonhando?

— Não, não, nada de sono — disse ela, enfática, deslizando com os pés de cima do sofá para o chão e apoiando os braços na mesa empoeirada à sua frente.

Segurando o queixo com as duas mãos em punho, falou:

— É que, na verdade, eu pensei: quando se quer falar com as pessoas, influenciá-las, produzir algo bem grande nelas, e não encontramos as pessoas certas, que não combinariam com tudo isso, então devemos fazer o seguinte: imaginar algo que possamos colocar diante dos seus olhos, até que elas fiquem com vontade. Não podemos fazer isso? Por que não?

Falar às pessoas das coisas mais belas sem nos cansarmos, até elas ficarem com vontade.

Ela falou de um jeito apressado e muito animado, com os olhos bem despertos e brilhantes, esforçando-se visivelmente em deixar claro para ele o que ela parecia ter trazido à tona do meio do sono, como um sonho.

— Quem deverá fazer isso? — perguntou ele devagar, como se hipnotizado pela expressão do seu rosto, e aproximou-se da mesa.

— O senhor deverá fazê-lo! — exclamou ela, nitidamente. — Quem mais? O senhor sempre me disse que não devíamos acreditar em fantasias, pois a vida real é bela e ampla. Eu acredito nisso! Agora, eu sei por que as histórias fantasiosas são boas, pois para alguma coisa elas também servem. Para que possamos imaginar o que ainda falta em nossa vida, e, então, completá-la. O que falta em nossa vida e nas pessoas, não é verdade?

Enquanto Ruth falava, Erik andava de um lado a outro na sala. Parecia-lhe estar ouvindo e vendo, naquela expressão infantil, tudo aquilo que ele reprimira artificialmente em si mesmo. Agora, tudo aquilo retornava e falava com ele com uma voz infantil. Toda uma série de planos ainda difusos passavam-lhe pela cabeça. Velhos e novos, todos misturados. Eles sempre exigiram uma configuração. E ele, frustrado com as condições, tentara empurrá-los para longe de si a fim de esquecê-los. No inverno anterior, ele se atirara num verdadeiro frenesi de vida social para esquecê-los.

Ruth permaneceu sentada, acompanhando-o com o olhar. *Agora, com certeza, ele está pensando em alguma coisa*, pensou ela. Por minutos, seguiram em silêncio.

Ambos nem notaram que o ar da sala tornara-se denso e empoeirado, e que inúmeras moscas voavam em círculos, zumbindo.

Erik parou, virou a cabeça na direção de Ruth e disse, sereno:

— Obrigado, garota. Você se lembra que quis me dar um presente, algo que na verdade eu nunca ganhei? Agora, sim, você me deu algo, a partir de suas histórias fantasiosas. Em boa hora.

Ela saltou do sofá, e, só de meias, encaminhou-se até ele, silenciosamente.

— Sim — disse ela, contente —, o senhor quis tirá-las da minha cabeça e ficar com todas elas só para si. Na minha cabeça, eu deveria manter só coisas sensatas. Naquela ocasião, o senhor disse mais ou menos assim: "agora, todas as suas histórias são minha propriedade, e posso fazer com elas o que quiser". E agora, o senhor fará com elas algo muito mais belo do que eu pude fazer.

Ruth ergueu a cabeça com uma expressão de expectativa e suspense; depois, acrescentou, suplicante:

— Eu quero ouvir quando o senhor pensar em alguma coisa. Posso ouvir? O senhor vai me contar?

Erik olhou para baixo, para Ruth, ali, ao seu lado. Ela lhe pareceu extremamente infantil, usando só aquelas meias, e com uma estatura que não chegava nem até os ombros dele. Assim como naquela manhã, diante da escrivaninha, ele se inclinou sobre ela, segurou seu rosto e olhou para dentro de dois olhos infantis, radiantes, felizes e suplicantes.

— Vamos pensar juntos! — disse ele.

*

CLARA-BEL RECEBERA VISITAS. Quando Erik e Ruth chegaram em casa, viram um coche diante do portão do jardim. O cocheiro virou o leve veículo com uma parelha de cavalos ingleses, e soltou-os para que se refrescassem, lentamente, no passo.

Warwara Michailowna estava sentada junto a Clara-Bel no pequeno e confortável recinto ao lado da sala de estar. Ela viera de sua casa de campo, alugada recentemente, distante dali a apenas uma hora de viagem.

Em sua maioria, as visitas que fazia à enferma não eram apenas visitas convencionais. Ela gostava de ir até lá, e também gostavam de recebê-la. Achava que era benéfico para Clara-Bel, o que se percebia facilmente: ali, estava deitada uma pessoa que tinha prazer em ouvir, numa conversa informal, algo do mundo lá fora, das pessoas e da sociedade. Apesar de não poder nunca mais voltar ao convívio social, ela já conhecia muito bem esse meio, a partir dos primeiros anos felizes de seu casamento, e ainda conseguia vislumbrá-los um pouco, imersos no brilho daqueles tempos. Quando se conversava com alguém nessa condição, como a de Clara-Bel, era quase impossível não deixar o pior dos boatos fora da conversa..

Clara-Bel nunca contava muita coisa. Mas Warwara sabia que, diante de outros conhecidos, isso também ocorria. Ela sabia que havia, ali, uma mulher que não gostava de intimidade com ninguém, a não ser com o próprio marido.

O que Warwara soube sobre Ruth e sua presença na casa atraiu-a no mais alto grau, e a deixou agitada. Mas quando a jovem entrou no recinto, ela ficou decepcionada. Esperava encontrar algo mais incomum. Talvez um rapaz meio selvagem, interessante, usando roupas femininas, ou, pelo contrário, uma criança afetuosa, amável, tímida, retraída — em todo caso, algo bem peculiar. Não uma coisa pálida, bem-educada, que, pelo olhar de Warwara, com bastante experiência nos salões, não se distinguia em nada das outras jovens, ou, no máximo, pelo seu jeito polido, seguro e despojado diante de uma estranha.

Não menos rápida foi a avaliação de Ruth sobre Warwara; ela a considerou apenas uma de muitas, e também a si mesma, como apenas mais uma dentre as muitas das quais é feita a sociedade.

Warwara puxou um pouco a conversa, e perguntou onde ela havia sido educada.

— Estive em diversos lugares — disse Ruth —, mas educada mesmo ainda não fui.

Não se sabia se ela quis dizer isso por modéstia ou orgulho. *Será que ela não é astuciosa?*, pensou Warwara, e observou-a mais aguçadamente.

Logo, Erik se juntou a elas e iniciou uma conversa mais alegre. Warwara contou do retrocesso de um noivado, cujo anúncio fora feito só recentemente. Foi sensacional, pois a noiva, durante o breve período de noivado, apaixonara-se subitamente por outro homem.

Erik, que não quis ignorar o lado cômico desse fato, deu uma enfática risada. Warwara virou-se para Ruth, mas ela havia saído. *Por acaso? Ou um truque para não ser expulsa dessa conversa?*, perguntou-se ela, *ou é tão infantil, que isso nem a interessa?*

Depois que Erik viu as expressões sombrias das duas mulheres, ficou sério novamente, e disse:

— Sim, pobres mulheres! Quando elas se comprometem com alguém têm todos os motivos para rezar: "Querido Deus, ajude-me para que eu me torne uma boa esposa...". Pois, na prática, a única proteção contra si mesma baseia-se na simples manutenção emocional de seu amor, na confiança em seu sentimento. Elas também podem perseverar só por causa do rigor do dever, mas assim a vida delas ficará atrofiada.

— Então o senhor acha que o homem não precisa de uma oração como essa? — comentou Warwara, sem esconder a ironia.

Ele a olhou, descontraído.

— Não — disse ele —, acredito que, nesse ponto, como em tantos outros também, o homem está melhor protegido pela sua natureza. Não contra a infidelidade sexual. Não contra a inconstância do sentimento amoroso. Mas contra o consciente abandono interior daquele ser ao qual ele se ligou; não, que ele ligou a si. É isso!

— É muito original. O senhor atribui ao homem a força de uma consciência do dever, a nobreza da compaixão, que nós, mulheres, não...

— Ó não, não fique indignada. Nenhuma consciência do dever. Nós só temos uma consciência de felicidade a mais do que vocês. Nenhuma nobreza compassiva, só uma vontade de cobiça, que vocês não têm. O homem que toma para si e assume uma mulher para sempre, além da felicidade do amor, também desfruta de outra felicidade, especificamente masculina: coloca sua mão conscientemente sobre toda essa existência que lhe pertence, e diz: "é meu". Para ser feliz através da mulher, ele precisa de três coisas: desejar amar, querer responsabilizar-se e poder dominar.

Warwara sacudiu-se inteira.

— Que Deus guarde toda essa arrogância para o senhor! — disse ela. — Quanto a mim, realmente prefiro a ideia segundo a qual a mulher é a rainha do homem.

— Veja bem, digo mais, é o seu reinado — completou ele sorrindo —, por isso ela o valoriza mais do que ele a ela. Para ela, em relação a ele, existe rebeldia, indignação, revolta, tudo o que pode parecer bastante heroico e ter um efeito bem sedutor. Por outro lado, para o homem, para o seu reinado, a revelação da infidelidade seria algo indecente.

Warwara riu dessa afirmação.

— E, para o senhor, que gosta tanto de se engajar em todas as possíveis lutas desenvolvimentistas modernas, e também naquelas das mulheres — disse ela —, é uma terrível inconsequência, e, mais ainda, um autoengano! Se o senhor se apaixonasse por uma mulher assim, do futuro, evoluída, que não pensa mais desse jeito medieval, e o senhor não conseguisse dominá-la, como seria?

— Sim, eu conseguiria! — disse Erik. — Só se eu ficasse entusiasmado com ela, admirando-a, promovendo-a, considerando-a minha companheira de luta, e, além disso tudo, amando-a, como eu poderia? Só muito pouco, como se eu fosse uma mulher, ou ela um ser assexuado. Posso imaginar que o homem desistiria de toda a sua ânsia dominadora, por conta de algo que ele colocasse acima de si mesmo. No amor, nunca! E, uma mulher que não vai ao encontro desse instinto, não age como mulher!

— E essa contradição deverá estar contida na própria natureza? Não, não mesmo, apenas na sua bem nutrida petulância secular — retrucou Warwara, indignada, virando-se para Clara-Bel:

— O que a senhora diz a um homem como esse? Devemos, no futuro, colocar-nos sempre abaixo do homem que amamos?

Clara-Bel respondeu, um tanto insegura:

— Acredito que fazemos isso, não porque estamos abaixo deles, mas porque queremos ser felizes.

Os três começaram a dar risada. Warwara se levantou, com a intenção de voltar para casa.

— Na verdade, acho que já me diverti o suficiente aqui — disse ela a Erik, bem-humorada. — Porém, por intermédio da minha pequena sobrinha da escola das meninas, eu soube que, desta vez, o senhor fará o habitual grande discurso comemorativo da conclusão do ano letivo. Eu estarei lá. E, só para o senhor saber: haverá alguém sentado na plateia que zombará do senhor. Certamente, o discurso será muito bonito. Na verdade, sempre gostei muito de seus brindes em eventos sociais.

Erik deu risada.

— A senhora não deveria me lembrar tão violentamente de que nossos mais belos discursos são considerados brindes — retrucou ele — e de que os poucos ouvintes atentos que conseguimos atrair, com exceção das crianças da escola, são as belas mulheres entediadas de nossa tão superficial sociedade.

— Queridíssima, agora a senhora é testemunha de que preciso me vingar — disse Warwara, ofendida, a Clara-Bel.

— Eu só gostaria de saber se ele não ficaria muito aborrecido se as belas mulheres fossem todas embora do evento. Acredito que, então, esse bárbaro colocaria a senhora nas costas e a levaria a se sentar na plateia, no meio de seus alunos, que o temem terrivelmente, todos, mais do que o fogo dos infernos.

— Isso provavelmente nunca acontecerá — afirmou Clara-Bel, um tanto desolada.

— Sim, sim! Nenhum ser humano pode prever o futuro. Agora, com a expectativa de uma consulta que faremos com um professor, vamos realizar, com minha esposa, um tratamento que promete milagres — disse Erik para Warwara, e acompanhou-a até o seu coche.

*

JONAS CHEGARA EM CASA MAIS TARDE do que Erik e Ruth, e estranhamente só se apresentou depois que a visita havia ido embora e todos já se encontravam sentados à mesa.

Ele passara aquele meio tempo no canto mais recuado do jardim, sob os pingos dos galhos das árvores, pelejando com uma grande decisão que precisava tomar. A cobra estava pendurada melancolicamente ao redor de seu pescoço, como se já soubesse que algo muito desagradável estava por vir. Mais uma vez, ele a enrolara nos braços, afetuosamente, afagara e apertara a cobra contra si, regalando-se com aquela valiosa posse. Depois, ele a matara.

Para fazê-lo, Jonas teve de criar coragem e endurecer o coração. Também teve de imaginar ser um novo Hércules, salvando as Hesíones de um monstro marinho, ou, melhor ainda, um Perseu conquistando sua Andrômeda. Mas essa ideia não deu muito certo. Sua pobre cobra não se parecia nem um pouco a um monstro marinho, que provavelmente Ruth nem conhecia. O animal olhava para ele com os olhinhos negros tão vivos, e ele gostava tanto dela...

Então, como consolo, ele se lembrou de um antigo conto de fadas sobre uma cobra com uma coroinha na cabeça. Quem conseguisse matá-la, iria transformá-la numa encantadora princesa. Ele não sabia como era o resto da história, se isso ocorrera exatamente assim, mas ela lhe agradava. E, com certeza, a princesa já estava sentada esperando por isso.

Depois que Jonas consumou o brutal assassinato, encaminhou-se à entrada da casa, com o rosto vermelho. Foi um terrível sacrifício que ambos, ele e a cobra, apresentaram a Ruth. Pois a cobra permaneceu morta, e ele se alegrara com ela quase tanto quanto se alegraria com um belo cavalo de raça.

À mesa, Ruth falou o tempo todo sobre as alunas bobas do colégio, que ele não suportava. Ficou aborrecido porque, naquele dia, ela havia ido embora durante seu horário livre. Até então, Ruth o considerava seu único companheiro de brincadeiras; Jonas, porém, não tinha paciência para gracinhas.

Ainda estavam almoçando quando chegou um mensageiro e entregou um telegrama para Erik. Ele o abriu e passou os olhos sobre o conteúdo. Empurrou o prato para o lado, na mesa, levantou-se e foi até a janela, com o papel na mão. Pela sua expressão, podia-se ver que ele recebera uma boa notícia, que o deixara emocionado.

— Quase uma carta inteira! Entregue na fronteira — disse ele —, imagine só, Bel, meu velho amigo Bernhard Römer está vindo para cá. Já são dezessete anos que não nos vemos. Ou mais? Na época, nós dois éramos estudantes! Você ainda se lembra dele?

— Ó, sim, Erik, como eu poderia esquecer? Pois com ele você fazia sempre todos aqueles grandes planos para o futuro. O que vocês queriam, na verdade, era colocar tudo de cabeça para baixo. Sim, vocês eram tão jovens naquela época! Afinal, o Römer é o que hoje?

— Ele é professor de Medicina na Universidade de Heidelberg. Ainda me escrevia, às vezes, nos primeiros anos.

Ruth terminara de comer e olhou para Erik com os olhos arregalados. Pela mudança de expressão no rosto dele e as palavras de Clara-Bel, Ruth teve a impressão de que surgira, entre eles, de repente, um passado estranho e distante. Um passado em que ela não estava presente, no qual ela ainda nem tinha chegado ao mundo! Um passado que lhe pareceu impossível.

— Ele virá até aqui? — perguntou Ruth, baixinho.

— Infelizmente, não. Ele estará por aqui só de passagem. Seu destino é Moscou, onde haverá um congresso de médicos. Amanhã cedo, na estação, tentarei obter informações mais detalhadas. Será que ele trouxe a esposa consigo?

— A um congresso de médicos? — disse Clara-Bel, com um ar de dúvida.

— Por que não? Acredito que os dois sejam muito unidos, intelectual e espiritualmente. Römer casou-se muito jovem, a esposa ainda participou de todo o seu período de "tempestade e ímpeto".[8] Isso conferiu ao casamento todo o seu caráter positivo.

---

[8] Sturm und Drang, originalmente, foi um movimento literário do final do século XVIII na Alemanha (N. da T.).

— Eles não têm filhos? — perguntou Clara-Bel, que parecia ter um interesse especial nesse assunto.

— Acredito que não.

— Nenhum filho! — repetiu Clara-Bel, em tom de lamento. Nada em seu sofrimento parecia-lhe tão duro quanto a condição de não poder ser mãe novamente.

— É um casamento muito triste, assim, só a dois.

— Que eu lembre, nem sempre os dois viveram sós. Com frequência, acolhiam em sua casa meninas jovens que estudavam na universidade.

— Estudavam na universidade? Meninas jovens podem fazer isso lá? — perguntou Ruth, surpresa.

Erik olhou para ela com um sorriso.

— Sim, senhora. Meninas jovens, como você — disse ele. — Não há nada que atrapalhe o seu caminho de ser a próxima filha da casa dos Römer um dia. Você gostaria?

Ele disse isso brincando, mas o olhar dela quando lhe respondeu era tão sério que até permaneceu na memória dele.

Erik voltou a sentar-se à mesa e a conversar com a esposa sobre os velhos tempos. Então Jonas pensou que Ruth talvez pudesse sair com ele, mas ela permaneceu sentada, ouvindo a conversa.

Do lado de fora, a chuva caía com mais força. Jonas apoiou-se na porta da casa, no terraço, e olhou para fora, observando as condições do clima. Quando Ruth finalmente se levantou da mesa do almoço e entrou no corredor, ele comentou:

— Se pelo menos nesse tempo chuvoso nós pudéssemos brincar de marido e mulher! Isso combina tão bem com a casa. Pois quando o sol está brilhando, você não concorda com isso. E também é algo que você não pode fazer com aquelas suas coleguinhas bobas...

— Ora, posso sim — assegurou Ruth, encostando-se no corrimão da estreita escada de madeira que levava ao seu quartinho no sótão. — Nós brincamos disso no pátio da escola.

— Mas deve ter sido uma bela confusão sem um menino de verdade! — disse Jonas com desdém. — Eu gostaria muito mais de ser seu marido do que o homem de todas aquelas histórias de ladrões, em que sempre preciso esforçar-me tanto.

— Mas eu não quero ser sua mulher — disse ela friamente, sentada no corrimão e balançando os pés —, e seria também muito mais cansativo para você. Fique feliz em ser, sempre e em tudo, a personagem principal e o herói.

— Não, quem é isso sempre é você! — acusou-a Jonas, mal-humorado.

— Não, Jonas, claro que não é verdade. Você é isso sempre, só você. Ontem mesmo, você não foi o Egmont[9]? E recentemente...

— Sim, no começo! — interrompeu-a Jonas, irritado. — Mas quando você sempre me diz tudo antes e, ainda por cima, faz tudo antes, para me mostrar como deve ser, então, na verdade, nem sou eu, mas apenas você.

— Não posso fazer nada se você é tão bobo.

Jonas se calou, ofendido. Se ela soubesse com quem estava falando, se ela soubesse que ele renunciara voluntariamente a lhe mostrar sua superioridade, deixando-a insegura, levando-a a suplicar e a adulá-lo, eles teriam brincado de "encantador de serpentes"; então, nesse caso, ele teria sido o domador, o dono da situação. E ela foi tão boba a ponto de acreditar que a cobra realmente escapara.

A língua de Jonas estava pegando fogo, com vontade de falar a Ruth sobre o sacrifício. Mas ele achou que seu orgulho

---

9 Egmont é o nome da personagem principal, e também título, da peça de teatro escrita por Goethe em 1787 (N. da T.).

masculino não o permitiria. Ele até arrancaria a língua com os dentes se a vontade de falar ficasse muito forte.

— Quando eu fui Egmont, você deveria ter sido minha Clarinha — disse ele —; afinal, você não foi ela mesmo?

— Não, claro que não. Nem cheguei a isso. Sozinho, você nunca teria conseguido fazer o Egmont. E ele é o mais importante, como você pode imaginar. A Clarinha pode ser menos importante.

— Não tenho vontade nenhuma de me entregar a você, como um fantoche! Seja minha mulher! — gritou ele, zangado, e bateu o pé.

Ruth desceu escorregando pelo corrimão. Foi até a janela baixa do corredor, pela qual a chuva respingava, e colou o rosto na vidraça, para que ele ficasse repuxado, formando uma careta. Toda vez que Jonas ficava furioso, sua voz oscilava entre aguda e profunda demais. O que sempre provocava o riso em Ruth.

Jonas arrancou seu boné do cabide dos casacos e, num ímpeto, saiu de casa, gritando:

— Vá correndo encontrar suas meninas idiotas! — bradou ele, raivoso. — Eu sou um menino!

No final, Ruth nem era o ideal de mulher, do jeito que ele precisava. Andrômeda já declarara que, como escrava, seguiria seu salvador por todos os países. Ruth nunca faria algo assim, isso nunca lhe passaria pela cabeça — disso ele estava plenamente convencido.

Do terraço, Jonas enfiou a cabeça para dentro, pela janela aberta da sala, e perguntou se podia ir visitar um amigo e voltar até a hora do chá da tarde.

Clara-Bel, deitada ao lado da mesa já arrumada, lendo um romance de van Lennep,[10] olhou para cima, ao ouvir as

---

10 Jacob van Lennep (1802-1868) foi um escritor holandês, de família nobre,

palavras do filho.

— É muito bom que ele ainda pense nessas outras coisas — comentou ela, depois que a cabeça de Jonas sumiu da janela —, pois, agora, ele só pensa nessa menina, dia e noite, Erik.

— Fogo de palha! — respondeu o marido.

Ele estava em pé junto à janela, e olhava para fora, com ar sonhador. Seus pensamentos ainda permaneciam no passado. A esposa considerava o amanhecer daquele dia apenas uma bem-vinda distração, e alegrava-se com ele. Porém, para ele, era mais do que isso.

— Você acha que não faz mal? — perguntou Clara-Bel, preocupada. — Você mesmo disse que Jonas se tornara desleixado e distraído nos estudos.

— Mas ele é mesmo, um pouco. E se, com isso, ele talvez perca em sabedoria instrutiva, ele ganha mil vezes mais em emoções felizes, que animam e movimentam suas forças espirituais. Nenhuma escola poderá supri-lo com isso.

— Naturalmente, ele ainda é como uma criança, mas apega-se facilmente. E se o seu coração estiver ligado a ela, assim, completamente...

— Então deixe-o com a lembrança de ter encontrado Ruth. Ele não poderia ligar o coração a nada melhor, Bel.

A mulher ficou calada. O romance holandês escorregou de suas mãos, que ficaram cruzadas sobre o colo. *Como ele a coloca nas alturas!*, pensou Clara-Bel, secretamente assustada.

*

O DIA SEGUINTE FOI SILENCIOSO, pois Erik não voltara para casa, a qual parecia morta, pois não se ouvia seus passos nem sua voz. Ele só voltaria no último trem noturno, considerou

---

que escrevia histórias românticas em versos, entre outras (N. da T.).

Bel. Erik não gostava de deixá-la sozinha à noite na casa de campo.

Jonas, de mau humor, esgueirava-se pela casa. Depois da briga do dia anterior, sentia muita vontade de realizar uma boa reconciliação, e, logo em seguida, uma "união inseparável". Mas, naquele dia, Ruth não estava disponível para isso. Quanto à briga, ela já havia esquecido. Quanto a todas as sugestões de empreenderem algo em conjunto, ela sempre respondia apenas com seu já bem conhecido: "preciso refletir". Então Jonas já sabia que ela estaria, por assim dizer, perdida para ele.

Ruth continuava refletindo ininterruptamente em uma única e mesma coisa. Em pensamento, ela seguia Erik à cidade, ao trem que deveria trazer seu amigo, e tentava transportar-se ao momento do reencontro.

Quando, ao se despedir de manhã, Clara-Bel chamou-o dizendo: "*adieu* Erik, divirta-se bastante", Ruth olhou para cima, quase surpreendida. Sentiu que Erik tinha em mente algo muito sério e tocante. Até mesmo seu rosto pareceu-lhe, desde o dia anterior, um tanto mudado. De tudo e por trás de tudo o que ele falara e fizera, de um jeito normal, Ruth conseguira captar que todo um mundo de lembranças remexidas falavam e murmuravam continuamente dentro dele. Não eram lembranças divertidas, eram aquelas que nos jogam violentamente para trás, a um passado com o qual o presente é obscurecido.

Naquele dia, o jardim estava alegremente ensolarado. A cadeira de Clara-Bel fora empurrada só até o terraço; ela não podia permanecer na parte de baixo, pois Erik não estaria presente para levá-la para cima depois. Um cálido aroma de verão subia até onde ela estava; lilases e chuvas de ouro floresciam, e, nos canteiros, as rosas vermelhas se abriam. Ramos de árvores e arbustos juntavam-se tão densamente que as folhagens e os locais sombreados eram quase abundantes demais em volta da casa. O verão abrigava-os totalmente em sua cálida escuridão e, visto a partir da rua, o jardim parecia uma enorme mancha verde.

Enquanto tomavam o chá da tarde no terraço, Clara-Bel percebeu que Ruth estava ali, sentada, mas com o pensamento ausente. *É quase como se ela não suportasse mais que Erik desse atenção a outras pessoas. Ela gostaria mesmo de não lhe proporcionar mais nenhuma diversão, essa pequena egoísta, malvada*, pensou, e perguntou em voz alta:

— Ó criança, você está sentindo falta de alguma coisa? Por que está com esse olhar tão espantado? Eu até acredito que, agora, você gostaria de estar com Erik, não é?

Com seu ouvido sutil, Ruth captou o tom de voz não muito amável de Clara-Bel e encarou-a timidamente.

— Eu tento estar lá! — disse ela, para o indizível espanto de Clara-Bel.

Logo depois do chá da tarde, Clara-Bel retirou-se ao seu pequeno recinto para descansar mais cedo, pois não se sentia muito bem. Talvez fosse o efeito do novo tratamento que Erik começara a lhe aplicar e que deveria prosseguir ao longo de vários meses. De fato, Erik realmente já começara de novo a nutrir esperanças.

Depois de ter colocado cuidadosamente a patroa na cama, Gonne se afastou, e Clara-Bel ficou deitada sozinha em seu quarto silencioso, cercada de todas as coisinhas bonitas e delicadas que ela amava colocar perto de si. Ficou ali, deitada, sorrindo de si mesma. Não foi há pouco tempo que ela também acalentara baixinho, quase secretamente, essa nova esperança? Só um pouquinho. A esperança de realmente recuperar a saúde e poder ir ao encontro de Erik, caminhando com seus dois pés saudáveis!

Mas isso não daria em nada. Era só mais um delírio.

Porém, quando ele o superava, também a levava a superá-lo, como já superara as muitas e muitas antigas decepções. Pois isso ele fizera, sim — não exatamente com uma compaixão e um cuidado excessivos, mas com sua constante presença, com sua contínua e enérgica influência sobre ela.

Às vezes tinha, claramente, a sensação de que estava tudo bem assim, pois ele precisava disso; apenas com esse esforço ele superava as próprias decepções. Parecia que pela sua forte influência sobre os outros é que ele mesmo conseguia sempre retornar à antiga segurança. Muitas vezes, na vida diária, entre as pessoas de seu antigo entorno, Clara-Bel observara com admiração o efeito estimulante produzido em Erik, quando elas esperavam a força e a animação que ele lhes transmitia. Estar sozinho era algo que, de fato, ele não suportava muito bem.

Clara-Bel permanecia deitada, desperta, sonhando com os olhos abertos. Pela janela aberta, o ar penetrava macio e úmido, trazendo consigo todo um enxame de pequenas moscas. Ao longe, soava baixinho a canção dos últimos trabalhadores do campo, que voltavam para casa vindos do trabalho noturno. A noite olhava para dentro do quarto, com a clara luz do sol.

Pensamentos heréticos e até animadores acometiam Clara-Bel, deixando-a espantada consigo mesma. *Quem afinal é o forte*, pensou ela, *se o forte precisa dos fracos?* Decerto, ela era um ser fraco, e sentia-se feliz quando Erik a pegava pela mão e a conduzia. Mas e ele, será que não precisava de alguém por perto a quem pudesse conduzir, para se sentir feliz e permanecer seguro? Será que Erik não precisava dela, como ela dele?

Na solidão da noite, Clara-Bel sorriu e, fervorosamente, sua saudade foi ao encontro dele.

*

Como ela previra, só horas mais tarde Erik tomou o caminho de casa. Com muitos outros colegas, ele acompanhara o amigo até a estação de Moscou; depois, eles permaneceram mais um pouco juntos, todo um grupo de pessoas, entre estranhos e conhecidos, que passaram a noite numa animada celebração. Erik não perdeu tempo passando na casa da cidade para se trocar, ele ainda conseguiu pegar o último trem da noite e foi direto para o campo.

Depois de tantas horas decorridas e tantas impressões, a longa caminhada a partir da estação lhe fez bem; o fresco ar noturno o reanimara. Nenhum sopro de ar se movia e, com a claridade do dia quase despontando, ainda se via no céu uma Lua cheia pálida e sem brilho. Algumas nuvens isoladas se aglomeravam e, de tempos em tempos, caía uma garoa muito fina.

Quando ele chegou em casa, envolvida pelas árvores imóveis banhadas pela claridade da noite, seu ânimo ainda excitado passou lentamente à sensação de um contentamento tranquilo por estar novamente em casa junto aos seus. Junto aos seus! Agora, Ruth também pertencia a eles. Pertencia a ele.

Subiu devagar os degraus que levavam ao terraço e dirigiu um olhar ao sótão, onde ela agora dormia e sonhava. Quase em silêncio, quando ele acabou de destrancar a porta da entrada, a estreita escada de madeira que ligava o corredor à parte de cima da casa rangeu, sob a pisada de um pezinho muito leve. Toda vestida, com o cabelo só um pouquinho desalinhado, Ruth surgiu no patamar inferior da escada.

— Ruth, o que você tem na cabeça? Como pôde permanecer acordada? Rápido, já para a cama! — disse ele.

Sua voz ressoava com força, mas era amável. Ele sentiu que a visão daquele rosto amado era como uma saudação de boas-vindas.

— Foi bom? — perguntou ela, em resposta, e olhou para ele com os grandes olhos muito despertos. — Como eu poderia ter dormido com tudo isso? Não, não podia! Porque eu também estava lá, sempre ali, junto a você. Foi bom?

Ele pegou a mão que ela lhe estendeu e a segurou. Todas as impressões do dia, todas as lembranças que haviam sido reviradas, sumiram de repente; ele deixou para trás todo aquele turbilhão de gente e, agora, estava só com ela.

O que significava para ele toda a excitação, sim, toda a aprovação e todo o sucesso tão ansiados, pelos quais lutara e poupara na vida, diante do delicado elogio, da entrega infantil e confiável de Ruth, que lhe falava daquele modo? Como, diante disso, parecia-lhe insípido e brutal tudo que partia de uma multidão e se expressava com muito barulho. Só esses sentidos que se tornaram embotados demais para um aroma tão sutil é que buscam temperos tão mais fortes.

Esse pensamento passou pela cabeça de Erik e, com isso, ele se esqueceu de responder. Estava muito elegante em seu terno social, o amplo casaco solto jogado por cima, respingado pela chuva, e, acima de tudo, o rosto animado. Do modo como se encontravam, um diante do outro, na noite silenciosa, enquanto o mundo inteiro à sua volta dormia, eles pareciam saciados de vida, e algo semelhante parecia transparecer de ambas as expressões — semelhante para além da idade e do gênero —, algo exigente de vida, fomentador de vida. Era algo parecido com o que havia tocado e comovido Erik quando ele viu Ruth pela primeira vez no pátio da escola, com aquela animação nos olhos e os braços erguidos.

Eles estavam ali, em pé, calados, e, à sua volta, sonhava a claridade mágica na qual o final da tarde e a manhã fundiam-se imperceptivelmente.

— Eu não deveria ter ido embora, Ruth? — perguntou ele, involuntariamente, e olhou-a com um sorriso.

— Sim! Mas levando-me junto! — respondeu ela; no tom da sua voz, denunciou toda a saudade e o autoarrebatamento com que ela havia perambulado o dia inteiro.

Erik não a compreendeu plenamente; interpretou o pedido de Ruth como algo mais infantil e direto do que ela havia imaginado. No entanto, seu olhar, seu tom e sua postura transmitiam com tanta nitidez o quanto ela se sentira perdida em sua ausência que uma profunda comoção o invadiu.

Ruth pareceu-lhe encantada, diferente, mais afetuosa do que o habitual.

Na casa, tudo estava em silêncio, e ambos conversavam em voz baixa. Apenas pela porta da casa, que permanecera aberta, o som bem baixinho soava como um murmúrio e um ruído secretos, um sussurro que, lá fora, atravessava os arbustos menores, o primeiro anúncio do novo dia.

— Já está na hora! — disse Erik, assustado. — Vá dormir. Boa noite! Bom dia, minha querida!

Com um rápido movimento, ele a puxou para si, firmemente. Com isso, ela ficou apoiada em seu peito. Então a beijou na boca. Quando rapidamente a soltou de novo, Ruth pegou sua mão e encostou nela seus lábios quentes. Em seguida, subiu rapidamente pelos estreitos degraus de madeira até seu quartinho no sótão.

Erik abriu a porta intermediária do corredor, que levava ao quarto de Jonas. Para alcançar o próprio dormitório, situado atrás dele, precisava percorrer o corredor até o final. Com isso, Jonas despertou.

— Então, papai, foi bom? — perguntou ele também, da cama; meio sonolento, virou-se para o outro lado. — Havia também champanhe?

E voltou a dormir.

Erik abriu uma janela e olhou para fora, para a clara amplidão. Um cinza incolor, pálido e homogêneo espalhou-se pelo recinto, e a manhã crepuscular começou a preenchê-lo com um frio áspero.

Aquele murmurar e farfalhar não continuou se esgueirando sussurrante pelo piso, mas sim subiu mais. Movimentou os ramos das acácias silvestres que se juntavam densamente diante da janela; depois, foi crescendo poderosamente até o som perpassar, num farfalhar majestático — os antigos cumes das árvores, que pouco antes apareciam rígidos, silenciosos, contra o claro céu da noite. Aquilo tudo soava como um coral madrigal, e, meio adormecido, chegava aqui e ali, bem baixinho, como se ainda estivesse sendo ensaiado, o pio alegre de um passarinho. Logo em seguida, como um forte canto de júbilo, uma longa e incansável cantoria de muitos tentilhões.

Erik se recolhera ao descanso. Assimilou a aproximação do dia com os sentidos despertos, alerta, o que lhe pareceu um apropriado acompanhamento aos seus pensamentos, ainda ligados a Ruth. Também neles, havia uma atmosfera delicada e meio oculta, uma atmosfera matinal de sonho — era o que lhe parecia.

Nunca a sensação de que eles pertenciam um ao outro o havia dominado tanto quanto naquele momento, de que simplesmente eles tinham o mesmo espírito, a mesma índole. Só agora ele achou ter compreendido o pedido dela: "leve-me com você!". O que ele era, ela também queria ser, pois só nele ela conseguia entender e intuir a si mesma. O mesmo ímpeto vital dormitava forte e alegremente em ambos. Apenas o que nela era levado à tona por uma razão intocada, natural, nele era decisão, entendimento e vontade conscientes. E o que nela ainda ardia com uma chama pura, nele já havia sido multiplicado, com entulho e cinzas, pelo contato com a vida.

E com esses pensamentos pouco claros, Erik começou a divagar.

O primeiro júbilo dos pássaros do lado de fora se acalmou e o vento matinal se calou; assim também as velhas árvores, que se destacavam imóveis contra o céu, em cujo belo azul flutuavam nuvens brancas recortadas. Num amplo raio dourado, a luz do sol inundava o quarto. Atrás das pálpebras fechadas dos olhos de Erik eram pintadas, sorridentes, belas cores rosadas. Sob os raios do sol, ele havia adormecido.

*

ACORDOU BEM MAIS TARDE do que habitualmente e, ainda imerso nos momentos da noite, não se lembrou logo do dia anterior. Algum sonho maravilhoso, de cujos antecedentes ele não lembrava mais, ainda o mantinha inebriado. Provavelmente, desse sonho, originava-se, de modo premente, a estranha pergunta e sua resposta: "ela é bela? Eu não sei; na verdade, acredito que não. Mas ela se parece com Ruth. Ela é Ruth".

Pareceu-lhe que só poderia haver uma como ela. Ele sentia uma mistura de felicidade e dolorosa angústia. Subitamente, como um raio, ficou desperto. Como um destino grande e pesado, estava ali, diante dele, o reconhecimento de seu amor. Ele nunca havia refletido sobre seu sentimento por Ruth. Talvez porque, no geral, refletir sobre si mesmo correspondia muito pouco à sua natureza. Mas também, talvez, porque esse sentimento de interesse apaixonado pelo ser humano não tinha surgido da mulher.

De repente, tudo isso mudou.

Há algum tempo, todos estavam sentados à mesa do café da manhã esperando por Erik, quando, finalmente, ele chegou e se juntou a eles. Clara-Bel logo notou algo diferente, fechado, em seu rosto, e confirmou quando não lhe dirigiu nenhuma pergunta e começou a falar de coisas triviais.

Mesmo assim, de modo espontâneo, Erik contou algumas coisas sobre a reunião com os amigos. A esposa do professor realmente esteve presente; ela era alemã de origem russa e tinha parentes em Moscou.

A Erik ela havia agradado bastante. Serena, amável, prática, uma pessoa inteligente e madura, disse ele a seu respeito.

Clara-Bel ficou ouvindo só pela metade. Sentia-se especialmente intranquila, e, em silêncio, achou que, depois da distração do dia anterior, Erik parecia bem controlado e sensibilizado.

Ruth parecia mais clara e animada. *Como se contagiada pelo sol da manhã*, pensou Erik, enquanto seu olhar de soslaio passava de leve pelo rosto dela. Então ele pôde ver como, só com muito esforço, ela conseguia reprimir uma piada sobre o fato de ele ter dormido demais. Quanto a ela, não havia dormido demais. Passara a manhã inteira perambulando pelo jardim.

Dessa vez, o trabalho conjunto não aconteceu. Mais apressado do que o normal, Erik levantou-se para ir embora. O tempo urgia, e Jonas já havia partido.

Erik mal podia esperar que a casa ficasse para trás e ele permanecesse de novo sozinho consigo mesmo. Mas não tinha vontade de sonhar nem de refletir. Apenas uma coisa ele desejava urgente e impacientemente, como se sua vida dependesse disto: entender claramente o que, há poucas horas, surgira diante dele como se fosse seu destino. Só uma coisa ele desejava: ficar diante dele em silêncio, e deixar seu olhar repousar nele, firme e perscrutador, como sobre um semblante estranho.

Em função disso, todo o resto que poderia ocupá-lo e tranquilizá-lo naquele momento desapareceu do seu campo de visão. Tudo o que até então importara em seu destino e forçosamente determinara sua vida, todas as condições internas e externas que o cercavam, ele deixou passar, e começou a olhar só em linha reta, diretamente para aquele único ponto, sem olhar à esquerda nem à direita. Para qualquer outra coisa, não restou nem um olhar, nem um espaço; o que permaneceu foi apenas uma percepção marginal, obscura, desafiadora: derrubar obstáculos, mesmo que fossem pessoas.

*

Antes de Erik noivar com Clara-Bel, ela lhe dera de presente uma fotografia, na qual ela aparecia cercada de toda a família. Erik colocou a fotografia numa moldura, e, entre essa moldura e o vidro, inseriu uma folha de papel, em que havia recortado a figura de Bel, formando uma abertura exatamente correspondente a ela. Assim, ele ficava sozinho com ela. Todos os parentes permaneciam cobertos pelo papel, pois Erik não gostava deles.

Agora, ele estava meio consciente de que também agia com violência: com a própria família, com as pessoas e deveres de seu entorno cotidiano, sim, com o mundo inteiro, que ele apagara de seus pensamentos até não restar mais nada além de uma amplidão imensurável e vazia, uma solidão no mundo, em que apenas a imagem de Ruth aparecia diante dele.

Ela e ele, sozinhos e juntos, olho no olho.

Quanto mais tempo ele olhasse para ela, mais silencioso ficava seu olhar. O que todos os impedimentos e barreiras nele e fora dele pudessem levar à sua consciência, partiam da própria imagem alegre daquela criança. Toda exigência difícil e apaixonada nele silenciara.

O que ele amava em Ruth, a não ser justamente aquela imagem infantil, na qual repousava secreta e promissoramente toda uma grande quantidade de possibilidades?

Esse germinar, porvir, futuro, que por muito tempo ainda necessitaria do invólucro protetor — do material delicado, simpático, sobre o qual a mão dele se estendera, só meio dominadora, por que somente ela quis lhe dar a forma mais nobre?

Ele se lembrou da história do jardineiro e sua arvorezinha, que ele uma vez havia contado a Ruth. Ela continha uma verdade, continha o seu amor. Inexplicavelmente, ele amava nela a própria arte dele, a arte da jardinagem e suas expectativas como jardineiro.

Porém, quanto mais Erik se aprofundava na imagem que flutuava à sua frente, menos se esclarecia o próprio sentimento. Ainda falava consigo mesmo com pouca sinceridade. De modo irresistível, a partir do seu apaixonado desejo, surgiu a tendência à idealização. Gradualmente, suas fantasias, tanto as dele quanto as de Ruth, perdiam muito do seu colorido de realidade, e cada vez mais alto alcançava o impulso dos pensamentos.

Enquanto Erik acreditava que era seu lado educador e formador de pessoas que, ao se render a uma simples imagem feminina, esculpia e compunha versos para transformar tudo em realidade um dia, o apaixonado inebriava-se e encontrava satisfação no retrato idealizado e dessemelhante de Ruth.

*

ENQUANTO ISSO, RUTH PASSARA A MANHÃ numa atividade que correspondia muito pouco a essas ideias que voavam alto. No início, ela refletiu um pouquinho se deveria alimentar o propósito de ser esforçada só para si mesma. Não, decididamente ela não alimentava isso. O melhor teria sido, para ela, que Jonas estivesse ao seu lado, mas ele estava na escola, estudando, pobre coitado. Então ela decidiu descer à cozinha, ao encontro de Gonne. Preferia ocupar as mãos em alguma atividade a ficar com seus pensamentos, é o que ela achava, e precisava ocupar-se ativamente de algum modo. Sentia-se feliz como um passarinho, por não ter tido a ideia de permanecer sentada, quieta e "refletir". Afinal, era até divertido brincar com os baldes de Gonne junto ao poço.

Felizmente, Gonne até conseguia tolerar bem quando Ruth, sem ser solicitada, aparecia no meio do seu trabalho. Como ela não tinha nada da habitual devoção ao local, encarava como uma distinção para Ruth tolerar sua ajuda. Ruth também não considerava isso de outro modo, e, para agradecer e acompanhar o trabalho, ela cantava, com sua voz macia e rústica, canções populares russas que Gonne ouvia atentamente.

Ao voltar para casa, Erik encontrou Ruth junto ao poço, usando um avental e com as mangas arregaçadas, cantando e muito animada. Diante dessa cena inesperada, de repente desmoronou a maior parte daquilo que ele havia refletido e planejado. A figura transformada pela sua fantasia, que o fizera acreditar que amava profundamente a Ruth real, havia submergido. Um afeto tumultuado o inundou, um quente desejo de puxá-la para si, de sentir seus esbeltos braços respingados de água sob sua mão, de beijar os lábios sorridentes, também os cabelos sempre despenteados e o fino pescoço levemente bronzeado pelo sol.

Erik tinha a intenção de passar pelo terraço e ir até o poço, mas parou de repente, virou-se e foi ao seu quarto. Ali, ainda estavam espalhados, em desordem sobre a escrivaninha, os cadernos e livros de Ruth, que de manhã haviam esperado por ele. Erik sentou-se diante deles e apoiou a cabeça nas mãos. O sangue pulsava em suas têmporas, e ele apertou os dentes.

Ruth deveria ir embora?

Ele se esforçou para chegar ao fim do pensamento. Foi acometido por um grande cansaço, um esgotamento pesado como chumbo, que cobriu toda a nitidez da sua mente com um véu.

De forma um tanto mecânica, ele perpassou com o olhar os cadernos que estavam ali, abertos. Sem ler, observou cada uma das letras, como se elas contivessem uma resposta salvadora. Era uma letra ágil, dura nos traços básicos, cujos caracteres ligavam-se com firmeza. Ainda não havia arredondamentos extensos, mas também nenhum arabesco supérfluo. Percebeu que, naquela letra, havia uma Ruth estranha. Nada da sua fantasia, de seus transbordamentos. Algo estranhamente lógico.

Seus olhares e seus pensamentos permaneceram presos ali. Será que não havia nela mais uma Ruth que lhe era desconhecida? Que ainda não havia despertado e que ele ainda não conhecia?

Os olhos sorridentes de Ruth apareceram na janela. Sua cabeça surgiu entre as videiras e folhas do lúpulo silvestre, que subia pela moldura da janela.

— Devo trabalhar? — perguntou ela.

— Não. E também vamos tirar férias. Pelo menos por hoje — disse ele, e se levantou. — Você soube da surpresa que fizeram na escola das meninas, na última aula antes das férias? Todas elas se levantaram e apresentaram, solenemente, um pedido. Não foi fácil descobrir do que se tratava. Nem elas mesmas sabiam exatamente o que era. Queriam a mesma coisa que você, diziam. Só não sabiam como realizá-lo.

De Ruth, veio apenas uma risada. Ele acreditava já tê-la escutado antes na escola. Claramente, ele sentiu, do inesperado "êxito das massas", sobressair a influência animada de uma única pessoa. Mas foi justamente isso que, naquele dia, o arrancara de sua distraída indiferença, que o enchera de calor e alegria. A partir da imagem da classe inteira, da fisionomia geral em todas aquelas cabeças de meninas morenas e loiras, o rosto de Ruth virara-se em sua direção, como saído de um jogo de provocações e pilhérias: com um sorriso maroto em volta da boca, mas também uma devoção ilimitada nos olhos. Assim mesmo, como naquele momento em que ela aparecia entre os ramos das videiras.

— Agora, vamos levar tudo isso a sério — observou ele, inclinando-se sobre a janela. — No outono, quando todos se reunirem novamente, talvez sob o formato de cursos gerais aqui, na minha casa. Talvez com a participação de adultos. Ainda não sei como.

Ela o olhava com muito interesse.

— Isso é bom! — disse ela entusiasmada, e assentiu. — Quanto mais, melhor. Mas muitas não poderão vir e algumas vão se ausentar logo. O fato de a noiva estar entre elas, provavelmente, vai desestimular a participação de muitas.

— A noiva?

— Sim, pois elas só pensarão como seria bom se todas também tivessem essa sorte. E, então, todo o resto não teria mais nenhum sentido, é o que elas acham. Elas acham que ser noiva é o máximo. Conversamos sobre isso antes de ontem no pátio da escola.

Erik olhou para ela.

— É mesmo? E o que você achou disso? Você também achou que isso seria o máximo e que todo o resto não teria mais sentido?

— Eu? Isso eu nem poderia saber. Como eu poderia saber a respeito do desenrolar das coisas depois? Mas também nem preciso saber, pois nunca poderei ser uma noiva — disse Ruth.

Essa palavra o abalou e o deixou muito nervoso e aflito. Ele estava tão abalado que não conseguiu responder logo. Por fim, disse:

— Como você chegou a esse estranho pensamento? De onde tirou essa ideia? Você é uma criança, que não consegue prever como sua vida futura vai se configurar. E, em sua fantasia, você não deve brincar com isso. Não deve brincar com isso! — repetiu ele, com uma súbita raiva, sem motivo. — Diga-me como chegou a isso.

— Isso veio sozinho — disse ela simplesmente —, eu não brinquei. Isso veio porque eu sabia que, para se ficar noiva, é preciso amar alguém. E isso eu não posso mais. Amar tanto alguém é algo que não poderei nunca mais, no mundo inteiro.

— Amar como, Ruth?

Sua voz soava abafada e rouca.

Ela olhou para ele com aquele seu olhar aberto, ingênuo. Ele nunca imaginou ter visto tal inocência e sinceridade no olhar humano.

— Amar como o senhor — disse Ruth.

Erik fez um breve movimento e, olhando para baixo, empurrou para o lado os ramos de lúpulo, que se agarravam e grudavam em todos os lugares. A mão esquerda, que estava no bolso lateral de sua jaqueta, fechou-se num punho.

Ruth observava-o sem desviar os olhos, mas não entendeu aquela expressão que passava pelo seu rosto.

Então, quando Erik, quase temeroso, olhou para cima e viu os olhos inquiridores diante de si, ele estremeceu. Pareceu-lhe que aquele olhar e aquele instante decidiriam tudo a seu respeito. Ele se inclinou um pouco para a frente, pegou as mãos de Ruth e, com elas, cobriu os próprios olhos.

— Sabe, garota — sussurrou —, quando você crescer, pois agora ainda é apenas uma menininha, mas quando já tiver ideias próprias e maduras sobre todas essas coisas e muitas outras também, então você deverá vir ao meu encontro mais uma vez e me dizer que continua me amando.

E que, de mim, você obtém o que há de melhor — sua vida e seu desenvolvimento; a crença no próprio valor e a crença no valor dos seres humanos. Quem você será, então, nós dois não sabemos; mas quem eu serei, isso eu já sei: serei um homem velho. Mas um homem velho que viveu para que você, garota, possa continuar sendo, para ele, o que é para ele hoje: seu orgulho, sua criança querida e sua mais elevada esperança.

Então ele soltou as mãos dela e deixou o quarto.

Ruth ainda ficou do lado de fora, junto à janela. Ela havia apoiado os braços no peitoril e, imóvel, com uma expressão muito séria, acompanhou-o com o olhar.

*

TRANSCORRIDOS ALGUNS DIAS, por volta do meio-dia, uma colorida multidão lotou o grande salão da escola de meninas. Eram pais e parentes das crianças, um dilúvio de curiosos das camadas superiores da sociedade e muitos que queriam ouvir Erik falar, depois de as meninas terem contado tantas coisas sobre ele em casa.

Erik estava na tribuna da parte detrás do salão, falando com eles e as respectivas filhas. Mencionou a proposta que a classe lhe havia feito, de estender o conjunto da vida diária delas e dos trabalhos para além da escola, e vinculou a isso seu pensamento preferido da necessidade de um desenvolvimento adicional para a mulher, fora dos anos de estudo da escola, mais frutífero do que aquele oferecido a elas presentemente. Falou-lhes da possibilidade de conduzi-las a um futuro com uma vida mais plena, mais forte intelectualmente, um futuro hoje só imaginado e meio desvendado, e ainda à sua frente, mas no qual elas poderiam tomar posse de tudo o que aproximasse seu ser do desabrochar interior e da plenitude.

Enquanto ele falava, pensava em Ruth, a quem ele não permitira acompanhá-lo, pois era dela que ele falava, era para ela que ele falava. Fora ela que despertara novamente a sua vontade de falar às pessoas, e que procurara as pessoas para ele, como se procura um pão para um pobre, para aplacar sua fome. E o que ele dava às suas pessoas, ele tirava dela, pois o máximo que esperava dela, o mais belo que sonhava nela, Erik colocara sob a imagem de seu futuro; depois, elevara e transfigurara em formas generalizadas.

Era como se, a partir dos olhos humanos encantados, ele erigisse uma figura de dimensão sobre-humana, cuja grandeza tornasse os traços individuais irreconhecíveis. Decerto, grande demais para a vida real, mas de uma plenitude e tepidez de cores, que arrebatava e impregnava fortemente a parte feminina entre os ouvintes.

Assim, Erik se encontrava ali, promovendo uma espécie de autodefesa de seu amor, e esse profundo movimento dentro dele conferia a cada uma de suas palavras um ímpeto peculiar. Entre a multidão na plateia encontrava-se também Warwara, como ela lhe avisara previamente, e olhava para ele com muito interesse. Parecia-lhe ver bem diante de seus olhos, de forma livre e desabrochada, o que ela, com seu instinto sutil, já havia adivinhado obscura e difusamente quando esteve com Erik dias antes: que ele possuía poder sobre as almas das pessoas e que vivia faminto e ansioso por elas. Portanto, era aquilo que, ao mesmo tempo, a atraía e repelia tão estranhamente, era aquilo que a deixava parecer mais sedutora do que era de fato. Lembrou-se da cena em sua casa da cidade. Sim, certamente Erik não era santo. Porém, mesmo nisso, ela percebera, assustada, como ele tentava ir fundo, sempre buscando, ansioso e impaciente, aquilo em que ela o decepcionou. E isso a sua vaidade não aceitava.

Naquele dia, quando ela voltava para casa depois de sair

da moradia dele na cidade, uma imagem muito assustadora insistia em surgir na sua mente o tempo todo. Não conseguia livrar-se dela. Via sempre à sua frente uma mulher que colocara seios falsos, para se proteger do toque do homem que se sentia atraído por ela. Será que a sua tentativa de sedução não teria motivos semelhantes? Ela temia seu despojamento espiritual e anímico. E o trabalho em si mesma. Era realmente uma imagem muito assustadora. Para espanto de sua vizinha na plateia, Warwara enrubesceu no meio da palestra.

Ao fim da palestra, Warwara encostou-se na lateral da escadaria de saída, para não ser empurrada pela multidão apressada. Erik notou sua presença ali e foi ao seu encontro. Seus olhos brilhavam. Mas Warwara estava pálida.

— E então? — perguntou ele, sorridente, com aquele seu antigo e leve tom de voz. — O "brinde" mereceu clemência, pelo seu julgamento? Talvez tenha sido mesmo um brinde.

— Se foi mesmo, eu deveria ter sentido ciúmes, ou melhor, inveja, daquela a cujo bem-estar o senhor se referiu — respondeu ela em seu tom de voz normalmente irônico, mas com uma expressão séria. — Com certeza, não é o nosso bem-estar. Agora, eu entendo que o senhor quer mesmo pertencer a outro lugar, não ao nosso, sob as luzes da sociedade.

—Warwara Michailowna! — disse ele, espantado com sua expressão. — Por que a senhora não se coloca como uma exceção?

Ela moveu a cabeça.

— Por autoconhecimento. Hoje, eu perdi o senhor — respondeu ela, dando-lhe a mão —; portanto, *adieu*, e não só por hoje. Estou renunciando ao senhor. Estou libertando-o. Ouça bem a minha opinião: o que lhe assenta melhor é a jaqueta do uniforme da escola, e não o terno social.

Erik acompanhou Warwara com o olhar, enquanto ela descia lentamente a ampla escadaria. Quando ela sumiu de sua vista, ele logo esqueceu o que fora tão marcante em sua personalidade ao longo de toda aquela fala irônica.

Seu olhar desviou-se dela e passou para os outros que a seguiram, jovens e velhos, aprofundando-se nos semblantes de cada um, com aquele interesse que as diferentes expressões nos diversos rostos das pessoas sempre provocavam nele.

Sim, começaram as férias, e os longos e intermináveis dias de sol. Por isso mesmo, seus pensamentos iam se dirigir para lá, para a escola. Nunca mais haveria outro campo de atividade para ele que fosse mais amplo. Ele também não queria outro naquele momento. Sua ambição se calou. O que ele queria era aprender a falar com as crianças e fazer com que os adultos também se tornassem crianças até se tornarem receptivos como aquelas que ainda cresciam ali.

Com esses pensamentos, Erik deixou o edifício da escola. Estava impaciente para chegar em casa. Imaginou um banco na parte detrás do jardim, no pequeno bosque, sob os galhos pendentes das bétulas, e Ruth sentada ali, prestando muita atenção enquanto ele lhe contava tudo o que havia "inventado" para a palestra. Ele lhe prometera que "inventariam" tudo juntos.

Agora, estar em casa não significava mais apenas a tranquilidade e o conforto, por cuja expansão sua constantemente insatisfeita força de ação lutara em vão, sem parar. Agora, em casa, ele encontrava justamente seu trabalho e sua tarefa preferidos. Agora, em casa, reuniam-se em uma coisa única, dentro e fora, repouso e ação, sonho e produção. Em Ruth, havia algo que tornava todo o seu ser produtivo, estimulava e aprofundava todas as suas forças, fazendo com que escoasse delas, lentamente, tudo o que fizera parte da sua cobiça exterior.

Quando Erik abriu o portão do jardim, viu, no gramado, entre as árvores ao redor do bosque, uma caçada selvagem.

Viu Ruth, Jonas e um homem de meia altura, um tanto baixote, com uma barba escura, espessa e curta, e usando óculos. Brincava de pega-pega com Ruth, correndo atrás dela, em vão.

Era Bernhard Römer.

Ele viu Erik e se aproximou.

— Apenas um dia e uma noite, se concordar! — disse ele, um pouco ofegante, passando o lenço sobre o denso cabelo castanho, cortado rente. — E a Ruth eu levo comigo, quer dizer, se eu conseguir pegá-la. Então eu irei ganhá-la, foi o que combinamos — acrescentou ele, enquanto se apertavam as mãos. — Ela é uma coisinha encantadora, mas ainda tem a aparência de uma criança. Quatorze anos.

— Ela é delicada — disse Erik, subindo os degraus do terraço com o visitante.

— Delicada? Tem a musculatura de uma mola de aço. É injusto que você a tenha. Precisamos de uma criança em nosso lar. Vocês já têm um menino.

— Você voltou depressa da sua viagem. E sua esposa? — perguntou Erik, interrompendo-o e oferecendo-lhe uma cadeira ao lado de Clara-Bel, que estava deitada no terraço e assistira, sorridente, à divertida brincadeira no jardim.

— Eu tive de voltar. Minha esposa? Sim, ela não quis voltar ainda. Hoje em dia, as mulheres são terrivelmente independentes. Você pode se sentir feliz por Bel não poder fugir de você. Minha esposa fica viajando por aí, visitando instituições de caridade.

— Instituições de caridade?

— Sim, sim. E também visita aquele conde maluco em Jasnaja Poljana.[11] É por esse tipo de coisa que ela se interes-

---

[11] Jasnaja Poljana é a propriedade na Rússia em que nasceu e viveu o escritor russo e conde Liev Tolstói (1828-1910), e onde escreveu o famoso romance

sa. Quanto a mim, eu deveria abandonar minha venerável cátedra e me tornar um camponês russo, daqueles que aram a terra. Mas um homem e marido tão nobre, eu não sou.

— Eu acho isso mesmo — comentou Clara-Bel —, pois o senhor permite tudo à sua esposa.

— Permite? — Bernhard Römer riu calorosamente e sentou-se junto a ela. — Minha querida e graciosa senhora, quero apenas admiti-lo; não tenho nada a permitir. A senhora sabe o motivo? É que admiro um pouco minha mulher desobediente. Lá em casa, ela também organizou umas coisas, como eventos de caridade. Naturalmente, só em pequena escala, ou, como preferimos dizer, escala minúscula. Mas, agora, quero lhe dizer algo, meu caro Erik: uma vez nós dois, você e eu, já fizemos, em grande escala, muito grande mesmo, planos maravilhosos para o aprimoramento da vida e das pessoas, mas minha esposa os realiza numa escala bem pequena, minúscula. Só ela. Esse foi o jeito que ela encontrou para adotar, de coração, meus antigos planos, depois que eu me tornei um bem instalado e bem limitado professor. O fato de ela só conseguir fazer pouca coisa não a detém, de jeito nenhum. Afinal, isso é mão de mulher e trabalho de mulher, bem corajoso. Diante disso, nós, homens, somos uns trapalhões.

— Sua esposa é extraordinária — comentou Erik —, fico feliz que a tenha conhecido. Agora, você não sente muita falta dela em casa? Quanto tempo ela ainda estará ausente?

— Até as férias. As férias das universidades alemãs. Sentir falta? Sim, mas no período de trabalho eu conto com a ajuda da assistente e de um café muito malfeito. Fico pensando, afinal, é período de trabalho, dia de semana. Mas nas férias

---

Guerra e paz, publicado em 1867, entre outros (N. da T.).

— as minhas férias —, preciso ter os domingos. Então preciso ter minha esposa comigo.

Contente, Clara-Bel olhou para ele. Alegrava-se com suas palavras amáveis, alegrava-se em vê-lo novamente. Ela mal podia acreditar que era ele mesmo, o jovem imberbe com a cabeça coberta de vastos cabelos escuros encaracolados, mais doce que Erik, mais tranquilo, um apaixonado utopista, com uma pequena tendência à fleuma e a um "Michel alemão".[12]

Enquanto Erik entrava em casa, Römer e Clara-Bel aprofundaram a conversa sobre as antigas lembranças, como ambos já haviam feito de manhã. Os dois se animaram na exaltação da juventude e constataram, com uma inconfessada melancolia, que essa juventude ficara no passado.

Erik não os incomodou. Permaneceu em seu quarto, bastante irritado.

Ruth com Römer, não com ele. Não conseguia deixar de pensar nisso.

O lar do amigo surgia claramente diante do seu olhar. Um lar bastante raro, o mais raro de todos, um casamento totalmente feliz. Ao lado do marido, a esposa de mesma idade, na qual, como um pedacinho da juventude dele que não queria morrer, o frescor continuava vivendo, e que o protegia do ressecamento da sabedoria professoral e da saciedade satisfeita. Daí o eterno frescor de seu amor por ela, daí o coração aberto e a mão aberta para tudo o que ela planejava.

Ali, Ruth teria tudo que poderia precisar, física, prática e espiritualmente. Na medida em que perdesse Erik, ganharia uma amiga maternal, em quem poderia confiar cegamente.

---

[12] Michel Alemão é uma figura que simboliza o caráter nacional do povo alemão, de forma semelhante ao John Bull para os britânicos. Sua origem remonta à primeira metade do século XIX (N. da T.).

Alguma coisa murmurava a Erik: "entregue-a. Lá, ela terá o maior amor, o mais generoso. Proteja-a de si mesmo". Seus olhos ficaram sombrios, e, ao redor da boca, surgiu uma linha dura.

Bem, confessou ele a si mesmo: queria servir a Ruth, generosamente, apenas para mantê-la. Ele não tinha nada a perder além dela, nada que o preenchesse totalmente. Ele lutava pelo mais belo e pelo final, era o que sentia. E pelo mais elevado: por si mesmo.

Muitas vezes afirmamos que só o colapso de toda felicidade pessoal conduz à verdadeira grandeza humana, ensinando as pessoas a servir aos outros de forma genuína e a influenciá-los profundamente. Certamente, existem pessoas assim, benignas no mundo. Mas isso se aplicaria a ele? Será que ele poderia fazer parte desse grupo? Contudo, dentro de si, ressoava alto o grito: "Não! Não!".

Sua força e seu anseio pela felicidade não queriam se separar. Haviam crescido juntos, desde as raízes. Ele precisava de felicidade para continuar sendo um ser humano. Ele precisava obrigar-se a isso, de algum modo, e a qualquer preço. A qualquer preço? Será que não havia nada que poderia motivá-lo a usar, ele mesmo, o machado para cortar a raiz?

A felicidade de Bel? Não! Mas a felicidade de Ruth, sim.

Ele tentou afastar o pensamento, quase com violência. Sentou-se à escrivaninha e esforçou-se para registrar os planos que havia idealizado no caminho, para o inverno. Enquanto escrevia, tentou evocar os semblantes das pessoas que havia observado ao passar por elas na escadaria — rostos nos quais lera alegria e excitação. Contudo, os pensamentos tornaram-se confusos, e os rostos desvaneceram. Viu apenas um caos de fisionomias desconhecidas, indiferentes, sem expressão, sem alegria, sem propósito. Algumas, feias, às quais seu olhar apenas deslizou; outras, belas, nas quais permaneceu fixo, mas de maneira apática.

IV

BREVE E ABRASADOR, como sempre, o alto verão russo passou voando, e, logo cedo, no meio do mês de agosto, o outono se aninhou suavemente no jardim, que, com seus longos e escuros crepúsculos de final de tarde, apagava o sol. O gramado parecia ralo e chamuscado, e, ao longo dos caminhos de seixos, amontoavam-se as primeiras folhas secas.

Justamente onde Clara-Bel se encontrava deitada em sua cadeira, na borda do pequeno bosque, ela podia observar uma grande mancha amarelo-dourada nos galhos das bétulas acima de si, que, a cada dia, aumentava um pouco mais. De tempos em tempos, uma folha desbotada se desprendia delas, girava no ar por alguns instantes e caía suavemente ao seu lado.

Bem junto a ela havia uma mesa rústica, feita de galhos de árvores ainda com as cascas, e dois bancos com encostos de um trabalho rústico de cestaria, feitos com galhos de salgueiro. Era ali que Ruth e Erik estavam sentados, quase ao meio-dia, trabalhando.

Clara-Bel não conseguia entender como eles suportavam aquilo assim, ininterruptamente. Às vezes parecia que eram apenas conversas e discussões, mas ela sabia como eles levavam aquilo a sério, e que Erik às vezes passava a noite em claro para preparar sua aula.

Clara-Bel gostava de ficar ali, ouvindo, não as palavras, mas as vozes. Pois a esse respeito ela não se enganava: apenas em horas assim, a voz de Erik ainda tinha um som tão alegre quanto antigamente. E era realmente muito bom que agora ele formalmente evitasse seu gabinete e sempre se sentasse com Ruth próximo a ela, onde poderia escutá-lo.

Muitas vezes, ela se lembrava, com secretas preocupações e dúvidas, daquele primeiro dia de junho, quando Erik passara na cidade com Bernhard Römer e sua esposa. Desde então, a partir da manhã seguinte, ele estava mudado. E isso devia ter alguma relação com aquele dia. Mas ela buscava o verdadeiro motivo em um passado mais remoto, particularmente desde que ela, por si mesma, reencontrara o amigo comum da juventude. Assim, Clara-Bel entendeu muito bem porque Erik, em silêncio, sempre tentava remexer as antigas lembranças. Até mesmo os próprios pensamentos voltavam com mais frequência do que nunca para aquele lugar, de onde não há retorno.

A juventude não renasce.

Se de fato existisse uma alegria, pensou ela bem secretamente, *uma grande e forte alegria*, que alguma vez ela pudesse proporcionar à vida de Erik, para que ele esquecesse todo o resto! Mas ela não possuía nada, limitava-se a permanecer ali, deitada, com as mãos vazias e impondo muitos sacrifícios.

Há alguns dias, Erik trouxera, inesperadamente, o professor que às vezes ele consultava no tratamento de Clara-Bel. Ela foi deitada na cama, e Erik segurou a pobre, trêmula de medo e de dor, com muita firmeza em seus braços, até que os minutos atormentadores passassem. Ele mesmo estava muito pálido, mas o professor quis retornar.

— Isso precisa ser assim? — perguntou ela, desanimada.

— Precisa ser, sim. Já existem mudanças — respondeu ele, evasivamente.

Mudanças! Talvez a cura! Sim, uma grande e forte alegria ainda poderia surgir! Se ela mesma se levantasse do leito e andasse ao seu encontro com os próprios pés! Então ele se alegraria novamente.

Saudosamente, Clara-Bel olhava entre os galhos esverdeados e dourados atravessados pelo sol, dos quais lentamente as folhas se soltavam. E seus pensamentos divagavam.

Quando os raios do sol da tarde começaram seu

movimento de inclinação e as sombras das árvores começaram sua curva e expansão, os dois que estavam à mesa ficaram mudos, e Ruth se levantou.

Nessas aulas, parecia a Clara-Bel que, estranhamente, sempre era Ruth que anunciava o seu término. Erik queria que fosse assim; só ela mesma poderia saber, com exatidão, quando todo o seu frescor e receptividade declinassem. Ele, por seu lado, podia apenas colocar toda a sua força, inteira e íntegra, naquilo que lhe dava — e era isso que ele fazia. Reunia todas as forças da sua vontade e de seu espírito e concentrava-as em um único ponto: Ruth, a quem tratava como se trata a filha de um príncipe, que se presenteia apenas com o que é mais requintado.

Ele a contemplou quando, bronzeada pelo sol e com os cabelos desalinhados, parou ao seu lado, usando uma autêntica blusa russa camponesa de um linho rústico não alvejado, com um bordado vermelho no peitilho e nas mangas superiores, quase como uma criança do povo. Mas, para ele, ela era a filha de um príncipe.

Erik escolheu um caderno, mas sem o propósito de olhá-lo; mecanicamente seu olhar deslizou sobre as linhas escritas. Ruth permaneceu de pé ao seu lado e inclinou-se sobre ele, para olhar o conteúdo. De segundo a segundo, Erik foi ficando cada vez mais nervoso. De repente, chamou a atenção de Ruth tão violentamente, por causa de um erro irrelevante que encontrara no texto, que Clara-Bel olhou para cima, assustada.

Ruth ergueu os ombros e as sobrancelhas, em sinal de espanto, e sacudiu, indignada, a cabeça.

— Nem dá para acreditar. Como se pode ser tão distraída, não é verdade? Como devemos ser burros para fazer isso! — disse ela, dando continuidade às críticas dele, com um descarado autodesprezo.

Erik ficou perplexo e não conseguiu segurar a risada. Aquilo o tocou estranhamente. Há apenas alguns meses, algo desse tipo a deixaria constrangida, intimidada. Agora, ela não chorava mais quando ele a chamava de criança burra. Ela dava risada. Ria de si mesma. Seus olhos o encaravam, zombando. Mas de quem ela estaria zombando, afinal? De si mesma, disso não havia dúvida. Ela mesma se considerava um objeto estranho, que só avaliava a partir de Erik; ela só sentia, pensava e agia a partir do modo de ser dele.

O que era essa ausência de autoestima, esse excesso de autoesquecimento? Era amor? Era aquilo que ele, meio consciente e contra a vontade, esperava?

Clara-Bel deu risada com eles.

— Você ainda poderá achar estranho — disse ela —, quando no outono você tiver tantas colegas de estudos com Erik. Se tiver de compartilhar tudo com elas. Não ficará com ciúmes se uma das meninas souber mais do que você?

— Por quê? — perguntou Ruth, e a malícia perpassou seus olhos. — Então gostaremos mais dela do que de mim. Temos bastante espaço para muitas aqui. Quanto mais, melhor.

Erik olhou para cima. No final, será que realmente uma terceira pessoa seria bem recebida no grupo? Mas, quando ela parecia tão maliciosa, ninguém sabia o que ela pensava.

Ele se levantou e empurrou a cadeira da esposa em direção à casa, com a intenção de levá-la para dentro antes do pôr do sol. Jonas foi ao seu encontro. Ele perambulara a tarde inteira pela relva recém-cortada, mas sempre atento ao instante exato em que conseguiria ficar com Ruth só para ele.

Quando Erik saiu de casa de novo, viu Ruth andando com Jonas de um lado a outro sob as bétulas. Estavam enlaçados, com os braços levemente soltos, e empurravam-se mutuamente, atirando-se na relva mais alta da borda do caminho, onde o início do outono deixara as folhas secas amontoadas. Provavelmente, ambos sentiam um vivo prazer ao revirarem as folhas com os pés descalços. Jonas pegara na mão de Ruth, que ela colocara sobre seu ombro, e, de tempos em tempos, inclinava a cabeça para o lado e passava a mão dela carinhosamente sobre a própria face.

— Jonas! — chamou Erik, em voz alta.

Jonas se assustou com aquele tom de voz.

— O que é? — perguntou ele, aproximando-se, perplexo.

— Você precisa fazer suas tarefas de férias! — disse Erik, envergonhado de si mesmo.

Ruth seguiu Jonas e ambos entraram em casa.

Erik permaneceu no jardim, acompanhando-os com o olhar.

Era aquilo de novo, aquela coisa pueril, infantil e singularmente imatura no caráter de Ruth, com a qual ele não conseguia se conformar. Aquilo não diminuía, só aumentava, estava profundamente arraigado em algum lugar no cerne da sua natureza. Ruth se desenvolvera intelectualmente com muita força e rapidez, como as novas folhagens sob a chuva morna do mês de maio. Mas era como se, só agora, todas as características infantis se desenvolvessem juntas, empurrando na direção de uma vivência cada vez mais completa, e, além disso outras também, quase masculinas, das quais, até então, ele só tivera uma breve noção de sua existência. De uma forma rápida, ela aprendeu a configurar seus pensamentos numa acuidade lógica e dar-lhes uma enérgica direção ao reconhecimento, como se nunca antes ela tivesse vivido na fantasia dos sonhos. Provavelmente, o indecifrável, difuso e loucamente errante de seus pensamentos estivessem ligados apenas aos materiais fantásticos em si, e com eles perdiam-se dela.

Erik voltou para casa caminhando lentamente. Quando entrou, viu Jonas sentado na sala com uma expressão resignada, inclinado sobre os livros e parecendo estar estudando. Mas, em silêncio, ele remoía a ideia da melhor forma de afastar Ruth do pai, para tê-la apenas para si. O dia seguinte era um domingo, em que se podia empreender muita coisa. Nesses meses de férias, costumava-se fazer as refeições mais cedo, obtendo-se, assim, uma tarde e um começo de noite mais longos. No entanto, Jonas achava injusto que, dos dias da semana, houvesse apenas um domingo, o único em que o pai estava disponível para si mesmo.

Ruth não estava na sala com Jonas, provavelmente subira ao seu quartinho no sótão.

Erik deu meia volta no corredor e ficou à escuta, para saber se alguma coisa se mexia na parte de cima da casa. Logo depois, encaminhou-se à base da estreita escada de madeira. Sentiu-se como um ladrão, quando, ali, à meia-luz, ficou parado, hesitante, no degrau mais baixo. Lentamente, ele foi subindo os primeiros degraus, mas logo depois apressou o passo nos seguintes.

Há quanto tempo, muito tempo mesmo, ele não ficava a sós com Ruth. Ao chegar ao alto da escada, bateu à porta, com uma batida curta, porém forte. Ruth respondeu com uma voz clara. Quando entrou, viu que ela estava diante do armário de parede aberto, onde guardava suas coisas, e remexia em seu interior.

Afora uma mesa e uma cadeira junto à janela, o pequeno recinto não continha muito mais coisas além daquelas colocadas ali no primeiro dia. Mas o peitoril da janela estava repleto de vasos de flores, flores comuns de verão, daquelas que os vendedores de rua carregavam sobre uma tábua na cabeça. Debaixo delas, no chão, havia potes com estacas trazidas do jardim. O papel de parede estava coberto de desenhos feitos a lápis, com uma moldura larga feita com tinta. Todos haviam sido produzidos pela mão de Jonas, e representavam, todos eles, um ângulo qualquer do jardim ou da casa.

Erik olhou para baixo, para a mesinha, onde materiais de costura e papéis misturavam-se numa grande bagunça.

Ruth nem se lembrou de perguntar por que ele subira até ali, mas, sentindo-se levemente constrangido, ele mesmo procurou algo para dizer, e puxou um dos papéis que se encontrava embaixo do material de costura.

— Você está escrevendo versos? — perguntou ele, surpreso.

Ruth sentiu que um forte rubor subiu-lhe às faces.

— Não mais com tanta frequência — respondeu ela, quase consternada. — Eu nem quero fazer isso! Mas às vezes, quando... às vezes ainda preciso fazê-lo.

— Fazer as coisas assim, às escondidas. Escondidas de mim. E eu acreditei que nenhum pensamento não dito, e que eu não conheço, passaria pela sua cabeça!

A expressão envergonhada de Ruth foi como a dos velhos tempos.

— Não foi às escondidas — disse ela, baixinho —, afinal, não são pensamentos. E também não se pode expressá-los. Eles simplesmente aparecem e se impõem, e, então, precisamos escrever os versos.

Erik deu risada.

— Ai, ai, pobres versos! — comentou ele. — Portanto, você ainda conseguiu reservar um cantinho tão silencioso em sua cabeça, enquanto fingia fazer uma bela arrumação! Isso só acontece na superfície, como nos gabinetes públicos. Por trás disso, no entanto, há um maravilhoso e insondável depósito de cacarecos. O que faremos com isso?

Ela o encarou com muita seriedade.

— O que o senhor quiser — respondeu ela, com um ar inocente.

— Você faria o que eu quiser, sem questionar? Inclusive o que está tramando, em segredo, para si mesma? Inclusive no canto mais escondido da sua despensa de cacarecos? Sempre?

— Sempre.

Ele segurou a cabeça dela entre as próprias mãos.

— E se eu quisesse apenas desarrumá-la para você? E se, por acaso, fosse justamente o seu cantinho preferido? E se, então, num momento qualquer, não fosse mais uma simples despensa de cacarecos, mas seu lar feliz e muito espiritualizado? Então você também ainda responderia: "o que o senhor quiser"?

— Sim! — disse ela, simplesmente.

Erik fez um gesto como se quisesse puxá-la para seus braços, mas então a soltou, recuou e foi até a janela, ao lado da qual uma pequena estante de livros estava pendurada na parede lateral.

Passaram-se alguns minutos. Ruth ficou observando enquanto, aparentemente, ele examinava os títulos dos livros, quase ilegíveis sob o crepúsculo que aumentava lentamente. Erik já sabia, mais ou menos, o que se encontrava de mais singular reunido ali. Uma gramática latina do legado de Jonas, e o mundo de contos de fada das *Mil e uma noites*, uma seleção das obras de Platão, em tradução alemã, e um exemplar meio rasgado de antigos contos populares russos. Além disso, o *Sistema da lógica* e a tradução francesa de *Dom Quixote*, com as ilustrações de Doré, e assim por diante.

— Por que o senhor nunca escreveu um livro? — perguntou Ruth de repente, do lugar em que se encostara junto à janela.

— Porque eu nunca soube como fazer isso. Eu não sei escrever livros, Ruth. Além disso, sempre me pareceu que os livros são mortos, só as palavras faladas é que são vivas. Temo que você também nunca conseguirá fazê-lo, nunca saberá como escrevê-los, minha pobre garota.

— Eu? Nem quero. Eu quero outra coisa.

— O que você quer?

— Contar um conto de fadas. Um único. Um conto que tenha tudo dentro dele. Mas não em palavras.

— Mas você teria de escrever ou falar, pintar ou esculpir, se quiser compartilhá-lo.

— Deve existir uma forma melhor de se fazer isso — comentou Ruth.

— Não se for para todos... Senão, poderemos também ler tudo nos olhos de uma pessoa querida.

— Isso já é bem melhor — disse ela, apoiando a cabeça novamente na moldura da janela.

Por um breve intervalo, ambos ficaram calados. O crepúsculo se aprofundou. Na parte de baixo da casa, as lajotas de pedra do terraço refletiam uma claridade que se irradiou até eles, proveniente da sala, onde uma luminária havia sido acesa.

Ao redor dos picos do velho olmo diante da janela, morcegos brincavam animadamente. Em silêncio, eles esvoaçavam sob o beiral do telhado, e batiam as asas num ziguezaguear de um lado a outro, por trás das costas de Ruth.

Num instante, Erik aproximou-se bastante de Ruth, à meia-luz. Ergueu as mãos e passou-as lentamente sobre os cabelos dela, fazendo com que se perdessem em meio às ondas macias e encaracoladas; depois, deixou-as imóveis sobre os ombros dela. Então, inclinou-se lentamente sobre Ruth.

— Não me diga nunca mais o que me disse agora há pouco: que você faria sempre e sem questionar, tudo o que eu quisesse — observou ele com a voz baixa. — Você não deve seguir-me cegamente, em qualquer caso. Eu também poderia querer algo injusto de você. Não pensou nisso?

Ela se encostou em seu braço e sacudiu a cabeça.

Ele a enlaçou, com mais firmeza.

— E se fosse assim mesmo? — perguntou ele, incisivamente. — O que você faria?

Só então Ruth olhou para cima e o encarou tranquila e longamente. Ela parecia refletir seriamente sobre o caso.

— Cometer uma injustiça! — disse ela, em voz alta.

Erik se retraiu. Murmurou alguma coisa que ela não entendeu. Mas ela riu com o rosto inteiro.

— Para mim, o que o senhor quiser será sempre justo, nunca algo injusto. Não sei de nada que seja melhor do que isso. Também não preciso saber de nada melhor do que isso.

— Minha pobre criança — disse ele baixinho.

Ela se aprumou, apoiada em seu braço. Uma expressão questionadora surgiu em seu semblante.

— Quem? Eu? Por que o senhor diz isso? — perguntou ela, com a voz alterada, e soltando-se lentamente do braço dele. — O que é isso? Por que o senhor está me dizendo tudo isso? Não sou uma pobre criança. Afinal, eu sou a sua criança!

Como Erik não respondeu logo, Ruth agarrou os dois braços dele e os sacudiu com muita força.

— Não sou mesmo? — perguntou ela, ferozmente. — Por que eu não deveria mais fazer o que o senhor quer? Não sou a sua criança? Não mais? Então seria melhor estar morta.

— Ruth! — gritou ele, abalado.

Ela tentou se controlar. Suas mãos caíram dos braços dele e se entrelaçaram. Em seguida, ela ergueu a cabeça.

— Quero fazer tudo! Tudo! Justo ou injusto. O bem e o mal. Tudo! Quero ser obediente até a morte. Coloque-me à prova. Devo poder obedecer-lhe, ser sua criança, dizer-lhe que quero fazer o que o senhor quiser. Sempre! Sempre! Devo, devo poder fazer isso. Posso?

Involuntariamente, ela ergueu um pouco as mãos postas em prece. Um gesto de indizível humildade. Ao fazer isso, seu rosto ficou meio sombrio, e a sua voz adquiriu um som metálico. Por fim, ela mudou para um som bem mais ameno, infantil.

— Posso?

Apenas naqueles segundos que passaram tão depressa, nos quais ele conseguiu enxergar, com um longo olhar, as profundezas ocultas da alma de Ruth, Erik sentiu que só dela é que o amor poderia ter nascido. Pela primeira vez, ele olhou para dentro do mistério de seu ser, para dentro da muda solidão e do anseio de muitos e muitos anos, dos quais, com uma violência sem reservas, irrompeu o ardor longamente reprimido, longamente represado, quando ele entrou em sua vida. Poder amá-lo, queria dizer, finalmente, poder ser criança, obedecer, entregar-se, desfazer-se de si mesma, mesmo que de joelhos. Queria dizer, poder recolher e pôr para fora toda a apaixonada delicadeza da criança, que ainda não teve infância, e que precisava justamente disso — apenas disso.

Os olhos de Ruth faiscavam ao olhar para ele através do crepúsculo.

"Continuo sendo pobre, uma pobre criança?", era o que eles pareciam perguntar, olhando fixamente.

— Você não é pobre, é a minha criança, e pode me obedecer, pode me seguir, deve poder fazer tudo isso, sempre — disse ele, com a voz rouca.

Ele abriu a porta que dava acesso à escada, sobre a qual a forte claridade da luz do corredor abaixo irradiava-se para cima.

*

Naquela noite, logo depois do chá, Erik retirou-se ao seu gabinete. Clara-Bel logo percebeu que ele permanecera de novo acordado durante grande parte da noite. Mesmo assim, no dia seguinte, não haveria aula.

De manhã, na mesa do desjejum, Erik perguntou se alguém queria que ele levasse alguma carta ao correio, na cidade.

— Você quer ir à cidade? Justamente hoje? No domingo? — perguntou a esposa, intranquila.

— Sim, preciso enviar pessoalmente duas cartas, que são urgentes, e fazer uma visita obrigatória — respondeu ele.

Clara-Bel viu as duas cartas sobre a mesinha lateral. Uma delas era para Römer, para a cidade de Heidelberg, a outra para a esposa dele, para a cidade de Moscou. Ambas duplamente seladas.

Ela não se atreveu a lhe perguntar o que ele tanto escrevia para a esposa de Römer, porque ele estava com uma expressão mal-humorada e hostil. Depois que ele foi embora, Clara-Bel permaneceu a manhã inteira pensando, triste e preocupada, naquela expressão do marido. Ela conhecia muito bem aquelas poucas palavras e aquele rosto fechado, eles eram um mau sinal. Geralmente, quando estava alegre, Erik era expansivo e comunicativo; quando estava sofrendo, ele ficava calado. Era justamente quando Clara-Bel preferia compartilhar tudo com ele. Diante de um Erik feliz e alegre, ela se sentia um pouco reprimida, um pouco supérflua. E, pelo contrário, o sofrimento e a preocupação sempre lhe pareceram os meios mais adequados para ter acesso ao interior de Erik, e que ela também precisava encontrar para tentar se aproximar dele, para se tornar necessária. Contudo, era exatamente nos momentos de dor que ele se tornava ainda mais inacessível, frequentemente hostil, chegando a ser até rude. Ironicamente, era em suas horas alegres que ele se abria para ela. Assim, Clara-Bel sentia-se incapaz de estabelecer uma conexão plena: nem pela alegria, que tanto desejava proporcionar a ele, nem pela preocupação, que poderia ter compartilhado.

Na cidade, Erik se dirigiu à casa dos parentes de Ruth. Contrariamente ao que havia pensado, também encontrou a tia, que há pouco voltara de Wiesbaden, pois, após essa breve estada, ela deveria viajar para visitar seus parentes em Livland, e para onde seu marido deveria acompanhá-la.

— Antes da chegada do inverno não voltaremos mais para cá — disse o tio para Erik. Ele o cumprimentou amavelmente, como sempre, e só depois de uma longa conversa a dois, conduziu-o até a sala de visitas, onde se encontrava sua esposa.

— Mas tudo isso que o senhor me contou até agora não tem pressa, não precisa ser resolvido de hoje até amanhã, penso eu. Se o senhor quiser realizar seu propósito de enviar Ruth ao exterior, então, por favor, leve um pouco em conta o momento de nosso retorno, não é verdade?

— Não! — retrucou Erik. — O que eu queria pedir ao senhor é justamente isso, ou seja, deixar-me livre para manter a data que tenho em vista para a viagem de Ruth. Mesmo que isso deva apressar sua partida de modo imprevisto. Sei que, com isso, estou lhe exigindo demais. Mas se o senhor tiver confiança em mim, deixe-me, mais uma vez, decidir sobre Ruth, de forma tão incondicional como na época em que eu a tirei do senhor, levando-a daqui comigo, para a minha casa.

— Não conheço ninguém neste mundo inteiro em quem eu possa confiar mais do que no senhor — respondeu o tio de Ruth, que, diante do tom de voz especialmente determinado de Erik, ficara menos à vontade. — No que se refere à Ruth, desde o início eu tive a sensação de que, mesmo em se tratando de parentes tão próximos como nós, deveríamos ceder-lhe algum direito à pequena. Portanto, se o senhor crê tão firmemente que essa seria uma boa atitude em relação a ela, então faça isso! De minha parte, pretendo, se não conseguir vê-la novamente, tirar férias por um curto período no Natal e visitar nossa pequena estudante em Heidelberg.

— Eu lhe peço! Não chame isso logo pelo pior nome! — interveio a tia, que achava a concessão do marido irresponsável. — Ruth realmente vai estudar? Quero dizer, com uma capa de estudante e cabelos curtos, como está acontecendo aqui? Nas nossas províncias do Báltico, algo assim seria totalmente impensável.

— Por enquanto, ela deverá estudar, sim — respondeu Erik, discordando um pouco da opinião da tia. — Depois, deixaremos o resto tranquilamente aos cuidados dela mesma e do transcurso do tempo.

A tia olhou para ele com um ar de desconfiança e reprovação. *Como se podia deixar algo assim aos cuidados do tempo? Se pelo menos ele tivesse dito aos cuidados da "providência divina"! Quando ele começou a dar aulas para as mulheres, com toda certeza ele também era ateu. E de gente desse tipo podia-se esperar qualquer coisa*, pensou ela.

— Vejo, com surpresa, que meu marido pensa sobre isso de um modo bem leviano — comentou ela, quando Erik já se levantava para se despedir —; porém, mesmo assim, preciso acrescentar uma palavra. Você, Louis, fala tão tranquilamente em ceder direitos, mas um direito em particular você não poderá ceder nunca, nunca mesmo! Quero dizer, o direito da responsabilidade moral. Pode até ser uma visão antiquada, mas eu quero saber o que o senhor Matthieux pensa a esse respeito.

Erik olhou com calma e seriedade para os olhos desafiadores a ele dirigidos. Pela primeira vez, ele até gostou dela, e foi justamente o desafio que lhe agradou. Apesar do tio certamente amar Ruth, a tia era uma vigilante melhor do que ele.

— Se a entendo bem — disse ele —, a senhora teme que, com meu direito sobre Ruth, eu não assuma, ao mesmo tempo, todos os deveres em relação a ela. Se existe alguma coisa que possa libertar a senhora desse temor, então diga-o.

O tio parecia meio aborrecido com aquela conversa, mas a esposa não lhe deu atenção.

— Responderei ao senhor como uma mulher devota que sou — disse ela, que se orgulhava da sua fidelidade báltica à crença religiosa. — Para mim, responsabilidade moral significa ser consciente da responsabilidade por uma pessoa, da responsabilidade pelo que possa acontecer, inclusive emocionalmente, a essa pessoa; quer dizer, não permitir que ela sofra dano em sua essência. Como poderíamos assumir isso sem Deus, sem uma crença religiosa? Portanto, se o senhor entregar Ruth a outra pessoa, o senhor poderia assumir um dever como esse, nesse sentido?

Pelos traços do rosto de Erik, passou uma expressão que ela não conseguiu explicar, mas que entendeu como algo contrário à sua vontade.

— Agora nos entendemos, — disse ele com um movimento contido, — pois exatamente isso deve ser o meu direito: quero ser responsável por esta criança!

Ela achou que a resposta soou mais arrogante do que nunca. Não foi nada que pudesse acalmar seus escrúpulos religiosos. Entretanto, para ela, foi como se ele tivesse dito a palavra "Deus".

Erik se encaminhou em direção à estação. Quase não havia ninguém nas ruas desertas, além dele; até mesmo os últimos que precisaram passar o verão no ar quente e insalubre da cidade haviam escapado no domingo. Só de vez em quando um bêbado cambaleava para fora da porta aberta de uma taberna, ou uma única carruagem passava, rangendo sobre o pavimento de madeira danificado, que em alguns pontos exibia amplas rupturas, e que ainda aguardava que seus buracos de todos os anos fossem tampados por meio de belos trabalhos em mosaico.

Badaladas isoladas de sinos, as últimas de uma das inúmeras igrejas, ecoavam pelas ruas desfalecidas, como um repique sepulcral sobre uma cidade morta.

Erik andava devagar, com os passos cansados, em direção à casa.

"Não permitir que ela sofra", repetia ele aquelas palavras que acabara de ouvir. Sim, exatamente isso era o que ele queria. A transferência a um novo solo ainda seria possível se ele enterrasse ali a sua pequena árvore, exercendo suas funções de jardineiro, para que a arvorezinha não sofresse danos em seu desenvolvimento dentro de brotos duros e firmemente fechados, opacos por todos os lados.

Às vezes alguma coisa violenta despertava nele, no jardineiro mais cuidadoso, a impaciência criminosa do rapaz que, na primavera, quer destruir os brotos para ver se há uma flor vermelha ou branca dormindo neles. Porém, ele mesmo caiu na mão violenta; ele mesmo arrancou Ruth da sua mão. Afinal, um pai não estraga seu filho, um marido a sua esposa, um artista a sua obra?

E, a ele, pareceu que seu amor por Ruth seria tudo isso.

Em casa, haviam aguardado sua chegada para almoçarem juntos. Quando chegou, a comida foi ingerida entre palavras monossilábicas. A esperança de Clara-Bel de que Erik lhes contasse onde ele fora fazer aquela visita não se concretizou.

Mas ele sabia que tinha de falar sobre isso. Com ela e com Ruth. Era o mais difícil para ele. Foi o que ele pensou quando, por fim, se apoiou na janela de seu gabinete e, com certa expectativa, olhou para a parte detrás do jardim, onde Jonas estava com Ruth: *Só não falar, só não cismar. Fazer! Pegá-la nos braços e levá-la embora. Quem poderia fazer isso sem palavras?*

Jonas entrou em casa, e Erik desceu ao jardim, ao encontro de Ruth. Ela estava sentada no seu lugar preferido, a borda de pedra do chafariz. Estava sentada com a cabeça baixa, remexendo a grama com um galho seco.

Quando o viu se aproximar, jogou fora o galho seco e correu ao seu encontro. Ele mal a cumprimentara à mesa do almoço, pois já estava atrasado, e agora Ruth estendia-lhe a mão e colocava-a no meio das dele.

Sem perceber muito bem o que fazia, ele enfiou-a junto com as suas no bolso lateral da jaqueta.

Ruth deu risada e olhou para cima, para seu rosto, mas quando viu sua expressão séria, quase rigorosa, ela também se calou de repente.

Eles caminharam alguns passos na direção do pequeno bosque.

— Hoje eu estive com seus parentes, Ruth — disse Erik. — Os dois estavam em casa. Eu quis perguntar-lhes algo que nós já havíamos discutido algumas vezes nos últimos meses. Você não sabe? Quero dizer, discutimos se você não deveria, com muito empenho, continuar seus estudos no exterior.

Ela o encarou com certa expectativa. Isso a interessava muito, mas também deixava-a um pouco apreensiva. Na verdade, tratava-se, em primeiro lugar, de um quadro genérico e indeterminado do futuro, não de algo já ponderado e discutido anteriormente.

— O que eles disseram a esse respeito? — perguntou Ruth, espantada, quando ele se calou.

— Eles não têm nada a dizer em contrário, Ruth. Nada sério. Foi em Bernhard Römer que pensamos para isso. Ali, na casa dele, sei que você estará bem abrigada, estará no lugar certo. Seria quase como se eu mesmo estivesse com você.

A mão dela, que ele ainda segurava, ficou gelada no meio das dele.

— Sim, mas isso só será daqui a muito tempo! — disse Ruth, bem lentamente; depois, sempre mais depressa, numa crescente intranquilidade. — Ainda falta muito tempo até lá, não é? Muito tempo? Não precisarei ir embora daqui logo, não é? Daqui... ir embora...

Ele envolveu a mão dela com mais força e encaminhou-se ao banco situado sob as bétulas.

— Venha comigo — disse ele, docemente. — Sente-se aqui ao meu lado, minha querida, vamos conversar calmamente sobre isso. Com bastante calma, ouviu?

Ela o seguiu em silêncio, mas seus olhos estavam fixos, dirigidos ao seu rosto sério, com mil perguntas perturbadoras e inquietas.

— Veja bem, minha criança — continuou Erik —, quando pensamos em seu futuro, aqui, durante nosso trabalho juntos, ele surgiu à sua frente como um quadro desejado, atraente. Eu quis que você continuasse seu desenvolvimento, e você também quis isso. Quando eu olhava para você, muitas vezes pensei comigo mesmo que, muitas coisas pelas quais eu mesmo lutei, poderiam ser concretizadas um dia, mais tarde, por você; porém, de outra forma. Mas aquilo que estava muito distante como possibilidade de futuro, deverá ser trazido para mais perto, até se tornar uma irrevogável e presente realidade. Agora, quero que você se aproxime desse pensamento, minha criança.

— Mas quão próximo isso deverá estar? — perguntou Ruth, desconfiada. Logo que essas palavras lhe escaparam, ela puxou a mão para fora das dele e apertou com força contra os próprios ouvidos, tampando-os.

— Não! — murmurou ela, confusamente. — Não quero saber! Por favor, não! Por favor, por favor, não continue falando disso!

Por um instante, ele fechou os olhos, pegou aquelas mãos com suavidade e tirou-as dos ouvidos dela, levando-as para baixo, para bem perto de si.

— Não adianta nada, minha criança — disse ele com firmeza —, não adianta nada se fechar diante de algo inevitável. Ainda continuaremos a conversar sobre isso. Quanto mais você se afastar, amedrontada, mais cedo isso deverá acontecer, mais urgente será a decisão.

Ruth ficara muito pálida. Um pavor indefinido e obscuro foi crescendo dentro dela, de algo que ela ainda não conseguia entender claramente, mas que começava a surgir diante dela, de forma inesperada; algo sombrio, como um fantasma gigante.

— Não posso! — exclamou ela. — Não pode ser assim! Eu não quero que isso seja assim. Não quero!

Ele se inclinou sobre ela e procurou seu olhar.

— Não mesmo? — perguntou ele calmamente. — Mesmo sabendo que eu quero isso? E se for eu mesmo a pegar a sua mão e conduzir você, colocando-a diante de algo muito difícil, para que você aprenda a vê-lo se aproximar, sem fugir?

Ela se apoiou nele e escondeu a cabeça em seu ombro.

— Eu tenho medo — disse ela, como uma criança que teme a escuridão. — Alguma coisa terrível está aqui, desde ontem ela está aqui e está se aproximando, chegando cada vez mais perto, e já está bem perto, junto de mim. Como um monstro, que se enrola em mim. É algo terrível.

— Não é aquilo que a amedrontou ontem — disse ele, baixinho —, apenas o que você mesma quis ontem, que você mesma solicitou. Não se lembra do que me prometeu? Obedecer-me, foi o que você quis, obedecer-me incondicionalmente. Você quis que eu a colocasse à prova. E agora que eu o faço, Ruth, você retira sua promessa?

— Não! — respondeu ela, rapidamente, e se aprumou. Contra isso não havia nenhuma recusa possível. Apenas obediência. — No que consiste a prova? — perguntou ela, decidida. — O que devo fazer?

Ele não respondeu logo. Contraiu as sobrancelhas e seus dentes comprimiram os lábios, como se ele estivesse sofrendo uma grande dor física.

Ambos permaneceram calados, por alguns instantes. Uma brisa passou pelas árvores jogando, uma após outra, folhas amarelas de bétula no colo dos dois. O sol irradiava fortemente sua luz no jardim, através de amplas massas brancas de nuvens, e um pequeno som saturado dos ninhos de passarinhos em volta interrompia de vez em quando o silêncio entre ambos.

Enfim, Erik respondeu com uma voz que soou quase rude.

— Agora, você deverá provar ser corajosa numa coisa grande, como uma vez provou ser numa pequena. Deverá fazer o que já fez uma vez, quando a longa aproximação, o chegar mais perto de algo muito temido, esteve à sua frente. Foi quando Jonas levou aquela cobra para nossa casa. Ela lhe infundiu um enorme pavor. Você não lembra mais o que disse quando sua coragem encontrou aquilo?

— Não! — disse ela, vacilante, e olhou para cima. — O que foi?

— Você disse: "então, que seja logo!".

Ruth saltou imediatamente do banco e fez um gesto violento contra ele, como se quisesse impedi-lo de fazer alguma coisa. Sem uma única palavra de réplica, ela caiu de joelhos diante dele, sobre as folhas secas de agosto, que se juntavam sob seus pés.

— Ruth! — murmurou ele assustado, e envolveu-a em seus braços. — Minha criança! Minha querida! Não está me ouvindo?

Ela não ouviu mais nada. Sua cabeça caiu para trás, perdendo a consciência. Jonas entrou correndo no jardim, pois ficara observando o pai entrar junto com Ruth no pequeno bosque. O rapaz ficou paralisado como uma pedra, quando viu Erik aparecer do meio das árvores carregando Ruth imóvel, com os olhos fechados, em seus braços. O pai colocara a mão direita dela sobre sua nuca, e a esquerda permaneceu caída, solta.

— Vá na frente! — ordenou Erik ao rapaz. — Sem barulho. Mantenha as portas abertas para eu poder passar. Preciso levar Ruth até a cama dela.

Eventuais perguntas ficaram presas na garganta de Jonas, que correu na frente, sem olhar para trás, e entrou na casa. Lá dentro, sem alarmar a mãe ou Gonne, o rapaz subiu rapidamente pela escada de madeira até o quartinho de Ruth, no sótão. Quando Erik chegou lá em cima com Ruth nos braços, Jonas já estava à espera deles junto à porta bem aberta, pela qual se podia ver a estreita cama branca com o cobertor afastado sobre ela.

O rapaz olhou suplicante e amedrontado para o rosto do pai, pois gostaria muito de entrar para ficar com Ruth. Mas Erik passou por ele calado, e fechou a porta atrás de si. Aquele instante marcou-o com uma estranha violência; como é que o pai, carregando Ruth junto ao seu peito, passou por ele mudo, enquanto ele teve de ficar para trás? No olhar e na expressão do pai, ele percebeu algo excepcional, uma seriedade rígida, sem palavras, como se Ruth já estivesse morta.

Jonas não ligou, permaneceu frio.

Agarrou-se à maçaneta da porta e ficou à escuta, com a respiração suspensa. No início, não distinguiu nada do que acontecia. Depois, ouviu Erik murmurar brevemente, num tom firme e decidido. As palavras se repetiram. Seguiu-se uma pausa e, de repente, um som lamuriento – único, mas tão carregado de dor que o jovem se sentiu tomado pelo pavor.

O que estavam fazendo com Ruth, com sua querida Ruth? O que o pai estava fazendo com ela? Devia ser algo terrível. Algo terrível devia ter acontecido naquele dia, no pequeno bosque. Jonas não podia empurrar a porta, não tinha coragem de fazer isso. Então uma rápida percepção, muito forte, como um súbito ódio, começou a arder dentro dele: a percepção de que ele era um rapazinho e ele, o pai, era um homem feito! De que ele não poderia se intrometer, com o mesmo direito, com violência.

Entretanto, com a mesma rapidez, aquela percepção se apagou. Não poderia acontecer nada com Ruth, enquanto ela estivesse com Erik.

Jonas esgueirou-se escada abaixo e entrou no pequeno quarto de Clara-Bel, ao lado da sala de visitas. Não conseguia ficar sozinho. Ali, ele se sentou junto à entrada, no canto mais externo de uma cadeira, e se desfez em lágrimas.

— Ruth está meio morta, mamãe! — disse ele, fora de si. — Ó mamãe, ela está morrendo! Já fechou os olhos. E papai... não sei o que papai está fazendo, mas certamente a está machucando. Mas ela não pode morrer! Há pouco, ela ainda estava tão alegre, pisoteando as folhas secas do jardim junto comigo.

Depois desse relato, Clara-Bel não ficou menos assustada do que ele e, com uma angústia tensa, esperaram que Erik descesse logo. Porém, passou-se mais algum tempo até ele chegar.

— Pelo amor de Deus, o que aconteceu com Ruth? — perguntou Clara-Bel, visivelmente nervosa.

— Fiquem tranquilos, foi apenas um desmaio — respondeu Erik, e fez um aceno para Jonas se retirar. Aproximando-se da esposa, disse: — Eu tive de fazer uma comunicação a Ruth, para a qual ela não estava suficientemente preparada. Agora, você também deverá saber de tudo. Ruth irá embora já nesses dias. Para Heidelberg, para a casa dos Römer.

Clara-Bel ergueu-se um pouco sobre os travesseiros, e olhou para ele com um espanto profundo.

— Você está falando sério? Vai entregar Ruth? Mas o que você fará sem ela? Será que você conseguirá ficar sem ela?

— Eu preciso conseguir isso, Bel.

Com o início da meia-luz do crepúsculo, ela não conseguiu enxergar com precisão os traços do rosto do marido. No entanto, pareciam-lhes como se esculpidos na pedra. E essa expressão, ela conhecia muito bem.

— Erik — disse ela, amedrontada —, não faça as coisas com tanta violência. Você está vendo que isso a deixa doente. Por que está com essa expressão tão dura?

— Dura? — disse ele, passando a mão na testa. — Não posso fazer nada contra a minha expressão. Mas não fique com medo de nada. Ruth estará com saúde de novo amanhã, e também com controle sobre si mesma. Eu me responsabilizo pela postura dela. Seja boa e amável com ela. Viajarei dentro de um ou dois dias.

— Viajar? Você vai viajar para longe, Erik? Para onde?

— Para Moscou.

— Para se encontrar com a senhora Römer? — perguntou ela, vivamente.

— Sim. Ruth deverá ficar com ela, e não mais permanecer aqui. Por isso preciso combinar e discutir tudo com ela. Conversando pessoalmente.

Clara-Bel calou-se. O ambiente foi ficando cada vez mais escuro, e, do lado de fora, podia-se ouvir Jonas andando de um lado a outro, muito inquieto.

Então, bem devagar, Erik sentiu que Clara-Bel pegava sua mão.

— Erik — sussurrou ela. — Por favor, permita que ela fique mais um pouquinho conosco. Eu também sentirei falta dela!

— Você, Bel?

— Sim. Porque ela o fez tão feliz.

Erik puxou a mão da esposa para si e para sua boca, beijando-a com muito pudor e respeito.

— Agradeço-lhe muito por esse pedido, Bel. Mas não posso atendê-lo.

Ele se retirou para comunicar ao tio de Ruth a decisão definitiva. Arrumou uma bagagem de mão, e, uma hora depois, foi embora. Ainda conseguiu viajar no trem noturno para Moscou.

*

NAQUELA NOITE, Clara-Bel permaneceu desperta, pensando em Ruth e em Erik. Ela acreditou, com toda certeza, que Ruth ficaria com eles na casa de campo até o final do outono, e, depois, quando voltasse para a casa do tio, permaneceria em contato contínuo com eles, como antes. Quantas vezes eles brincaram ao dizer que, talvez, mais tarde, ela deveria frequentar a universidade junto com Jonas? Erik nunca disse uma palavra sobre o fato de seus propósitos, desde o início, serem outros. Subitamente, naquele momento, ele se abriu a esse respeito.

Clara-Bel nem imaginou fazer alguma crítica a esse modo de agir. Se ele quis as coisas assim, então elas deveriam ser boas. Boas para Ruth. Ele a amava tanto que só poderia ter em vista o melhor para ela, bem como considerar que isso lhe chegara de forma tão inesperada.

Naquele momento, ela teria tido prazer em subir até o quartinho de Ruth para afagá-la e consolá-la, mas se propôs a fazer isso no dia seguinte. Pela primeira vez, sentiu um autêntico carinho maternal por Ruth, não apenas o interesse indireto, que passava através de Erik e relacionava tudo a ele.

A manhã estava outonal e cinzenta, o terraço ainda úmido da neblina fria da noite. Tiveram de tomar o café da manhã na sala de visitas. Ruth apareceu no horário costumeiro. Estava pálida e séria, mas saudável, como Erik havia dito, e contida e silenciosa. Quando ela entrou, antes de Jonas, Clara-Bel estendeu-lhe os braços.

— Venha até aqui — disse ela, amavelmente —, não fique triste, não pense na partida. Você ainda está aqui!

Ruth olhou para cima, sem que a expressão de seu rosto silencioso se modificasse, e sacudiu a cabeça.

— Eu já fui embora! — respondeu ela.

Essa resposta tocou Clara-Bel profundamente. Pareceu-lhe que havia algo bem mais doloroso nela do que só queixas e lágrimas, algo que, já no simples anúncio da separação, fora sentido com todo o ímpeto, como a separação em si, e não pudesse mais se desprender.

Clara-Bel sentiu uma cálida compaixão subir dentro de si. Erik de fato lhe pareceu uma pessoa dura. Como ele poderia querer que Ruth fosse de casa em casa, de mão em mão, dessa maneira? Do modo espontâneo, ela buscou palavras que verdadeiramente pudessem oferecer algum consolo. Será que elas não existiam? Em sua perplexidade, Clara-Bel lançou mão do melhor que conhecera.

— Nós todos não sabemos onde estaremos e o que acontecerá conosco — disse ela hesitante —; não sabemos nunca.

Está nas mãos de Deus. Mas também nunca estamos sozinhos, onde quer que estejamos. Deus é onipresente.

Ruth sorriu levemente.

— Sim — respondeu ela tristemente —, mas o que pode nos ajudar se Deus é onipresente, e as pessoas não são? As pessoas das quais nos afastamos?

Clara-Bel se calou, dolorosamente tocada. Desistiu de querer consolar Ruth. Quando falava alguma coisa, soava infantil e presunçoso ao mesmo tempo. Quem iria gostar de responder a isso?

Ruth não disse uma única palavra sobre a ausência de Erik; apesar de ele não lhe ter dito nada a esse respeito, ela não se admirou com o fato de não o ver. Talvez fosse assim mesmo, afinal, tudo estava compreendido naquele contexto da resolução.

Jonas não soube nada sobre a separação iminente. Ninguém comunicou a ele. Só ouviu dizer que Ruth estava saudável de novo, mas ele não acreditou. Como ela poderia estar saudável se desde o dia anterior estava totalmente mudada? E não apenas Ruth, mas tudo lhe parecia diferente.

Bem que ele gostaria de pedir a ela que lhe dissesse o que acontecera no dia anterior, mas o dia inteiro ela passara por ele com um olhar estranho, tão virado para dentro de si mesma que ele não teve coragem de fazê-lo. Então, se contentou em sentar-se perto dela sempre que podia, com o braço repousado no apoio da poltrona, acariciando de tempos em tempos sua mão, de forma delicada e carinhosa. Às vezes, ele também se inclinava e beijava sua mão, sem que ela lhe desse qualquer atenção.

O fato de Erik não estar em casa reforçava em Jonas a sensação de que ele mesmo deveria tomar conta de Ruth, como um fiel vigilante. Na verdade, ele preferiria defendê-la com o corpo e a vida, salvando-a de um perigo mortal — se, no caso, pelo menos ele soubesse do que e de quem.

Tarde da noite, quando há muito ela já subira ao seu quartinho no sótão, Jonas permaneceu no jardim, patrulhando, andando incansavelmente de um lado a outro diante da janela dela, e até ficou decepcionado por não acontecer absolutamente nada. Finalmente, ele se recolheu à cama, com um enorme bocejo, mas dormiu inquieto e logo despertou. Foi quando ele viu nitidamente, no jardim, diante do terraço, o desenho da moldura da janela de Ruth, projetada sobre uma clara mancha de luz; isso revelava que, ao alvorecer, a luz em seu quarto ainda devia estar acesa.

Será que ela estava doente? Infeliz?

Ele não aguentou mais ficar na cama. Rapidamente, vestiu-se e, sem fazer nenhum barulho, saiu pela janela. Diante do terraço, encontrava-se o velho olmo, que formava um confortável assento no lugar em que dois galhos fortes se juntavam. Como se fosse um gato, Jonas subiu pelo tronco coberto de musgo, que se tornara escorregadio devido à forte chuva da noite anterior. Ansioso, olhou para a luz amarelada da vela, que emanava do pequeno quarto no sótão.

Ruth estava sentada na cama. Ainda vestida, com a mesma roupa de quando subira, ela ainda estava ali, sentada; os braços estendidos à frente, as mãos dobradas sobre os joelhos, ela quase virou o rosto na direção de Jonas. Com a cabeça um pouco erguida, olhava para algum lugar distante, acima dos picos escuros das árvores do jardim. Ela olhava tão misteriosamente que parecia mirar uma distância infinita, transfigurada. Ao redor dos lábios bem fechados, havia uma expressão silenciosa, uma espécie de rendição.

Jonas a fitava com os olhos bem abertos. Ele estava tão inebriado com aquela imagem que nem percebeu, conscientemente, o que a luz bruxuleante sobre a mesa iluminava, além dela. Ele não viu que a mesa estava arrumada, as cadeiras encostadas e que, em cima delas, havia uma mala aberta, cheia pela metade, e que as paredes olhavam para Ruth vazias e despojadas, sem o ornamento dos esboços a lápis.

Ele só via sua alegre Ruth, como na imagem de uma santa rezando, e tudo o que, na vivência do dia anterior, transformara sua pesada fantasia de rapaz em poderosas vibrações, ganhava, naquele instante, uma força renovada. A própria Ruth tornou-se algo misterioso e sofredor para ele: de alegre companheira de folguedos num ser que lhe despertou um intenso fervor.

Em pensamentos, Jonas ouviu novamente o baixo lamento do dia anterior e a viu deitada na cama, o pai inclinado sobre ela, e seu coração palpitou, apreensivo.

Ele não conseguia desviar o olhar da janela.

A noite estava fria, do gramado logo abaixo, subia uma névoa espessa. A pequena Lua crescente, estreita e pálida, aparecia no céu oriental, e do bosque ouvia-se o grasnar de um corvo meio adormecido.

Jonas sentiu frio, colocou as mãos sob a fina jaqueta de verão e apoiou-se mais nos galhos maiores, cuja umidade foi penetrando nele gradualmente. Com isso, uma de suas pantufas vermelhas caiu ruidosamente sobre o piso do terraço. Ele recolheu o pé descalço para perto de si e ficou irritado, pensando se deveria descer para pegar a pantufa perdida. Então Ruth se mexeu. O barulho do lado de fora a despertara de sua imersão no sonho.

Ela se levantou lentamente e tirou a blusa dos ombros. Estendeu um dos braços para fora e, sob a camisa, não coberta por nenhum corpete, apareceu a delicada curvatura do seio. Por um momento, ela ficou parada, com a cabeça abaixada. Então, levantou os braços nus bem acima de si, caiu de joelhos diante da cama e se jogou sobre ela com os braços abertos, o tronco estendido, enterrado nos travesseiros. Assim ficou imóvel.

Jonas permaneceu sem se mexer, suspendendo a respiração. Ele até se esquecera da pantufa e do frio. Diante dos seus olhos, tudo estremecia. Bem inclinado, os dedos agarrados nos galhos cheios de folhas, para não cair, ele fitava a cama de Ruth com as têmporas palpitantes.

Lentamente, a luminosidade da manhã ia surgindo sobre ele.

*

DE MANHÃ BEM CEDO, quando, ao varrer o terraço, Gonne encontrou a pantufa de Jonas, este já havia se deitado, mancando e tremendo, meio inconsciente de frio e de comoção. No dia seguinte, ele se esforçou muito para esconder um forte mal-estar, mas quase não conseguiu falar por causa da rouquidão, e seus olhos brilhavam de febre. Depois de muitas perguntas e insistências de Clara-Bel, Jonas confessou ter se sentado no jardim por algum tempo durante a noite. Depois de comer, ele se atirou na cama, ainda vestido.

Nesse ínterim, Erik voltou para casa. Clara-Bel esperava-o apenas ao cair da noite. Mas ele viera no trem noturno de Moscou. Enquanto isso, Ruth estava no gabinete de Erik, empenhada em separar seus papéis e cadernos dos dele, a fim de empacotá-los. O que era dele, o que era dela? Todo o conteúdo de seus estudos escritos pela mão dele, todo o conteúdo de planos e trabalhos para o inverno, de pensamentos e palestras de Erik reproduzidos, escritos pela mão dela.

Inesperadamente, ela ouviu, vindo do corredor, o som de um passo rápido, firme. A porta do gabinete se abriu, e Ruth se atirou sobre o peito de Erik. Ela não havia pensado no motivo e no tempo de duração de sua viagem. Hipnotizada pela certeza de que teria de ir embora, começou a aceitar tudo passivamente.

Mais poderoso, porém, foi o efeito, nela, da súbita visão de Erik à sua frente. Naquele instante, ela esqueceu tudo. Naquele único instante, o poder do momento presente venceu qualquer angústia vindoura, renegou-a, eliminou-a; naquele instante, tudo ficou bem, tudo estava bem.

Ela não quis pensar em nada, a não ser que ele estava ali. E que ela estava com ele. Com firmeza, seus braços envolveram a nuca de Erik e seu rosto se abrigou em seu ombro. Permanecer ali, assim, para sempre, enraizada naquele lugar, aninhada nas amplas e macias pregas do casaco aberto de Erik, não sentir nada, não perceber nada além da forte e abafada palpitação do coração no peito dele, que reverberava nela... pela vida inteira, não sentir mais nada, mais nada.

Eles não trocaram uma única palavra.

A maleta de viagem escorregou da mão de Erik e caiu no chão. Mudo, ele segurou Ruth junto ao seu peito, apesar de respirar com dificuldade, e manteve a cabeça inclinada sobre seu cabelo. De repente, suas mãos agarraram os ombros dela com força, depois os quadris, e a envolveram com um abraço tão violento que ela sentiu uma grande dor e um sufocamento, como se ele fosse quebrá-la por inteiro. *Quebrar sob suas mãos e junto ao seu peito, morrer, não ir embora*, pensou ela, e esse pensamento inundou-a com um jubilante sentimento de felicidade, como ela nunca conhecera antes.

Erik a viu sorrir.

Ele perdeu a razão.

Loucura, foi o que passou repentinamente pela cabeça dele, como fogo. *Loucura é nós nos deixarmos, se nos amamos tanto.*

Por um segundo apenas, ele a soltou tão bruscamente que Ruth cambaleou, quase caindo para trás.

— Erik! — ouviu-se a voz de Clara-Bel chamar do recinto ao lado... — Erik, você já voltou?

Ele pendurou o casaco no cabide e abriu a porta da sala de estar, onde ela estava deitada.

— Veja só, Erik, enquanto isso, Jonas ficou doente, com um forte resfriado, espero que não seja muito grave. Ele está... mas o que há com você?

Ele estava ali, em pé, parado, como se anestesiado, os olhos vermelhos como sangue.

— Não é nada. Apenas uma tontura — murmurou ele. Então sentou-se à mesa e apoiou a cabeça nas palmas das mãos.

— É essa pressa exagerada! — queixou-se ela, preocupada. — Tudo sempre precisando ser feito com essa velocidade do vento. Afinal, quando será a viagem dela, Erik?

— Amanhã, por volta do meio-dia — disse ele baixinho.

— Meu Deus, tão depressa, será simplesmente impossível! Pense só em tudo o que precisará ser organizado e planejado numa viagem como essa. Certamente, muita coisa ainda deverá ser providenciada para Ruth.

— Tudo isso poderá ser providenciado em Heidelberg.

— Tudo bem, Erik. Mas se você soubesse como isso a atinge profundamente. Como ela apareceu ontem e hoje, muito pálida e abatida. Afinal, ela ainda é muito delicada.

— Pare com isso! — disse ele, entre os dentes.

— Ora, Erik, não estou contradizendo você. Eu nunca faço isso. É que tenho tanta pena dela. Ela é tão sozinha e tão carente de amor. Além disso, sempre passando de casa em casa, de mão em mão. E se ela ficar doente...

— Pare com isso! — interrompeu-a Erik, fora de si, e, levantando-se bruscamente, jogou a cadeira para trás, que caiu no chão com um forte estrondo. — Pare com isso, Bel! Chega! Eu quero que as coisas sejam assim!

Dizendo isso, ele saiu da sala...

Com uma expressão assustada, Clara-Bel o seguiu com o olhar. Quase sempre Erik era brando com ela, apesar de — ou talvez mesmo porque — a vontade dela contra a dele nunca era muito considerada. Há muito tempo, ela não o vira ter um acesso de fúria como aquele, pelo menos desde que ela ficara enferma, presa ao leito. Os enfermos são bons mestres! Mas, nos primeiros anos de casamento, a raiva súbita de Erik ainda não se aplacara, ela ainda se revelava com muita força quando a esposa não correspondia totalmente ao que ele esperava, ao que ele queria com ela.

Estranho: na época, isso não a assustava – não, mais ainda, por mais estranho que fosse: ela amava essa raiva. Sentia claramente que o amor de Erik estava ligado a isso. Com uma pessoa pela qual ele não se importava, ele nunca poderia ficar tão intenso. Com o interesse por uma pessoa, crescia nessa natureza dominadora o desejo de moldá-la, transformá-la, de torná-la conforme sua vontade. O amor e a dureza se fundiam.

Clara-Bel tinha visto um livro de histórias russo, cuja capa trazia a ilustração de duas camponesas: uma, vestida com um sarafan[13] vermelho, sobre a qual seu marido batia com uma vara de salgueiro, sorria amplamente; a outra, com um sarafan azul, sentava-se ao lado, no caminho, sobre uma pedra, olhando com inveja e chorando suas mágoas, enquanto seu amado passeava com outra mulher. Decerto, essa era uma história muito boba. Mas Clara-Bel conseguia entender muito bem essas duas camponesas.

---

13 Sarafan: Vestido tradicional russo, sem mangas e longo, usado sobre uma blusa de mangas compridas. Era comum entre mulheres camponesas e simbolizava modéstia e pureza.(N. da T.)

Ela nunca deveria se assustar com a raiva do marido, apenas se, com essa raiva, ele se esquecesse de seu amor por ela.

*

Lentamente, o dia se arrastava em direção ao fim. Estava tudo tão silencioso na casa que parecia não haver ninguém nela. Erik sentara-se junto a Jonas por um longo tempo, observando-o atentamente; depois, providenciou tudo o que fosse necessário e forçou o obstinado rebelde a permanecer na cama. Tratava-se de uma forte infecção na garganta, com uma febre considerável.

Ruth estava no corredor, apoiada no corrimão da escada de madeira. Ela mesma não sabia por que estava ali. Provavelmente, porque todas as portas do corredor foram abertas, e de uma delas Erik finalmente deveria sair. Quando isso acontecesse, ele deveria ir ao seu encontro, virar-se em sua direção e reconhecer que era impossível, para eles, passarem um pelo outro ignorando-se, como ele fizera naquela noite. Ela queria tão pouco: apenas ver o olhar dele dirigido a ela, apenas sentir sua mão na dele por um instante.

Desde que Erik a abraçara com força e depois a empurrara, afastando-a de si com violência, uma angústia desesperada a dominara. A separação externa, essa ela até aceitava, como algo terrível, mas inevitável, porque ele quis que fosse assim. Mas ela não conseguiria aguentar que, subitamente, ele também se arrancasse dela internamente. Vê-lo desviar o olhar de propósito, sem uma palavra de amor para ela, vê-lo passar por ela como um estranho, isso com certeza ela não podia suportar.

Na hora de todos irem dormir, Erik saiu da sala de estar. Quando notou a presença de Ruth junto à escada, ele lhe desejou uma boa noite. Ela fez um movimento na sua direção, fitando-o obscura e acusadoramente. Mas ele não a olhou nos olhos. Deu-lhe apenas a mão, ligeiramente, passando por ela e entrando no quarto de Jonas.

Logo depois, o cansaço o venceu. Contrariamente às expectativas, ele caiu num sono profundo. Sonhos feios e perturbadores dominaram seu sono, sonhos terríveis, que cobriram seu corpo com um suor frio. Neles, ele viu Ruth envelhecida, murcha, com traços enrugados e lábios cerrados, como aqueles produzidos por uma juventude vazia, vazia de amor. Ele a viu numa imagem ridícula, numa farsa teatral, como uma velha virgem virtuosa e histérica, com o desejo por carinho insatisfeito em seu olhar apagado. E quando, com medo do sonho, ele desviou violentamente o olhar daquela figura caricata e direcionou-o a outra imagem de Ruth, ela se transformou numa beleza despida, desnuda. Ele viu Ruth nua, entregando-se despudoradamente a homens estranhos, um corpo muito branco que não era o dela, um rosto risonho que também não era o dela, e, mesmo assim, ele sabia, era Ruth, sim.

Ele despertou com o som de um gemido e, ainda em meio ao sonho, ouviu beijos e risadas. O gemido baixo se repetiu, como se tivesse encontrado um eco nas paredes do quarto, e um choro contido chegou aos ouvidos de Erik, que se aprumou e ficou à escuta.

O choro vinha da cama de Jonas, ao lado da porta de ligação entre os dois recintos, e que se encontrava aberta. Podia-se ouvir claramente que ele tentava sufocá-lo sob os travesseiros.

Erik se reanimou completamente. Acendeu a luz e se aproximou da cama de Jonas. Quando este o ouviu chegar, enfiou-se mais profundamente sob os cobertores.

— Você está com dores? — o pai perguntou. — Sua doença piorou?

— Eu não estou doente — murmurou Jonas. — É inútil manter-me à força na cama. Eu sei de tudo! Agora, eu sei de tudo! Não adiantou nada manter isso escondido de mim! E tudo o que eu ainda não sabia, eu já ouvi! Fiquei à espreita e ouvi tudo!

Erik se calou por um instante, atônito.

— Você está delirando de febre — disse ele, por fim. — O que você sabe, o que você ouviu?

— Que ela vai embora! Que ela vai embora amanhã! — disse ele soluçante, enfiando-se mais ainda sob os travesseiros.

Erik apalpou-o em busca do seu rosto e colocou a mão, preocupado, sobre sua testa seca e ardente. Mas Jonas empurrou a mão do pai para longe de si.

— Não! — disse ele, quase ofegante. — Você quer isso, você é o culpado por ela ir embora. Preciso proteger Ruth de você; sim, protegê-la. O que você sabe sobre o sentimento dela? Você não sabe, não a viu deitada, à noite, meio despida, na cama, como ontem.

Erik apertou a mão dele, febril, quente como brasa, entre as suas, fazendo com que Jonas comprimisse os dentes com violência para dominar a dor.

— O que você viu ontem? — perguntou Erik com a voz rouca.

Jonas sentou-se na cama e se aprumou.

— Ela estava de joelhos diante da cama — disse ele com tristeza —, talvez chorando, ou rezando, e tinha um olhar muito misterioso. Fiquei em vigília junto com ela, a noite inteira, secretamente, sentado lá em cima daquele velho olmo na frente do terraço.

Erik não disse uma palavra e, depois de uma longa pausa, ele ergueu a mão e começou a afagar lentamente a testa e os cabelos de Jonas. Desta vez, a mão não foi empurrada. O movimento suave, carinhoso do pai, que o acarinhava tão raramente, foi interpretado por Jonas como uma compreensão e uma compaixão sem palavras, o que o levou a se sentir meio confuso.

Jonas atirou os braços em volta da nuca do pai, e como um fluxo impossível de ser contido, ardente de febre, meio incompreensível, as palavras irromperam de dentro dele, atropelando-se, e, finalmente, ressoaram gaguejantes:

— Papai, querido papai, ajude-me! Não consigo suportar a partida dela! Fiquei com muita raiva de você, não me leve a mal, ajude-me! Impeça-a! Papai, ela ficará se você quiser. Antes eu sentia ciúmes de Ruth, eu achava que você a amava mais do que a mim. Mas não faz mal o quanto você a ama, papai! Pois eu a amo muito mais do que amo você! Mais do que amo você! Eu a amo mais do que tudo no mundo!

Silenciosamente, Erik soltou as mãos dele de sua nuca e as segurou firmemente entre as suas.

— Contenha-se! — disse ele à meia-voz, mas com aquele tom enfático que Jonas estava acostumado a obedecer sem titubear. — Você não pode ficar deitado aqui e se entregar desse jeito, tão vulnerável e impotente. Até mesmo estando tão febril como agora. Contenha-se.

Quase mecanicamente, Jonas tentou obedecer. Respirou com dificuldade.

Erik se sentou no canto da cama, sem soltar as mãos do filho.

— Deite-se bem tranquilamente. Reprima a inquietação. Vamos, meu menino! Mais firmeza! Agora, ouça: eu quero ajudá-lo, se você concordar, mas não como você está pensando. Você terá de se separar de Ruth. Todos nós teremos de nos separar dela, pois amanhã ela já irá embora, ela viajará, e, até lá, você não poderá se levantar da cama.

Jonas se indignou.

— Papai! Eu preciso fazer isso! Eu saltarei da cama! Vocês não vão conseguir me segurar! Preciso beijar a Ruth, preciso beijá-la quando ela for embora!

— Com uma garganta doente, inflamada, e toda essa febre, você não vai querer beijar a Ruth, espero — interrompeu-o Erik num tom que impediria qualquer contestação. — E não apenas vai desistir dessa ideia mas também fazer tudo o que eu exigir de você. Vai se controlar quando ela se despedir, e não vai dizer uma única palavra com impetuosidade, nem com um único tom lamuriento, senão vai dificultar-lhe ainda mais a partida. Reprimirá toda e qualquer emoção, com uma vontade firme. Você fará tudo isso. Preciso poder confiar em você, caso eu tenha de conduzi-la até aqui, até onde você está agora. Posso?

— Sim! — respondeu enfaticamente, enquanto seus lábios ainda tremiam. Jonas não poderia fazer nada contra aquela vontade do pai, que ele mantinha sobre o domínio da sua.

— Ótimo. Agora, quero lhe oferecer um consolo que o ajudará bastante em sua primeira grande dor — disse Erik, com uma voz tão branda, que, para Jonas, era como se ele estivesse falando com o tom de voz de sua mãe, Clara-Bel. — Quando Ruth tiver ido embora, não olhe para trás, tentando vê-la, mas para a frente, para a sua vida. Empenhe-se em se desenvolver, trabalhe para se tornar logo um homem por inteiro, para que, um dia, você possa ser um bom amigo quando ela precisar de você. Assim, em tudo que fizer, vai remontar a ela, vai se aproximar dela. Não aceite que ela o ultrapasse totalmente e o deixe para trás, distante, muito distante dela! Um dia, você poderá mostrar o que vale, e se esteve à altura de ter tido Ruth.

Jonas permaneceu em silêncio, ouvindo.

— Sim! — disse ele, entusiasmado. — Eu quero fazer isso! Ó papai, eu quero fazer isso!

Então ergueu a cabeça e beijou o pai. Por um instante, Erik segurou a cabeça dele junto de si.

— Nunca mais nós dois falaremos sobre isso — disse ele, baixinho. — Nunca mais. Porém, não o esqueça. Concentre seus pensamentos no trabalho, naquilo que está à sua frente. Procure controlar-se com mais firmeza. Vou prestar atenção nisso, e não permitirei que você deixe passar alguma coisa. Serei rigoroso com você, meu menino. Não dificulte mais as coisas para mim.

— Papai — respondeu Jonas, tão confiante como ele só costumava falar com Clara-Bel —, nunca mais terei medo de você. Seja tão rigoroso comigo quanto quiser. Você me ajuda sendo assim, não é verdade? Você me ajuda a me tornar um rapaz esforçado. Tão firme e esforçado como nenhum outro. Deixá-lo para trás, é o que devo fazer com qualquer outro! Ajude-me logo a me tornar um homem por inteiro! Um homem para... para... quero dizer, um amigo para Ruth.

Ele teria gostado mesmo é de ter se sentado na cama e conversado mais um pouco. Erik precisou proibi-lo de falar e de sair do quarto. Jonas ficou calado e deitou-se novamente, bastante satisfeito e animado, pensando no futuro.

Erik sentiu-se incapaz de voltar para a cama e dormir de novo. Então vestiu-se. Sentiu-se livre, como se renovado, depois de um sono longo e saudável; ou refrescado e fortalecido, como depois de um banho refrescante. Toda a atmosfera opressora da tarde e da noite anteriores, que ainda pesava em seus sonhos, havia desaparecido. Na influência sobre outra pessoa, cuja inquietude ele fora capaz de subjugar, cujo pensamento mais íntimo, mais contestatório ele fora capaz de determinar, enfim, no breve embate com o rapaz que se levantara contra ele e, ao mesmo tempo, confiara nele, Erik se encontrou consigo mesmo. Despertou sua força e a concentrou. Ele sabia muito bem como eram as coisas; quando se sentia muito fraco, ele se fortalecia com a arte de estimular a força em outras pessoas, tratando-as com superioridade. No ânimo elevado e corajoso que ele exigia dos outros e evocava neles, nas próprias palavras convictas e persuasivas, ele se elevava a um novo ânimo, a uma nova confiança, como se subisse uma longa escada no meio de seu próprio desalento, mas que parecia alcançar o espaço ilimitado, rumo a uma ilimitada autoconfiança.

Com muitas milhares dessas escadas, mantidas pelas mãos de uma multidão que se aglomerava ao seu redor, que acreditava nele, que dependia dele, ele subiria até o céu, a partir da Terra. Apenas sem uma ruptura dos mais firmes desses pilares! Eram pilares, por mais que ele mesmo também aparecesse como um pilar de sustentação. Ninguém é completamente forte. Erik sabia muito bem onde estava o perigo, onde se escondia nele o fraco; era quando ele ficava sozinho, quando era deixado só, abandonado, obrigado a cuidar de si mesmo.

A noite escura ainda reinava do lado de fora. Eram três horas da manhã. Ele não quis mais ficar sofrendo naquele quarto apertado e quente. Abriu silenciosamente a porta principal da casa e saiu.

As trevas estavam tão densas que só lentamente ele conseguiu chegar ao fundo do jardim. Sentiu a neblina subindo, sem a ver. Os estalidos dos picos das bétulas comunicavam-lhe a proximidade do pequeno bosque. Acima dele, brilhava, aqui e ali, no céu meio encoberto, uma estrela perdida. O último quarto crescente da Lua, o estreito e pálido precursor da aurora, ainda não era visível.

Não muito distante dos bancos do bosque, Erik parou e ficou escutando. Não ouviu nada além do suave sussurrar das folhas, mas sentiu que não estava sozinho.

— Ruth! — murmurou ele, aleatoriamente.

— Sim! O que devo fazer? — perguntou ela, timidamente.

Apenas mais um passo e ele já estava ao lado do banco, e começou a tatear à procura dela.

— O que você deve fazer? Ora, devia estar na cama!

Ele tirou a jaqueta e jogou-a em cima dela.

— O que você está fazendo aqui, no meio da noite? Você não sabe que Jonas pegou a febre por causa dessa umidade perigosa e fria?

— Sim, eu sei. Mas, para mim, ela não faz mal — respondeu, com certa hesitação. — A febre até me faz bem, eu a conheço. Fica-se deitado, sonhando, e deixa-se de pensar. Eu pensei: talvez eu também pudesse ter essa coisa boa.

Ela sentiu a mão dele apertando com força o seu pulso.

— O que está dizendo? — perguntou ele lentamente. — Você estava procurando a febre?

— Não, não! — exclamou ela. — Eu a queria só um pouco, só um pouquinho mesmo, não tanto que me impedisse de viajar. Certamente, não!

Um som irrompeu dos lábios dele, como se ele tivesse sido ferido. Ela conseguiu ouvir os dentes dele rangerem baixinho.

Ele se inclinou sobre ela.

— É isso, então, você acreditou que poderia fazer isso — disse ele, secamente.

— Sim, eu poderia, pois eu quero fazer o que prometi. Não sou desobediente. Apenas solitária, é o que sou. Não tenho ninguém que me ajude um pouco. Então achei que a febre me ajudaria. Posso fazer o que quero, se isso não retardar nada — respondeu ela, de um jeito sinistro.

— E se você apenas conseguisse se aprimorar logo, acha que poderia começar a fazer o que quer? Até mesmo sentar-se em algum lugar e ficar doente, se isso puder "ajudá-la"? Você se engana, minha criança. Não a estou soltando, na medida em que a deixo ir embora. E, de longe, você deverá me obedecer duplamente. Sua promessa é válida para a vida inteira. Você é minha, não é?

— Sim! — exclamou ela, ardorosamente.

— Levante-se e suba ao seu quarto.

— Não posso ir assim, antes preciso saber quando vou viajar.

— Amanhã eu lhe direi. Hoje à noite ainda não. Você deverá deitar-se e tentar dormir. Não pensar em nada além de dormir. Vai fazer isso?

Ela já se levantara.

— Sim! — murmurou ela. — Amanhã! Devo perguntar amanhã o que quero.

— É isso que você deve fazer.

Ele lhe deu a mão.

— Vá à frente. Vá. Eu irei em seguida. Não espere por mim em casa.

— Boa noite! — disse ela, obedecendo, e foi embora.

— Minha querida! Boa noite! — respondeu ele, atrás dela. E no som dessa voz, ressoaram todos os carinhos pelos quais ela ansiara o dia inteiro, a noite inteira.

Desculpe-me, querida, disse ele a si mesmo, arrependido, enquanto a seguia lentamente. Ele a deixara sozinha, deixara-a só, no momento em que ela esperava toda a sua força e seu amor, e precisava deles. Porque ele não confiava em si mesmo, não tinha coragem, tinha medo de suas sensações, diante dessa desconhecida sensação infantil, que veio ao seu encontro com um sorriso.

Isso foi covardia. Ele não deveria, no último instante, por esses motivos tão covardes, retirar a mão na qual ela se agarrara ansiosa e confiante — a mão da única pessoa que carregava o mundo por ela. Não deveria desconsiderar, nem desdenhar, nem reduzir aquilo que ele lhe dava, e pelo qual ela ansiava com muito ardor, com uma delicadeza, como, no mundo inteiro, só era conhecida pela criança solitária, nunca acarinhada.

A partir de uma infinita plenitude, mais uma vez seu amor deveria envolvê-la, cercá-la, de maneira amena e protetora, como um amor de mãe. A partir de uma plenitude tão rica, tão fortemente segura, que conseguia se evadir de toda preocupação, que ainda conseguia erguer e carregar sua amada só com os braços fortes e, como no sono das crianças, levá-la num último sonho para o outro lado, para um mundo desconhecido, mais frio.

O corredor da casa estava fracamente iluminado pela luz que escapava da porta aberta do quarto de Erik. Ruth pendurou a jaqueta dele na maçaneta da porta e, sem olhar para trás, para Erik, subiu até o sótão.

Ele apagou a chama que tremulava sob a corrente de ar, da vela que pingava, e com todo o corpo estendido, atirou-se sobre o divã de couro, em seu gabinete, feliz com a escuridão e a solidão.

Desde a hora de seu retorno, no dia anterior, ele sentia falta, inconscientemente, desse silêncio e dessa solidão. No instante em que, no dia anterior, ele saiu do corredor e entrou no recinto de sua esposa, no instante em que Ruth estava apoiada no seu peito e a voz de Clara-Bel o chamou, alguma coisa estranha aconteceu com ele. Ela o chamou: "Erik, você já voltou?", mas, para ele, aquilo soou como: "Erik, você vai me deixar?". Quando ele a viu novamente, foi ali, deitada no recinto que ele conhecia tão bem, exatamente como dois dias antes. Pareceu-lhe que, nesse meio-tempo, houve uma longa, longa viagem de muitos anos, em que ele não enxergara sua esposa, não a levara consigo, até a esquecera. Foi quase como um momento de perturbação mental. A emoção, na qual todos os seus nervos ainda tremiam, não lhe permitiu fazer nenhuma autorreflexão.

Naquele momento, ele se posicionou novamente naquele lugar, no mesmo lugar diante de Clara-Bel e sua voz inquiridora, e respondeu a ela: *Foi uma longa, longa viagem. Durante todo esse tempo, eu não a vi novamente, não a vi mais no lugar em que você está, eu a esqueci. Não por acaso, não de propósito, não na pressa do instante. Não consciente e deliberadamente. Com todos os sentidos e pensamentos, eu só queria ter um único ponto diante dos olhos; olhar através dele, atravessá-lo, olhar e avançar a um futuro oculto. Inabalado por tudo que impede e amarra. Livre, como alguém que atirou tudo para trás de si, e, está ali, parado, como um mendigo ou um rei; assim eu quis erguer as mãos para a minha felicidade. Então, dessa vez, já é tempo de voltar às perguntas e exigências, aos deveres e amarras da vida cotidiana, mas apenas para debater com eles. Voltar para você, mas apenas para o confronto. Para o confronto pela minha felicidade.*

Erik quase murmurou em voz alta estas últimas palavras: *confronto... felicidade.* Abriu os olhos, como se despertasse. À sua volta, já estava tudo claro. A noite já havia ido embora. O céu estava vermelho como brasa, como se estivesse em chamas. O sol já surgia detrás do bosque. Cor de púrpura, sem raios, como uma lua imensa, ele brilhava através da neblina matinal e jogava seu brilho nas janelas, sobre o piso.

Ainda não se ouvia ninguém na casa. Só os tordos negros tagarelavam diante da janela próxima da cozinha, conversando entre si e perguntando-se se Gonne, ao preparar o primeiro desjejum, lhes atiraria algumas migalhas.

Erik se levantou e ficou parado, em silêncio, diante da majestade daquela manhã. Ele amara Bel tanto quanto, de acordo com a sua avaliação até agora, um homem poderia amar uma mulher; não apenas com o ardor dos sentidos, não apenas para uma ligação amorosa fugaz, que casualmente se chama "casamento", mas para uma verdadeira união por toda a vida, em que um Estado, um sacerdote, apenas sela a própria e consciente vontade. Foi isso que, na época, naquela conversa irônica sobre o casamento, ele disse a Warwara: nenhuma consciência de dever, apenas, mas a duradoura consciência de felicidade, de ser tudo em tudo para sua mulher, inclusive quando desaparece o amor sensual. Nisso, nem a doença imobilizante, nem o envelhecimento, nem as decepções da vida, nem as tentações do amor podem jamais mudar o mínimo que seja.

Se, um dia, ele fora infiel a ela, numa cálida ebulição do sangue pleno de desejos, ou, também, numa amarga retrospecção das destruídas esperanças a ela oferecidas em sua juventude, ele se erguia com força e rigor contra si mesmo. Nunca ele teria admitido que um poder qualquer pudesse se tornar mais forte do que sua vontade, sua garantia pessoal.

Quando ele reuniu tudo o que possuía — o pudor, a autoconfiança, o orgulho e a bondade do coração — e, ao juntar tudo isso, se perguntava: seria suficiente para proteger Bel, a indefesa, de um confronto com ele? E, se no futuro, as coisas chegassem a um confronto como esse, haveria algo em sua vida pregressa que fosse forte, sagrado ou generoso o suficiente para defender Bel e vencer a si mesmo?

Erik olhou adiante, para o mar vermelho de chamas no céu. Ele queria, ele precisava ser sincero. Então disse a si mesmo: *não*.

*

A MESA COM O CAFÉ DA MANHÃ foi arrumada no terraço, mas o lugar de Erik ficou vazio. Bem cedo, de manhã, ele pediu que lhe trouxessem o chá ao quarto, e, depois, entrou no quarto de Jonas para ver como ele estava se sentindo.

Em seguida ao café da manhã, ele pediu que chamassem Ruth ao seu quarto. Quando ela veio, Erik estendeu a mão em sua direção.

— Sua garota malvada! Está com saúde? Deixe-me ver.

Ela assentiu e aproximou-se dele na velha poltrona de couro junto à janela. Ele a observou com muita atenção. Os olhos dela exibiam olheiras escuras e profundas, mas fitavam-no com muita segurança e firmeza, o que o deixou surpreso. Os olhos dela o fitavam quase friamente.

Erik afastou o cabelo dela da face pálida.

— Você ainda sabe que aqui é o seu antigo lugar? Aqui, nesta poltrona. Foi para cá que você veio quando chegou aqui pela primeira vez. Nós quase nos esquecemos dela, lá fora no jardim, com as outras coisas. Por meses. Mas a manhã de hoje pertence só a nós. A nós dois. E você a quis deixar passar, ficando doente.

Ela não respondeu.

Silenciosamente, Ruth inclinou a cabeça para a frente, na direção de Erik, para que a mão dele deslizasse pelas ondas de seu cabelo. Então ela permaneceu quieta.

— Você é uma criança tola — disse ele —, senão saberia que, quando exijo algo de você, deverá fazê-lo de forma clara e silenciosa. Nunca com um surto de febre. De jeito nenhum. Eu sei que isso é mil vezes mais difícil. Mas nunca deverá facilitá-lo. Por nada. Só que, dessa vez, eu mesmo não deixei de ter culpa, Ruth. Fiquei como se estivesse doente, não como deveria ficar. Viu só? Agora, também estou lhe confessando isso. Não é bom?

Ela olhou para Erik diretamente e sacudiu a cabeça.

— Ainda falta uma coisa — disse ela.

Ele sorriu.

— Mais alguma coisa? O que é, minha cabecinha infantil tão exigente?

— Não posso ser exigente?

— Você pode sim. Mantenha as mãos abertas, querida, e deixe-se presentear.

Então ela escorregou para baixo, para a poltrona, até seu antigo lugar junto aos joelhos dele, e ergueu o rosto em sua direção, com um olhar de desafio.

— Não quero dizer que é um presente. É um direito — disse ele, parando de repente.

Com um olhar perscrutador, ele fitou aqueles olhos enigmáticos, firmemente dirigidos a ele.

— Assuma o seu direito, Ruth — disse ele, simplesmente.

Ela sussurrou tão baixinho que quase não se ouviu nada.

— É que eu quero saber por quê. A súbita partida... por quê?

Ele colocou a mão dela sobre os olhos.

Ocorreu uma longa pausa.

— Você teve toda razão, agora há pouco; ainda falta uma coisa — respondeu ele. — Entre nós ainda falta uma coisa. Você sabe o que é? É que entre mim e você há um pedaço de vida humana grande demais, estamos muito distantes, em idade, um do outro. Pense só: você e mais uma vez você, somando isso, ainda não dá eu. Com uma distância tão grande, às vezes é difícil dividir algumas coisas, compartilhar. Mas, agora, veja o milagre: essa falta, essa lacuna e esse vazio entre mim e você, é justamente o que nos une. Só ele faz com que eu possa guiá-la e aconselhá-la. Ela faz com que você possa ajoelhar-se aqui, junto a mim, com tanta confiança, como agora, e olhar para mim com esse olhar desafiador. Ela faz com que eu conheça o caminho melhor do que você. Pois eu já deixei para trás metade do caminho. Ou você poderia ignorar isso? Você preferiria que eu estivesse ao seu lado, com a mesma idade que a sua? Ainda procurando, errando, necessitando de um guia para trilhar o caminho, como você?

— Não! — disse ela vivamente. — Seria como duas crianças perdidas na floresta.

— Então permita que eu não lhe responda.

Ela não retrucou, mas ele sentiu que o coração dela começou a bater loucamente. Ruth não cedeu passivamente, como até o dia anterior. No dia anterior, ela estava desorientada. Com suas últimas forças, quis se reunir a ele, quis que ele a convencesse, ainda quis ter força suficiente diante dele: independência... Abalados num cochilo ingênuo, seus sentimentos devem ter agitado os espíritos; um mundo de percepções incompreendidas lutavam dentro dela.

A linha fina, calma e reta, na qual ela continuou se desenvolvendo de forma tão infantil diante do olhar de Erik, tornou-se, para ele, pouco clara; tornou-se irrequieta, parecia curvar-se, parecia dar uma volta, uma volta em sua direção ou afastando-se dele.

Em Erik, surgiu uma tensão que aguçou ao máximo todas as suas capacidades anímicas, e, com muitas expectativas, tencionou todo o seu ser e manteve sob pressão toda excitação sensorial. Ele colocou o braço em volta de Ruth e, com a mão, inclinou a cabeça dela para trás. Os lábios da jovem tremiam.

— Olhe-me nos olhos, teimosa! — disse ele. — O que se agitou dentro de você? Acabe com essa sua última resistência; foi resistência, sim. Deixe-me rompê-la. Não faz mal se isso doer um pouco. É só você ceder, deixar acontecer. Jogue fora seu direito, fique sem ele. Fique apenas com seu direito infantil, isto é, o de poder obedecer sem perguntar. Para ir embora sem um motivo.

— Quando... ir embora? — perguntou ela, vagamente.

Ele segurou a cabeça dela junto de si.

— Hoje — disse ele com a voz abafada —, agora. Não, não se assuste. Seja minha criança corajosa. Ainda temos mais essa hora, Ruth. Depois, vou levá-la até a cidade. Até o trem, que vai para o exterior. A senhora Römer estará à nossa espera.

Ruth se atirara em seus braços. Abraçou-o com muita força, como se nada pudesse arrancá-la dali. Erik sabia que ela não lutaria por muito tempo mais. Indefesa, acabou cedendo.

Talvez fosse apenas o medo da despedida. O pavor de tudo aquilo que a acometeu. No dia anterior, ela ficara desorientada, mas e amanhã? Ele não teria mais poder sobre ela. Não saberia mais o que aconteceria com ela. Então ele disse, suavemente:

— Você não está indo embora porque quero lhe fazer mal, mas porque eu a quero bem. Eu a quero tão bem que até posso lhe fazer mal. Entregue-se a esse amor, Ruth, sem reservas, sem dúvidas, entregue-se a ele totalmente. Agradeça todos os dias por eu lhe dizer, de manhã, com seu despertar, e à noite, com seu adormecer: "eu amo você".

Ela ergueu o olhar, sem soltá-lo. Seus olhos transbordavam uma gratidão infinita. Um sorriso tímido, quase imperceptível, começou a surgir no canto de sua boca.

— Então não vou embora; vou levá-lo comigo — disse ela, quase brincando.

A felicidade apareceu em seus olhos, com muita brejeirice. Isso o deixou inebriado, mas diferente do dia anterior. Ele ainda a segurava nos braços, ela ainda estava de joelhos junto a seu peito, mas seus sentidos não ficaram inebriados. Algo infinitamente mais sutil, uma volúpia tão sutil que não podia ser expressa por nenhum sentido, preencheu-o com uma forte satisfação. Ele não poderia tomar posse dela de forma mais incondicional, não poderia apropriar-se dela com mais força do que naquele instante em que a libertou de si, quando ela se afastou por ordem dele, porque a amava.

União e separação, renúncia altruísta e ação egoísta, proteção e invasão, servidão e dominação misturavam-se indistintamente num único nó de sentimentos, num único instante de uma vivência inebriante.

— Você não acha bom obedecer e confiar em mim? Que não sejamos como "duas crianças no bosque", que se perderam? Seria péssimo se uma delas perdesse a outra de vista, a abandonasse. Você irá se afastar da minha vista, porém nunca da minha mão. Com você, sou como alguém que você não está vendo ao lado, porém sabe tudo a seu respeito: aonde vai, onde está, e sempre tomando conta de você. Como alguém a quem você não pode fazer perguntas, que se cala sobre algumas coisas, mas que sabe tudo, sabe o que você precisa, sabe o que lhe faz bem...

— Como se fosse Deus — disse Ruth, maliciosamente.

A palavra chegou a Erik provocando-lhe um calafrio. Medo de fantasmas? Não. Porém, sim, porque ele percebeu tudo o que poderia despertar nela com essa palavra, como exigências inconscientes, imensas admirações e expectativas.

Ela não o disse em êxtase, mas apenas como algo óbvio. Como uma criança dá um beijo. Mas ele sentiu que nunca, nunca ela esteve tão perto do amor, do amor pleno, tão perto como nessa constatação infantil, a mais ousada.

Não! Nenhum medo de fantasmas! De nada. Então ele a beijou nos cabelos.

— Não como Deus, Ruth. Mesmo assim, será para você como o seu deus.

*

NA SALA DE ESTAR, Clara-Bel estava ocupada em fechar a mala de Ruth e encher uma pequena bolsa de viagem para ela. Gonne ajudava a arrumar e a providenciar as últimas coisas. Do lado de fora, junto à grade do portão, um veículo leve, uma *karfaschka*[14] camponesa, aguardava para pegar a bagagem. Erik queria ir com Ruth a pé até a estação.

Quando a bagagem foi colocada no veículo, Erik saiu com Ruth do gabinete. Clara-Bel olhou para cima, quase incrédula. Nem Erik nem Ruth exibiam qualquer tristeza no rosto. Mas ela sabia: só naquele momento é que ele comunicara a partida a Ruth, ali, no gabinete. *Como ele conseguiu isso? Ele consegue tudo o que quer!*, pensou ela, admirada.

O pequeno veículo partiu, aos solavancos, sobre a estradinha rural, em constante perigo de perder uma das suas rodas balançantes. Erik fez uma piada com aquilo, e Ruth exibiu suas covinhas marotas nas faces. Foi um acontecimento alegre, como quando, sobre grandes águas paradas e escuras se produz uma borda ensolarada, e os raios do Sol fazem a superfície brilhar com pérolas cintilantes.

Só Gonne ficara na cozinha, chorando, com uma expressão amuada e constrangida.

Por alguns minutos, Ruth ainda pôde permanecer no quarto com Jonas. E, então, saiu, pronta para a viagem, com o gorro de lã cinzenta na cabeça.

Jonas ficou à escuta, penosamente. Ele a ouviu andar pelo corredor, ouviu o último chamado de adeus da sua mãe a ela e o som das portas se abrindo e fechando. Depois, houve uma pausa de cerca de um minuto, e, com um fraco rangido, o portão do jardim se fechou.

*

LENTAMENTE, NUM SILÊNCIO MORTAL, as horas foram passando, uma após a outra. No início da tarde, Erik retornou da cidade.

---

14 Karfaschka é um antigo veículo russo, uma espécie de carroça usada no campo para o transporte e a carga (N. da T.).

Ainda assim, tudo continuou em silêncio, como antes.

Jonas não aguentou mais ficar na cama, resolveu levantar-se, e, com uma compressa úmida ao redor do pescoço e uma grossa meia de lã por cima dela, calçou as pantufas vermelhas e se pôs a caminho do gabinete do pai.

Erik não estava em casa. Jonas se sentou junto à grande escrivaninha. Precisava terminar o que pretendia fazer, antes que o pai o surpreendesse ali. A pena arranhou o papel. Ele escreveu a Ruth:

> Doce e querida, Ruth!
> Eu me sentei no gabinete de papai, junto à mesa em que você trabalhava. Eu teria ficado muito contente se pudesse ter ido à estação com você. Tentei não chorar, mas não consegui, apesar de ter mordido o travesseiro. Quando o trem apitou ao longe (talvez nem fosse o seu trem), chorei um pouco, de qualquer modo. Então pensei: ela está partindo.
> Mas papai me deu um bom conselho. Ainda não quero lhe dizer qual é. Prefiro primeiro segui-lo. Enquanto eu tiver de segui-lo, o que pode levar muito tempo, não lhe escreverei. Depois disso, escreverei dizendo que você deverá ser minha esposa. Em nossas brincadeiras, você nunca quis representar o papel de esposa, e isso às vezes me deixava muito magoado. Mas foi uma bobagem da minha parte, pois, antes de tudo, preciso me tornar um homem completo para você.
> Sobre isso, ainda não tive coragem de falar com papai.
> Agora preciso terminar. Mas tinha que escrever logo, para que você soubesse. Não se esqueça de mim, mesmo que encontre outro rapaz por aí. Quem sabe até um estudante formado? Nesse caso, todo o meu esforço aqui seria em vão.

Mas talvez você não encontre ninguém.
Mil beijos para você.
Seu amigo (e futuro marido), Jonas.
P.S. Não sei onde papai está agora; eu me levantei da cama escondido. Senão, certamente, ele me pediria para lhe mandar lembranças.

*

ERIK HAVIA SUBIDO para o pequeno sótão vazio. Apoiado no peitoril da janela, ele chorava.

V

Tal qual filhote, frágil, a errar,
Que teme onde irá pousar voando,
Assim cheguei, fugindo a chorar,
Um pobre infante, a ti confiando.

Cheguei com ar de falsa altivez,
Mas só levado pela amargura;
Aos pés curvei-me, em timidez,
Querendo amar com toda ternura.

Queria apenas, num breve instante,
Sentir-me criança, doce, puro;
E um pouco de afeto distante,
Partilhar teu carinho seguro.

Queria tão-só, na dor infantil,
Um alívio breve ao coração,
E dar meu suspiro, ardente e gentil,
Na fé que acalma a minha paixão.

Ah, como foi, ao te encontrar,
Que toda aflição cedeu lugar,
Pois tua mão, a me abrigar,
Trouxe à minh'alma paz e refúgio a dar.

E tudo, então, ficou tão claro,
Como se o mundo, enfim, parasse,
Pois tuas mãos, sobre meu abrigo,
Trouxeram consolo que me abraçasse.

E toda dor, sem mais razão,
Desfez-se em consolo mágico e forte,
Desde o olhar, tua doce prisão,
Que deu-me amor, vencendo a sorte.

Então, o mundo todo apagou,
E nada restou, nem mesmo a mente,
Apenas o amor que transbordou,
E a gratidão infinita e ardente.

Não foi Ruth que fizera esse poema, mas Erik. Ruth o recitara inúmeras vezes. Talvez também em incontáveis versos.

Ele não sabia. Mas, lá em cima, no quartinho do sótão, entre papéis jogados fora e flores murchas, encontrava-se a folha rasgada com os versos.

Desde então ele fazia esses versos, olhava-os e trabalhava neles. Não foi Ruth que os fizera, foi Erik. Mas ela mesma poderia tê-los feito, cada palavra deles, um pouco mais tarde, num olhar retrospectivo.

*

ESTAVAM TODOS SENTADOS JUNTOS. Clara-Bel na parte detrás da sala, numa grande e confortável cadeira reclinável. Jonas diante da mesa de jantar. Ele havia aproximado bem a lamparina para poder ver melhor o que escrevia em seu caderno do colégio. Erik estava junto à lareira, na qual ardiam grandes tocos de madeira. De tempos em tempos, ele se agachava e, com um porta-carvão bem polido, jogava alguns cones de pinheiro, de cor marrom e com um aroma forte, nas brasas.

A sala adquirira uma aparência bastante invernal. No lugar das leves cortinas de verão, haviam sido colocados pesados cortinados protetores, e, junto à lareira, duas poltronas provenientes da residência da cidade, entre as quais uma que exibia um poderoso urso com as patas estendidas à frente.

A transferência ocorrera já naquele ano, no início do mês de março, antes do inverno na Rússia terminar. Por causa de Clara-Bel. Ela deixara atrás de si um caminho de sofrimento de meio ano, que lentamente deveria levá-la à cura.

No canto da sala, havia duas fortes muletas com apoios de mão. Com elas, Clara-Bel deveria dar alguns passos diariamente. "Aprender a andar", dizia Jonas dando risada, pois ele gostaria mesmo é de substituí-las. E esses passos ela deveria dar ao ar livre.

Na sala, estavam todos juntos, calados. Clara-Bel, pensando na vida, estava sentada numa posição meio reclinada. O trabalho manual que ela pretendia fazer escorregava de suas mãos. Sentia-se cansada depois dos seus poucos passos.

Jonas estava como se aferrado ao trabalho. Com os ombros estreitos, bem crescidos, um pouco de uma penugem loira e macia no queixo e acima dos lábios, ele permanecia inclinado sobre os livros. Por segurança, ainda enfiara um dedo em cada ouvido. O que era inútil.

Erik olhava para a brasa.

— Até que o mundo afundou ao nosso redor...

Foi Gonne que finalmente rompeu o silêncio. Ela trouxe o chá da tarde. Clara-Bel pediu que o levassem para perto do samovar; era uma dessas suas novas alegrias diárias, da qual ela podia desfrutar novamente, sentindo-se dona de casa, ainda que fosse apenas nas pequenas coisas

— Hoje, você até ficou contente ao receber uma carta tão longa de Ruth — observou ela. — Temos de reconhecer que ela escreve regularmente. Às vezes um bilhete, às vezes um livro!

— Eu gostaria de saber por que você nunca lhe escreveu, Jonas? — perguntou o pai. — Muitas vezes ela já quis ter notícias suas.

Jonas enrubesceu.

— Sobre o que devemos escrever? Eu tenho muita coisa a fazer — murmurou ele por cima de seu copo de chá.

— Para pessoas tão jovens, escrever cartas não representa nada — comentou Clara-Bel. — Ruth não deixa de ser talentosa, não é mesmo? E suas cartas não são terrivelmente sóbrias, Erik?

— Sim, quando ela não tem algo para contar ou descrever.

— Descrever o quê? Como é uma montanha ou como está o clima? Um passeio na neve no inverno? Ela não poderia contar tudo isso em várias páginas? Eu acho que, com isso, ficamos sabendo muito pouco dela mesma.

Erik ficou em silêncio. Ele pensava a mesma coisa. Esse encanto na descrição das mínimas coisas, a dedicação à reprodução daquilo que a cercava e captado diretamente por ela, tudo isso somado ao uso parcimonioso das palavras, quando se tratava de seus sentimentos. Não era um retraimento, era ódio das palavras, do esboçar, cantar, murmurar maus versos, erguendo os olhos antes que ele os tivesse visto e ouvido novamente — Ruth seria, para ele, como se sepultada.

Novamente, eles se calaram.

A mesa do chá foi liberada. Apenas uma tigela com maçãs permaneceu. Jonas fez menção de espalhar novamente seus livros e cadernos sobre ela, mas Erik o impediu.

— Chega! — disse ele. — É impossível que você ainda não tenha terminado as lições da escola.

— Já terminei, sim, papai. Mas, agora à noite, eu ainda queria estudar um pouco de russo. Um dos meninos está me ajudando com isso nas horas livres.

— Não vejo com que objetivo. Já no outono você viajará para o exterior. Não vai ficar aqui para estudar, não é? Então para quê?

— É muito útil, papai... Agora, na Alemanha, pode-se ganhar dinheiro com aulas de russo.

Erik ficou aborrecido.

— Dinheiro? Dando aulas? Deixe isso comigo.

— Deixe-me fazer isso, por favor. Já não faço o suficiente para a escola?

— Sim, mas você não tira o traseiro da cadeira, só fica sentado em casa estudando, Jonas! Para mim, você tem uma visão estreita demais, meu menino. Penugem no queixo, mas nenhuma força nos ossos. Não o suficiente.

— A saúde não é o maior dos bens — afirmou Jonas, com um ar sério, um tanto estranho para ele.

— Mas o maior mal é a culpa por tê-la perdido — completou Erik, passando a mão afetuosamente na cabeça do filho. — Se você continuar com essas citações, vou afastá-lo desses livros lastimáveis. Vou colocá-lo para trabalhar como aprendiz de um camponês.

Em seguida, Erik rumou para o gabinete. Uma pilha de cadernos escolares com capas azuis já estava à sua espera. E muitas outras coisas, urgentes. Mas ele não tinha pressa. Empurrou-as para o lado. Por baixo delas, havia antigos cadernos de Ruth, e também novos trabalhos — ela sempre os enviava a ele, todos. Ele sempre conduzia os estudos dela. No entanto, tudo aquilo ainda não era "Ruth".

Erik pegou uma pasta da escrivaninha, na qual havia diversas cartas de Heidelberg, do mês de agosto anterior, até o mês de abril, atual. No início, só chegavam muitas cartas da senhora Römer. Ruth não podia escrever, pois estava de cama, com febre. Uma febre insidiosa, temiam eles. Erik já estava preparado para viajar, inclusive já telegrafara anunciando sua chegada, quando recebeu um telegrama que o detêve. Três dias depois, uma breve carta da senhora Römer:

Sua presença aqui não é bem-vinda. A separação resultaria, mais uma vez, no mesmo desfecho. Ruth precisa aprender a viver sem o senhor. Por isso, o senhor não deve, sob nenhuma circunstância, vir para cá. Como médico, meu marido compartilha dessa opinião; mas eu também a sustento, como mulher. Amo Ruth como se fosse minha própria filha. Se o senhor deseja, de fato, ajudar-me a cuidar dela, como uma mãe faria, mantenha suas cartas livres de qualquer palavra que possa, ainda que minimamente, reacender a saudade entre vocês.

Depois de uma semana, uma nova carta da senhora Römer dizia:

Nossa Ruth já está bem melhor. Mas ontem, ela nos assustou muito. Coloquei minha poltrona de couro marrom no quarto dela. Quando a viu no meu quarto, ela fez questão, e disse, lamentando-se: "Que pena que ela não é verde!".

Ontem à noite, ela arrastou essa poltrona para o meio do quarto, bem em frente à cama. Quando, mais tarde, meu marido entrou mais uma vez para vê-la, sem fazer barulho, ele viu, sob a claridade da pequena luminária noturna, Ruth sentada ereta na cama, o tronco bem inclinado para a frente, o olhar fixo na poltrona e o rosto em êxtase.

Quando ela viu meu marido, deitou-se de novo sobre os travesseiros. "Ah, agora ele se foi!", disse ela tristemente.

Ela estava meio entorpecida, com o corpo inteiro frio.

Fomos obrigados a tirar a poltrona do quarto dela. Com as outras cadeiras. "Isso não funciona", assegurou ela.

Com toda a nossa amizade, nós o saudamos.

Irene Römer.

Logo depois, chegou o primeiro bilhete de Ruth, rabiscado a lápis, e ainda escrito da cama. Apenas poucas linhas, com um *post scriptum* no fim: "Acredito que as pessoas poderiam fazer mágica, se quisessem".

Na pasta de Erik, ao lado desse pequeno bilhete, havia um texto escrito pela mão dele, um rascunho de carta, que começava assim:

Minha criança do coração!

Além dos dez mandamentos já conhecidos, existe mais um, o décimo primeiro, especialmente para você: "Não deverás praticar a magia!".

Em tempos muito antigos, quando os deuses não realizavam os desejos de um indivíduo, as pessoas recorriam a todo tipo de maus espíritos, e deixavam-se conjurar pelas artes e fórmulas da magia. As pessoas podem ter feito isso por dois motivos: por desânimo ou altivez, em razão da falta da crença de que, na vontade de seus deuses, há de fato um poder sábio e bom que cuida deles; ou pela teimosia de quem se cansou de obedecer ou confiar.

Mas você não faz isso, não é? Ou faz por algum desses dois motivos? Você faz às escondidas, e a partir do próprio poder, o que deve permanecer guardado? Ou evoca, como naquela última noite, um espírito maligno, estranho, aquela febre, para ajudá-la a se desviar a uma realidade que não existe? Não deve envolver-se nessas mágicas. Deve entregar-se à realidade que está à sua volta, completamente, plena da crença e da confiança de que nela você está em casa...

Aqui, o rascunho da carta se interrompe. As linhas seguintes estavam riscadas, repetidas, e novamente riscadas. Visivelmente, ele teve dificuldades em escrevê-las.

Mas os rascunhos se multiplicavam, atrás de cada carta de Ruth havia um. Erik os folheava, impaciente, e depois deixava-os de lado. O fato de estarem ali já dizia tudo. Seu olhar só demorava mais quando encontrava a letra refinada, característica da senhora Römer. Ele nunca conseguia livrar-se totalmente da sensação de estar num embate com ela, ou dela com ele — num embate secreto, inconsciente —, mas as cartas dela sempre o reanimavam. Se ela fosse uma inimiga, contra o saber e a vontade, então seria uma inimiga maravilhosa, e até seria desejável medir-se com ela.

Em volta dessa mulher, o ar era como uma brisa clara, pura; as pessoas sentiam-se bem com ela. E cada uma de suas palavras era uma expressão muito clara daquilo que ela de fato acreditava. Enquanto se lia suas cartas, acreditava-se ouvir a sua voz, uma voz serena, decidida.

Erik estava prestes a fechar a pasta e guardá-la em seu antigo lugar, quando mais uma carta de Ruth surgiu diante dos seus olhos. Escrita há muitas semanas e, no geral, sem um teor mais emocional do que as outras e, do mesmo modo que as restantes, sem uma abordagem inicial e sem outro encerramento além do nome "Ruth". Mas, na última página, ela se equivocou: de repente escreveu "você" em vez de "senhor".

Ela riscara energicamente o pequeno erro, corrigindo e acrescentando o pronome correto. Mas, na margem da página, isso foi comunicado, fielmente: "Eu disse 'você', mas quis dizer 'o senhor'".

Erik nunca vasculhava o interior da pasta sem se deter nesse trecho; e ele a vasculhava com bastante frequência. Essa palavra foi a única real saudação dela para ele. Ao falar, dificilmente ela teria se equivocado. Não precisava disso. Ela dizia "você" a ele a cada dia, a cada hora, com quase todo olhar, tom de voz e expressão do rosto. Só então essa palavra tornou-se compreensível, irresistível; uma substituta para toda a proximidade sem palavras.

Erik afastou as cartas de si, pois queria trabalhar. Trabalhar — mas não só esse viver contínuo, tão pouco natural, irritante, pobre de sentimentos e pensamentos, esse incerto tatear no azul, no longínquo, renunciando à ação. Como, ao contrário, fora fácil o tempo antes da separação: uma intensa atividade interior, e tensa até o último segundo, uma força concentrada e aumentada ao máximo, para Ruth.

Então veio o revés. A remissão, o deixá-la ir, que quase o derrubou, doente. E ele trabalhou hora após hora, até que, um depois do outro dos cadernos azuis tivessem sido marcados com os necessários riscos vermelhos de tinta.

Só agora, muito cansado, ele se reclinava na poltrona. E voltava a ler, com comentários sempre renovados, aquela única palavra: "você".

*

O DIA SEGUINTE TROUXE, do lado de fora, o primeiro clima de primavera real. Um céu azul, com sol; um azul profundo irradiava-se sobre as árvores sem folhas.

Nas bordas dos caminhos de seixos ainda se estendia, estreita e acinzentada, uma crosta de neve cheia de buracos, mas da grama morta, neles já se erguiam, frescos, os pequenos talos verdes; e, nos galhos das bétulas, já havia, há semanas, esperando pacientemente, pontas alongadas de brotos marrons. O solo gramado atrás do jardim estava totalmente debaixo d'água, e refletia, cintilante, o céu e o sol; e alguns pedaços quebrados de gelo flutuavam nele.

Então, como quase sempre, Erik tinha muitas coisas a fazer na cidade, o dia inteiro. Além das aulas na escola, também ministrava aulas particulares, que, interligadas às palestras, ocuparam-no por todo o inverno, em parte na sua casa da cidade, com a participação de adultos, em parte em alguma sala de aula vazia da escola das meninas.

Quem se reunia ali, em todo caso, não estava mais ligado à escola, ou quase não mais. Podia-se perceber, a partir das conversas, o que suas ouvintes mais esperavam dele. Não falavam mais sobre os acontecimentos ligados à fantasia, apenas sobre os bailes, as sociedades e os adeptos, que não existiam mais apenas na simples imaginação. De assuntos ligados à escola, jamais. Só quando ocorria algo sensacional, como naquela manhã em que uma menina pequena, durante as orações matinais, no grande salão da escola, desfaleceu e ficou deitada no chão — um caso de epilepsia. Comentava-se que o simples ato de olhar para a cena poderia ser contagioso; ainda assim, a maioria, fascinada, não desviou os olhos da menina convulsionando no chão, com espuma nos lábios.

No meio da conversa sobre a ocorrência, chegou, bastante atrasada e reprimindo um bocejo, a bela Vera, com seus brejeiros olhos escuros. Ela ficara mais bonita do que em seus tempos de adolescente.

— Você também está aqui de novo? — exclamou a aluna mais dedicada de Erik, dirigindo-se a ela. — Gostaria de saber por quê. Será que você acha agradável que ele sempre só tenha zombarias para você?

— E sempre elogiar você, não é? Então eu prefiro a minha parte — respondeu ela, com muita convicção. — Deixe-o zombar, isso lhe faz bem, ele está de mau humor. Por acaso você acha que toda a sua aplicação o deixa feliz, minha querida gansinha?

— Mais do que aplicada ninguém consegue ser — comentou uma delas, que, aguardando a chegada daquele que era o objeto da conversa, estava sentada no peitoril da janela fazendo crochê.

Vera riu maldosamente.

— Bem, ele poderia sentir falta de muitas outras coisas, por exemplo, a razão. Querido Deus, qual é a utilidade de se esforçar tanto?

— Por que você não vai embora daqui? Afinal, você quis ter o que Ruth teve, você mais do que todas.

Vera estava sentada relaxadamente, os braços estendidos ao longo do apoio do banco, e olhava de soslaio para o pequeno espelho de mão que alguém trouxera para perto da janela e que estava sempre virado.

— Eu não acredito que ele seja conosco como é com Ruth — disse. — Seria o mais puro engano. Ou Ruth zombou de nós ou somos bobas. Vocês acreditam que Ruth quis dizer isso, quando falou, meio fora de si de tanto encanto, algo mais ou menos assim: "Ó, lá atrás está toda a vida?". Mas nós aqui ainda estamos diante do muro, como um rebanho de ovelhas...

— Então vá para o outro lado.

— Vou mesmo — respondeu Vera secamente —, ainda hoje. Vocês querem? Com uma frase apenas. Mas não gritem! Vocês podem ir depois de mim.

Rapidamente, elas se aglomeraram em volta dela, ardendo de curiosidade.

— O que você vai fazer?

Vera não respondeu nada. Apenas ergueu o rosto na direção delas e fez um biquinho com a boca.

— Um beijo?!

Elas gritaram.

Então Erik entrou. Ele notou que as jovens estavam dispersas, mas não comentou nada. Talvez Vera tenha lido em seus olhos corretamente: "como um rebanho de ovelhas". Ele sentia falta de Ruth entre elas, não porque a amava, mas porque ela o estimulava continuamente, exigia a sua presença de espírito. Para ela, ele precisava sempre estar no ápice de si mesmo, para nunca errar.

Entretanto, ali, isso era inútil.

Depois de algum tempo, Vera se levantou e, com uma folha de papel na mão, andou em direção a Erik.

— Será possível? — perguntou ele, sarcástico, supondo que ela queria entregar-lhe um trabalho. — Seria a primeira vez!

Ela subiu os dois degraus que levavam à cátedra e inclinou-se tanto sobre Erik que ele olhou para cima. Ao fazer esse movimento com a cabeça, os rostos de ambos quase se tocaram.

Então um grito ressoou pela sala, em uma só voz. Elas não conseguiram segurar. Mas logo seguiu-se outro grito, com um tom bem diferente; pois tão logo o primeiro grito ressoara, Vera caíra para trás. Para o próprio Erik a causa e o efeito haviam se misturado, ele não soube se o primeiro grito antecedeu o segundo ou se foi seguido por ele; se Vera se inclinou para a frente porque sentiu que estava prestes a cair. Ele também ouvira falar do caso da queda da menina no salão da escola, e, naquele instante, as meninas se sentiram tomadas pela lembrança do ocorrido, com um pavor desatinado.

A maioria se levantou, algumas, com o súbito susto,

subiram nos bancos ou nos peitoris das janelas.

Erik logo tomou a iniciativa. Ergueu em seus braços aquele corpo desacordado, que jazia ali como se estivesse sem vida, e levou-o para fora. Quando, com o passo ligeiro, ele caminhou ao longo do corredor em direção à próxima sala vazia, ela voltou à vida. O corpo macio e flexível se mexeu, como se, trêmulo, estivesse se esforçando para se aninhar ao de Erik. A respiração dela ficou ofegante e, como se quisesse se segurar, enlaçou o pescoço dele. Então ela sentiu nitidamente como ele ficara acalorado.

Rápida como um raio, antes que ele tomasse consciência, ela comprimiu a boca nos lábios dele. Entretanto, no segundo seguinte, ela já se sentiu colocada no chão, em pé, com tanta força e tão subitamente que quase desmontou. Uma raiva desatinada o acometeu. Como um quadro, surgiu à sua frente o instante em que ele levara Ruth em seus braços, como uma criança sem vida, até a cama dela.

Ele agarrou o pulso da mulher, atônita, com uma força quase brutal e a forçou a dar os poucos passos até a alta porta de dois batentes que fechava o corredor que conduzia à escadaria. Ele a empurrou com violência.

— Fora! Sem volta! — disse ele, secamente.

Vera enrubesceu e, em seguida, ficou pálida. Desceu lentamente, degrau a degrau, segurando-se no corrimão. O que as outras da classe pensariam dela, se ela não retornasse? Que ele a ajudara a pular o muro? Sim, literalmente. Com uma única frase. E, o pior, ela estava com um considerável inchaço, justamente na testa.

Ao voltar para a classe, Erik se esforçou para controlar o mau humor, que o atormentava e o abatia. Toda vez ele se surpreendia ao ver a bela imprestável ainda sentada, com incompreensível obstinação, em seu lugar na classe, e, mesmo assim, decidida a não aprender nada. Ele até havia se alegrado um pouco, porque ela era um pouco inteligente, com bom humor e fantasia. Mas, agora, ele soube que tipo de fantasia a garota tinha.

Porém, não era culpa dele? Não cabia a ele dar a todas essas jovens, inexoravelmente, uma direção? Formatar crescimentos, completar omissões, despertar dormências? Ele se entregara à sua tarefa com toda a força de vontade, mas não com o coração. E nenhuma boa vontade tão forte poderia substituir seu mais poderoso método educativo, que era o frescor e a plenitude da disposição positiva, com um interesse sempre pronto a se aprofundar nas mínimas coisas, pesquisando, incentivando, compreendendo profundamente. E ele precisava disso, em especial, pois seus méritos e também suas fraquezas como professor consistiam no fato de não saber separar sua personalidade de suas aulas. Quando não conseguia se entregar, tudo dava errado.

*

No caminho ao portão da escola, Jonas esperava pelo pai. Eles foram juntos para casa, no campo. No vagão do trem, Jonas disse:

— Mamãe sempre fala que logo precisará viajar. Ela não pode viajar ao balneário tão cedo este ano, não é?

— Ainda não sei. Talvez seja desejável. Na Alemanha, não é tão cedo assim. Só o que pode se colocar contrariamente a isso é que eu, agora, ainda não poderei levá-la. Então você deveria fazer isso, Jonas. E ela levaria Gonne também.

— Quando eu começar a estudar Medicina — observou Jonas, depois de uma pausa —, meu alvo será o milagre da melhora de mamãe. Penso que ser médico e tratar com sucesso de um único caso como esse, fará uma pessoa feliz pelo resto de sua vida.

— Você é um bom rapaz, Jonas; aliás, não pensei que você escolheria a Medicina. Pensei que seriam as Ciências Naturais.

— É, eu também, antes. De preferência Zoologia. Mas é um futuro tão incerto. Um médico sempre encontra, em todos os lugares, um ganha-pão.

— Isso é verdade. Mas não deveria ser algo definitivo. Sempre depende da força de uma inclinação especial e da aptidão de cada um. Pelo menos no seu caso. O resto é comigo.

— Mas eu quero ser independente o mais cedo possível, papai. Quero ter autonomia.

— É tão desagradável assim saber que você depende de mim, meu rapaz? É um direito seu. Por muito tempo ainda. Não quero que seus estudos sejam abreviados ou restringidos por qualquer coisa.

Durante o resto da viagem, eles permaneceram calados. Mergulhados nos próprios pensamentos, cada um olhando por uma janela diferente. Ao chegarem em casa, no jardim, já escurecia. Uma luz se irradiava da sala de estar. O meio-dia atrasado, que já entrava no início da noite, aguardava-os.

Ao entrar, Erik colocou um punhado de ramos de lilases azuis sobre a mesa. Ele os envolvera numa embalagem de papel de seda.

— Mas Erik! — disse Clara-Bel, com ar de censura, enquanto, na verdade, enrubescia de satisfação. — Algo tão valioso e supérfluo! Em pleno mês de abril na Rússia!

— Supérfluo? — disse ele, arrumando os longos talos jeitosamente num cálice de vidro lapidado. — A primavera não é algo supérfluo. Acredito que, numa casa de campo, ela precisa estar pelo menos dentro da casa, quando ainda não está do lado de fora.

Lentamente, os olhos de Clara-Bel encheram-se de lágrimas, e ela os fechou, para que Erik não os visse. Afinal, a primavera entrara na casa, a sua primavera, a qual esperara, como uma renovação da vida, justamente para Erik. No entanto, aquela primavera permanecia sem flores e gelada.

Não, era injusto. Injusto com Erik, a quem ela era tão grata pelo seu restabelecimento. Como se pedisse desculpas, ela olhava furtivamente para ele. Mas devia estar vendo que ele mal suportava a separação, a separação de Ruth. Enquanto Bel o via feliz, ela permanecia confiante e despreocupada. Porém, naquele momento, aquilo pesava sobre ela, dia e noite.

— Você já respondeu à carta de Ruth, de ontem? — perguntou ela, depois de uma pausa.

— Sim. Mas ainda não totalmente — respondeu ele.

Ela puxou o lilás para perto e escondeu o rosto nas flores perfumadas.

— Então, aquele jovem russo ainda está lá, não é? Aquele que ela gosta tanto?

— Yuri? Sim. Nessas próximas férias ele até deveria, creio eu, morar por algum tempo com eles, lá em Schlossberg. Eles queriam fazer várias coisas juntos. Römer tem muita consideração por ele.

Uma pequena pausa instalou-se entre eles.

— Que idade ele tem, Erik?

— Mais ou menos vinte e dois anos, creio eu.

— E totalmente independente, não é? Não se trata, no caso dele, de um curso profissionalizante?[15]

— Não.

---

15 No original alemão, brotstudium (algo como "estudo ganha-pão") é um curso que o aluno não escolhe pela sua aptidão ou inclinação, mas porque, com esse tipo de formação, ele terá oportunidades mais imediatas de ganhar dinheiro (N. da T.).

Erik olhou para cima, com um sorriso fugaz ao redor dos lábios. Sentir ciúmes do jovem russo? Não, isso ele não sentia, sob nenhuma circunstância.

— Uma autêntica sensação feminina, Bel. Você já está pensando no véu e na grinalda, não é mesmo? Mas o fato de Ruth ter feito amizade com ele tão rapidamente tem outro motivo: para Ruth, ele não é um estranho. Conhece o tio dela, aqui. No passado, eles se encontraram por uns tempos. Ele conhecia os pais dela e costumava visitá-los, além de brincar com ela quando ela tinha oito e ele treze anos.

Clara-Bel reclinou a cabeça. *Não há nada*, pensou ela, *não deve ter. Senão ele deveria sentir ciúmes. Apesar da sua forte autoestima. Juventude busca juventude.*

Depois de algum tempo, ela disse, suplicante:

— Erik! Não fique zangado. Eu tenho um grande desejo.

— Um desejo tão sério assim? Então vamos lá, fale.

— Eu desejo tão ansiosamente, eu quero tanto, só uma única vez, ler o que você escreve para Ruth.

Ele não respondeu. Levantou-se e saiu da sala. Logo depois, voltou com a carta quase finalizada na mão.

— Você pode lê-la sempre, Bel, quando quiser.

Os olhos dela brilharam ao olhar para ele, tão grata e feliz, que ele não aguentou e desviou o olhar.

Para ele, foi um tormento vê-la ali, sentada, lendo a carta. Ele preferiria ter saído. Aproximou-se da janela e olhou para a escuridão. Mas a vidraça da janela parecia zombar dele, pois o que viu refletido nela foi, mais uma vez, a sala com a luminária e os delicados ramos de lilases sobre a mesa, e a mulher, lendo, sentada na cadeira reclinável.

Depois de ler, Clara-Bel deixou a carta cair de sua mão. Ela parecia tocada.

— Que estranho, Erik — disse ela —, nem pude imaginar que você escrevesse a Ruth desse modo.

— Acho que não escrevo a ela diferentemente do que falava — respondeu ele.

— Pode até ser. Mas aqui não foram acrescentadas coisas que só foram ditas verbalmente. Todo o seu ser foi acrescentado. Você tem um espírito tão jovem e alegre, Erik.

— Bem, e então?

Ele se virou. Certamente, Ruth também achava suas cartas "terrivelmente sóbrias", como ele achava as dela. E havia outro motivo: ela não conseguia expressar o que sentia por dentro, e ele não podia.

— Sim, então, não sei como devo descrever isso, Erik. Mas, nesta carta, você parece um homem velho, respeitável, com uma longa barba branca e cabelos brancos também. Mais ou menos como as crianças imaginam o bom Deus.

Aquilo o tocou. Ele teve de lembrar as palavras de Ruth: "como Deus".

Erik sentiu que uma grande quantidade de sensações contraditórias se revolviam nele. O que deixava tão sóbria essa correspondência para ele, e também para ela, e que mesmo num tom de conversa mais animado, ainda era fria e muda, deviam ser dois sentimentos opostos na leitura dessas cartas. Para ele, tratava-se de uma redução do que era mais pleno e humano na personalidade dela, do seu ser mais íntimo, que, em palavras, aparecia apenas superficialmente. Para ela, talvez fosse um adendo à personalidade humana dele, uma transfiguração dela. Afinal, ele teve de silenciar, inclusive verbalmente, a respeito do que se passava em seu ser mais íntimo, e justamente isso ela talvez idealizasse a partir de suas palavras escritas: "mais ou menos como as crianças imaginam o bom Deus".

Por isso, Erik também nunca teve a ideia de que ela pudesse ter tanto a objetar em suas cartas, quanto ele nas dela, pois ele sentira: nas cartas, ela pegara sua mão e trilhara, com toda a confiança, o seu caminho. Obediente, feliz. Mas ela não sofria? Não, certamente que não, isso não acontecia com Ruth. Lá onde ela vivia, haviam-na cercado de uma vida que, continuamente, ela devia estimular, enriquecer e desenvolver, para deixá-la feliz e plena. E com sua ilimitada receptividade, estava no meio dessa vida, como se estivesse com os braços bem abertos.

Não, ela não sofria.

Clara-Bel também ficara muda. Novamente, cada um deles se concentrou nos próprios pensamentos, e mais uma vez foi um jantar silencioso. Do mesmo modo como os três estavam sentados, bem juntos, ligados por uma predisposição afetiva, eles também permaneceram tão distantes entre si que nenhum deles participava do mundo silencioso do outro.

Quando Erik, depois do jantar, não saiu mais do seu quarto, Jonas sentou-se ao lado da mãe, sem as suas tarefas escolares.

— Quando papai não está, preciso substituí-lo — assegurou-lhe ele. — Não posso ser, logo logo, quase o mesmo que ele para você? Afinal, já sou bem mais alto que você, minha pequena mamãe.

Ela o encarou com um olhar profundo, silencioso, que ele não entendeu. Então lhe estendeu a mão por cima da mesa.

— Meu querido menino. Sim, logo você poderá ser muita coisa para mim. Mas será que mais tarde você também não esquecerá, mais do que tudo, de estudar? Você deverá me dar muitas, muitas alegrias, Jonas.

— Eu lhe darei imensas alegrias, mamãe — explicou ele, afetuosamente. — Isso eu farei, com toda certeza. Eu serei alguém excepcional. Preciso fazer isso.

— Você está feliz com a nova vida independente, lá fora?

— Lá fora, sim. Mas essa história de vida independente

eu nem acho tão boa assim. Eu acho muito melhor uma vida como a que papai teve.

— Como, meu filho?

— Bem, assim tão ligado, mamãe. Junto com você. Consigo imaginar isso de uma maneira tão encantadora. Quase como se fosse... um quartinho de estudante, que deve ser bem pequeno no começo, com livros nas paredes, e um fogão para cozinhar. No canto, um esqueleto bonito, e na janela, muitas flores. A mulher está sentada com os materiais de costura. E entre os livros, estarei eu — quer dizer, papai estará sentado.

— Bem assim, não foi não. Não tão apertado. Papai não era tão aficionado por flores, fogões e material de costura. E quando ele se juntava aos livros, tinha de permanecer em seu quarto, sozinho. Então só você ficava comigo. Num pequeno berço.

— Um pequeno berço?

Jonas ficou muito enrubescido. Nessa peça da decoração do recinto, ele nem pensara. Ele disse, um tanto constrangido:

— Tudo bem. Mas se você também apenas ficava sentada ao lado, já era o que o deixava mais esforçado. E é justamente isso que eu penso tanto ao estudar; quando fazemos algo para alguém que amamos acima de tudo na vida.

— É melhor você não dizer isso ao seu pai. Talvez o desagrade. Ele nunca imaginou a vida dele assim, pois ele tinha muitos planos e queria continuar os estudos. Erik era muito diferente de você, Jonas. Mas era infinitamente bom e inteligente. E quando ele teve de começar a ganhar o pão de cada dia, e isso me entristecia, ele ria de mim afetuosamente e dizia: "Deixe para lá, Bel, eu tenho um remédio, um remédio milagroso para permanecer animado, por mais pragas que possam existir, animado para meus objetivos. Esse remédio é você, Bel". Sim, era o que ele dizia.

Jonas ficou calado. Ele não queria rebaixar o pai diante da mãe, mas, nesse ponto, ele se sentia bem superior. *Podemos amar mil vezes mais!*, pensou ele, em silêncio.

Como se fossem sonhos, os pensamentos de Clara-Bel voltaram, dolorosamente, mas também felizes, aos tempos de seu casamento estudantil. Ela viu tudo à sua frente, como se o tivesse deixado só naquele momento, e perpassou cada cantinho que abrigara sua felicidade. Viu também o recinto em que ele costumava debruçar-se sobre seus trabalhos, e ela cuidava do resto, sem fazer barulho; tudo tinha de ser feito em silêncio. Mas justamente essa imagem lhe aparecia borrada, pouco nítida, como diante de olhos cheios de lágrimas. No lugar de Erik, havia outra pessoa sentada, era Jonas, e de novo, com um sombrio pavor do futuro, ela se via sozinha — sozinha com o filho.

Clara-Bel ficou acordada a noite inteira, e quando, pela manhã, quis cochilar, despertou assustada com o pensamento de que deveria refletir sobre algo, árdua e dolorosamente.

*

No dia seguinte, as aulas foram suspensas; celebrava-se algum dos inúmeros santos da Igreja grega. De manhã, Erik se sentou com alguns livros e papéis na sala de visitas, onde fora improvisada, perto do fogo da lareira, uma escrivaninha só para ele. Do lado de fora, uma neve muito fina caía de algumas nuvens escuras, e atrás de suas bordas negro-azuladas, o sol de abril, brincalhão, já espiava, sorrindo. O claro e o escuro penetravam juntos na sala.

Com uma expressão tristonha, Clara-Bel fitava o marido trabalhador. Naquela manhã, ela queria lhe fazer uma pergunta. Não aguentava mais. Como ela poderia imaginar que suas cartas iriam denunciá-lo? Ruth não fora tão inconsciente assim. Erik não poderia falar com ela tão abertamente.

Daí aquele tom tão explicitamente retraído. Diante dela, Erik se escondia, penosamente constrangido.

— Afinal, onde Jonas se enfiou? — perguntou Erik, inclinado sobre seus trabalhos.

— Jonas foi novamente à cidade. Ele queria muito visitar um amigo.

— Não me diga que ele foi para trabalhar de novo.... com o amigo?

— Talvez. Deixe-o, Erik. Ele não se tornou um rapaz excepcional?

— Sim, excepcional demais. Ele conseguiu produzir muita coisa, isso devemos reconhecer. No que se refere às suas capacidades, assim como à sua perseverança, ele superou todas as minhas expectativas no último semestre.

— Não foi só isso. Com tudo isso, ele ficou tão ajuizado. Não há nenhuma bobagem enfiada na cabeça dele. Nenhuma infantilidade.

— Sim. Mas é justamente o que me desagrada. Ele é jovem demais para isso. Espero que não se torne limitado demais. Com dezessete anos não se deve ser um filisteu.[16]

— Ora, Erik, já seria bom se ele se tornasse uma boa pessoa.

— Isso ele ainda poderá ser. Mas, primeiro, ele deve pôr para fora todo o seu temperamento! Heidelberg lhe fará bem, penso eu, e a influência de Römer também. Devemos cuidar para que ele possa se movimentar livremente. Tempo e dinheiro não deverão faltar para ele.

Como ele é bom!, pensou Clara-Bel. *Sim, nessas coisas ele sempre tem sido infinitamente bom. Ele até se sacrificaria pelo menino, para que nosso filho possa desfrutar a vida.*

---

16 Para os românticos, o "filisteu" significava o símbolo do homem burguês, normal por excelência, do qual eles queriam se distinguir (N. da T.).

Muitos minutos se passaram no silêncio. Os pensamentos de Erik o precederam, ao encontro do outono, quando Jonas partiria para Heidelberg. No mais tardar, Erik deveria rever Ruth, falar com ela. Talvez até antes, quando Clara-Bel viajasse ao balneário, para que ele pudesse ir buscá-la na Alemanha no início das férias de verão.

— Erik! — disse uma voz ao seu lado.

Ele olhou para cima, distraidamente. A esposa estava junto à escrivaninha, sem as muletas. Ela se levantara sem ajuda e atravessara toda a sala até chegar perto de Erik — sozinha.

Clara-Bel havia treinado aquilo secretamente, ao longo de vários dias.

Erik não conseguiu desligar-se logo de seus pensamentos. Ele apenas a olhou com um ar interrogativo, sem notar o que deveria surpreendê-lo.

Ele nem notou.

Nos lábios de Clara-Bel, o sorriso se desfez.

— Eu só queria mostrar a você o que consigo fazer — disse ela, com um violento esforço para dizê-lo o mais despreocupadamente possível.

Mas não conseguiu. Ela empalideceu. De repente, balançou e escorregou, caindo no braço de Erik, que se levantara de um salto, assustado.

Ele a conduziu lentamente à cadeira reclinável, preocupado, inclinado sobre ela. Então, naquele instante, ele já estava com ela por inteiro.

— Você está melhor? — perguntou ele afetuosamente, e puxou um dos banquinhos baixos que ficavam diante da lareira. — A independência não lhe faz muito bem, minha pobre Bel.

Ela o encarou com um longo olhar, silencioso.

— Preciso aprender a ser independente, Erik! — respondeu ela, de forma ambígua.

Cansada, Clara-Bel reclinou a cabeça e fechou os olhos. E assim, com os olhos fechados, enquanto ele segurava sua mão e a afagava, devagar, ela disse:

— Bem, Erik, foi realmente muito infantil. Mas, veja, eu já vinha me alegrando com isso há tanto tempo. Com a sua alegria, quando eu fosse ao seu encontro, sem nenhum apoio, com meus próprios pés. Mas isso foi tão infantil. Agora, toda a minha coragem de lhe fazer uma pergunta já se esvaiu.

— O que você queria me perguntar, Bel?

Ele falou isso com a voz tensa, abafada, como sempre fazia quando queria reprimir uma emoção.

— Erik, eu pensei que, caso você se alegrasse e me envolvesse em seus braços, não como agora, porque agora eu caí, mas porque consegui ficar em pé, ereta, ao seu lado, então eu queria lhe perguntar, bem baixinho, eu queria lhe perguntar, ó Erik! Não consigo mais!

Ele pegou as duas mãos dela, envolveu-as nas suas, e fitou penetrantemente, com a mais tensa das atenções, o rosto empalidecido de olhos fechados. Seu coração batia forte no peito.

— Quero responder, Bel! — disse ele, com firmeza, sem desviar o olhar. — Se isso a atormentou tanto, então terá de ser. Você terá coragem de ouvir? Você quer ouvir?

Clara-Bel abriu os olhos, indefesa, ofuscada pelas lágrimas; indefesa como um animal selvagem colocado diante do tiro de uma arma.

— Erik! — conseguiu dizer, sussurrando, e o pavor diante da resposta fazia seus olhos crescerem. — Erik, você a ama?

Ele baixou a cabeça profundamente sobre as mãos dela.

— Sim, Bel — disse em voz alta.

No mesmo instante, todo o recinto foi inundado por uma faixa de luz solar tão extensa, que as pálpebras de Clara-Bel involuntariamente se fecharam diante dela, tomada por um temor supersticioso, como se o próprio céu quisesse dar testemunho do amor de Erik.

Em vários tons de azul, ele parecia dar risada, e, como uma cintilante rede dourada de pérolas de orvalho, os floquinhos de neve, rapidamente derretidos, reluziam sobre o jardim. Os claros raios de sol na janela brincavam tão cálidos sobre o ramalhete de lilases que este parecia ter sido cortado do arbusto do lado de fora.

— Escuro — pediu Clara-Bel, baixinho —; quero ir para a minha cama, deixe tudo escuro.

Erik a ergueu da cadeira e a deitou na cama em seu pequeno aposento, onde ele soltou os prendedores das cortinas das janelas e as fechou.

Ela procurou a mão dele.

— As cartas, Erik, como você as escreveu, era tudo fingimento? Ou você escreveu também de outro jeito?

— Eu também escrevi de outro jeito, Bel. Bem diferente. Toda vez que eu enviava uma carta dessas. Mas só para mim. Ela nunca as leu.

— Você não as enviou? Você ainda possui essas cartas, Erik?

— Não, sempre que as escrevia, eu as destruía logo depois.

— Então para que você fez isso, Erik?

— Isso me ajudou.

Ele quase acrescentou: "É que eu a amo, Bel! Eu a amo. Precisava falar com ela".

Depois de algum tempo, Clara-Bel soltou sua mão e sussurrou:

— E eu não tinha noção, nenhuma noção de que você a queria. Só agora eu sei.

Ele se aprumou, tocado. Será que ela o entendeu mal? Será que ela pensou que ele afastou Ruth por causa dela?

Para conseguir dominar o próprio amor? Será que ele teria de lhe infligir a última mágoa, a mais mortal de todas? *Em tudo isso, eu nem pensei em você.*

Sim, em algum momento isso também teria de ser feito. Mas tinha de ser *naquele* momento? Tudo naquele momento? Ela já não sofrera o suficiente, já não sofrera excessivamente?

Ele não o faria.

Como Clara-Bel não falou mais nada, Erik saiu de perto da cama e foi até a porta da sala, que estava aberta.

Era terrível abater um ser indefeso de um só golpe. A compaixão o acometeu como uma força fria, desconhecida, com um sentimento que ele não conhecia, dolorido, miserável, que o agarrava.

O fogo da lareira crepitava e se elevava com breves lufadas de ar, e o céu, há muito já escurecera. Novamente, um respingo muito fino de neve começou a brincar na janela, a mesma brincadeira de antes, do mês de abril.

Sem pensar em nada, Erik atirou um punhado de pinhas na brasa vermelha, e um leve aroma de floresta e de Natal, que ele amava como nenhum outro, espalhou-se pela sala. Involuntariamente, tudo isso remetia ao jardim vazio e frio do inverno gelado, e a uma árvore de Natal toda ornamentada no canto da sala.

Natal... Nesse inverno, eles também haviam enfeitado a árvore e se reunido à sua volta, mas, pela primeira vez, sentiram-se como três pobres adultos que saem de mãos vazias da festa das crianças. Erik, que sabia dar presentes como só um servo Ruprecht[17] e se alegrar como só uma

---

17 Servo Ruprecht (Knecht Ruprecht) é o ajudante de São Nicolau, que, conforme o costume de países nórdicos e centro-europeus de língua alemã, visita as casas junto com o santo para levar presentes às crianças, na véspera

criança, naquele dia, estava retraído e comedido nas palavras. Ele mesmo achou estranho que sua compaixão se ligasse a tantas lembranças antigas, pequenas e mesquinhas.

Lentamente, começou a andar de um lado a outro no recinto.

Não porque Clara-Bel agora estivesse deitada ali, sofrendo, mas porque ela esperara tanto tempo, tanto tempo à toa pela alegria dele, espreitando os traços de seu rosto ao longo de todos aqueles meses para ver se ela surgia. Isso é que o abalava tanto. Ela estava curada. Como uma árvore de Natal brilhante, deveria estar no meio deles naquela hora, cintilante de luz, adornada com mil pequenas alegrias novas. Mas eles não haviam se reunido ao redor dela como crianças felizes...

Clara-Bel continuava deitada, em silêncio. Erik não queria entrar no aposento dela, mas também não queria ir embora. Continuava andando para cima e para baixo, como um condenado.

Finalmente, Jonas chegou. Saltitando sobre os degraus da escadaria que levava ao terraço, ele já acenava com duas cartas diante da janela. Ao entrar na sala de estar, ele as jogou sobre a mesa.

— Onde está mamãe? Não havia mais do que isso na caixa do correio da casa da cidade. As duas são para você.

— Mamãe não está se sentindo muito bem... Continua deitada na cama.

Enquanto Jonas, nas pontas dos pés, aproximava-se silenciosamente da cama, Erik pegava as cartas. Uma era da

---

do dia 6 de dezembro. Em contrapartida, ele também é descrito como uma figura ameaçadora, que pune ou até sequestra as crianças desobedientes, funcionando como um contraponto à imagem benevolente de São Nicolau. (N. da T.).

senhora Römer, a outra, de Warwara. Sem saber o motivo, ele leu primeiro o curto bilhete de Warwara. Nele, ela pedia que almoçassem juntos no dia seguinte, pois queria ter notícias do estado atual de Bel, e também desejava fazer um comunicado a ele. Em cerca de uma semana, ela viajaria ao exterior.

Erik sentou-se junto à janela e abriu a carta da senhora Römer. Era mais longa do que as outras: oito páginas.

Querido amigo

Hoje eu lhe escrevo numa ocasião especial, que se refere à nossa Ruth. Mas não se assuste, porque, em primeiro lugar, não há nada para se assustar; depois, também ainda não é nenhuma realidade, por enquanto é apenas uma possibilidade.

O senhor já pode imaginar que se trata de Yuri. Eu já sabia do entusiasmo dele por Ruth, mas não lhe dera nenhuma atenção especial. Coisas assim, afinal, não são nenhum drama para um jovem. Mas, agora, creio que ele ama Ruth seriamente e tem a intenção de pedir a sua mão. Isso tem pouco interesse para o senhor, pois não se sabe se Ruth o corresponde. Não tenho nenhuma prova contundente disso. Porém, o mais estranho de tudo é que nunca se pode saber ao certo o que acontece com Ruth, e como ela pensa no fundo do coração. Eu nunca vi uma pessoa mais aberta e nunca vi uma mais fechada do que ela. Aberta: consciente; fechada: inconsciente. É como se, atrás de todo o resto que fica visível, ela vivesse uma vida secreta só dela, na qual nem ela sabe direito de onde, ou se dela mesmo, originam-se todos os seus sentimentos e pensamentos tão decisivos. Assim ela poderia muito bem alguma vez agir, para a própria surpresa, com todo seu alto, vivaz e jovial desembaraço, e só apenas com isso conseguir fazer com que seu verdadeiro "eu" se expresse.

Mas, agora, sobre Yuri. Só posso comunicar coisas boas a seu respeito; sim, coisas positivas. Colocando isso em palavras: se eu tivesse uma filha, por mim, estaria tudo bem. Ele é bom, simpático, muito talentoso, sério na direção do seu caráter e de seus interesses. Completamente honesto. Além disso, é muito saudável e é um jovem muito bonito também. São muitas coisas de uma só vez. Sobre a família e os relacionamentos, o senhor já conhece a melhor parte. Sua juventude não é um defeito, pois Ruth a compartilha com ele, e o tempo vai curá-la exemplarmente.

Mesmo assim, por favor, não acredite que meus desejos antecedem os de Ruth, que eles caminhem a passos tão rápidos. Eu só quero prepará-lo a tempo, para que o senhor reflita como pretende posicionar-se em relação a essa questão. Pois contra a sua vontade, ou melhor, sem a sua plena anuência, Ruth jamais faria alguma coisa...

Erik não continuou. Pulou as páginas seguintes, pois não tratavam mais desse assunto.

O silêncio de Ruth seria intencional, consciente? Esse afastamento seria uma silenciosa mudança? Erik não acreditou nas próprias dúvidas emergentes. Mas elas vieram novamente. Claro e escuro, luz e sombra perpassavam seus pensamentos, como no clima do lado de fora.

Humor de abril, em mim? Por causa de um rapazinho?, murmurou ele, com raiva de si mesmo. *Medo por causa do mau humor do mês de abril, medo de ter sido feito de bobo!* Ele estava furioso, injustamente com ela e consigo mesmo.

Ao sair do quarto da mãe, Jonas viu o pai passar pelo terraço em direção ao jardim coberto de neve. Clara-Bel quis descansar, quis ficar sozinha. Então Jonas foi para o seu quarto.

Quando Erik voltou para casa, depois de algumas horas, Gonne comentou com ele que a mulher havia se retirado para repousar, pois estava doente. Erik foi, então, ao seu encontro.

Ela estava sentada na cama, ereta, e na mesinha ao lado, havia alguns livros. Vestindo um casaquinho de dormir, sua pequena touca sobre os cabelos loiros, lisos, penteados para trás, como ela sempre fazia para dormir, ela o encarou, confusa e temerosa. Como se estivesse com medo dele, como se sentisse vergonha dele.

Ele não suportou aquilo. Inclinou-se sobre ela, o rosto sobre as mãos da esposa, e beijou-as várias vezes.

— Bel, Bel, perdoe-me.

Ela se esforçou para sorrir; o que resultou daquele esforço foi um pequeno sorriso estranho, fraco. E ela ficou muito ruborizada.

— Ora, Erik, não faça isso. Eu me sinto tão... é tudo tão estranho para mim. Estou me sentindo péssima. Não fale assim comigo.

Ele se sentou ao seu lado, na cadeira junto à cama.

— Você estava lendo, Bel? — perguntou ele, ainda atormentado.

— Sim, Erik. Não precisa ficar aborrecido comigo. São livros tão antigos, aqueles bem velhos, sabe? Mas recentemente encontrei algo que me deixou muito feliz. Foi isso que procurei hoje. É tão belo de se ler, Erik!

Ela falou rapidamente, constrangida, como uma menina tímida.

Ele olhou para baixo, para os livros sobre a mesa. Na capa de um deles, havia uma cruz dourada. Na de outro, estava escrito: "P.A. de Génestet[18], Poemas leigos" — este último composto de autênticas canções holandesas, em que há uma estranha mistura de resistência e crença, consolo e dúvida.

— Eu os havia esquecido totalmente, todos os dois. Nem sei como. É muito bom que algo assim se preserve, mesmo que o esqueçamos. Eles estavam tão gastos e empoeirados quando os encontrei recentemente. Você pode me entregar o "Poemas leigos", por favor, Erik? Dentro dele há um marcador de páginas.

Ele abriu o livro e o entregou a ela. Com isso, o marcador caiu no chão.

— Ouça, Erik, só alguns versos, você quer? Acho que concordará que são muito belos. O poema se chama "*Peinzensmoede*".[19] Na verdade, ele deveria chamar-se "Eu creio, Senhor, ajude-me com a minha descrença".

Então ela leu, com sua voz suave.

> *Onde estão os sacerdotes*
> *Que lhe explicaram tudo?*
> *Em enigmas viaja*
> *O ser humano na Terra.*
> *Mistério — a vida,*
> *Mistério — a morte,*
> *A criação — ela não prega*
> *Nenhum deus amoroso.*
> *Só o que o cerca é a natureza,*
> *Que não o ouve,*

---

18 Petrus Augustus de Génestet (1829-1861) foi um poeta e teólogo holandês, conhecido por seu poema De Sint-Nicolaasavond ("A Véspera de São Nicolau"). Sua obra reflete temas de resistência, crença e dúvida, com uma forte sensibilidade religiosa.(N. da T.)

19 Peinzensmoede é um termo holandês que significa "cansado de remoer", "mentalmente esgotado" (N. da T.).

Tanto faz se é benéfica
Ou destrutiva.

Mesmo assim as dúvidas aninham-se
Em mim também, no peito,
Em vós, meu Pai,
Eu creio, inconsciente.
Não porque vossa criação
Revela vosso amor,
Não! Não! Só, apesar de tudo
Brotar da dúvida!
Apesar de qualquer enigma,
Apesar de qualquer aflição,
Apesar do medo e da destruição,
Apesar das dores e da morte!

Eu sofri, pelo destino
Atingido, até a morte,
Minha esperança é tristeza,
Minha tristeza é esperar.
Eu quero — quero acreditar
Que senti a sua mão
Na vida.
Só não a reconheci.
Quero acreditar no que a Igreja
E os sacerdotes me ensinaram:
Que ninguém o procurou em vão
Na Terra.

    Clara-Bel estava sentada, a cabeça, com o capuzinho branco de dormir, abaixada devotamente, as mãos sobrepostas sobre a coberta da cama. O rubor do acanhamento, a expressão constrangida, desapareceram lentamente de seu rosto. Afetuosa e confiante, ela parecia uma criança que repete uma oração pronunciada pela mãe.

E ela também expôs diante dele sua alma, desnudada, em toda a sua fragilidade e hesitante esperança, sem nenhum falso orgulho. Não sabia fazê-lo de outro modo.

Erik ainda estava segurando o marcador de páginas, e o observava, distraído. Era bastante incompatível com o momento o que havia se enfiado no livro, por engano: um cupido com um grande ramalhete de rosas.

Porém, enquanto ele o fitava, mudo, falava em pensamento com Clara-Bel, interrompia sua leitura, e tirava o livro de suas mãos. Ele estava totalmente envolvido por essa conversa muda a dois. *Certamente, esse título não faz parte de sua crença e de suas dúvidas, Bel; pois 'peinzensmoede' significa 'cansada de meditar, de remoer'. Quando já experimentou algo assim? A fé, em tua vida, foi como uma veste casualmente colocada sobre ti pelo acaso da educação, – e casualmente deixada de lado pelo acaso de teu casamento.*

Em pensamentos, ele ouviu Clara-Bel: *Então em que devo pensar, Erik? Em você? Não em você? De onde devo obter um apoio? Você foi meu apoio! Ó, mas ele não me apoia. Ele se dobra sob a minha mão, afasta-se, e me deixa cair. Devo causar um dano a mim mesma? Assassiná-lo? Envenená-lo? Não sou nenhuma dessas pessoas nas quais as paixões colidem destrutivamente. Será que, com isso, não me torno apenas mais frágil? Minha mais profunda angústia chama-se fragilidade, tatear sempre em busca de um apoio, meu último pensamento claro. Por que você me renega isso?.*

E então ele respondeu, ainda em seus pensamentos: *Porque eu odeio esse apoio, esse apoio que deveria me substituir. Não é porque eu me envergonhe disso; é porque ele precisa me substituir. É porque não sinto mais pena de você, apenas raiva, ódio e vergonha de mim mesmo.*

Clara-Bel ergueu o olhar do livro, um olhar que se tornou incerto com o silêncio de Erik.

— Ele não é belo, Erik? — perguntou ela, quase suplicante. — A mim, ele me faz feliz.

— Então ele é belo, Bel! — disse Erik, suavemente.

Mas seu humor não estava nem um pouco suave. A noite inteira ele se debatera com uma dor que lhe era desconhecida. Já de manhã, quando ainda não havia esclarecido sua esposa a respeito do mal-entendido, mas permitiu ser considerado mais nobre do que era de fato, e, naquele momento, novamente, em que seus lábios falaram outras coisas, diferentes de seus pensamentos envergonhados, raivosos, ele agira contra sua natureza mais íntima, comportara-se passivamente, deixara as coisas passarem. Não por causa de uma fraqueza da compaixão, mas por uma justa convicção: se lhe fosse simpático ou repulsivo, não deveria ser levado em consideração, diante do que Clara-Bel precisou sofrer por causa dele.

Inevitavelmente, ele havia se colocado numa situação em que precisava agir contra sua natureza mais íntima.

*

NO DIA SEGUINTE, Erik precisou de uma enorme força de vontade para arrancar seus pensamentos de tudo o que o atormentava e concentrar-se em seu trabalho. Ora ele via Bel como uma irmã religiosa diante de si, ora Ruth como noiva; escárnio e amargura o dominavam. Nos dois casos, ele era o rei destronado. *Um novo deus para uma, um novo homem para outra; é quase a mesma coisa!*, pensou ele, e assustou-se com a feiura de seus pensamentos.

Durante uma pausa entre as aulas, enquanto revisava os trabalhos na casa da cidade, ele tirou a carta da senhora Römer de seu livro de bolso. Ainda não a tinha lido completamente, apenas lhe dera uma olhada rápida. Agora, sentia que seria bom ouvi-la, que talvez as palavras daquela mulher lhe trouxessem um pouco de paz, um refúgio diante de toda a feiura que pode ser revelada e surgir do íntimo de uma pessoa.

Então ele continuou lendo:

> Não é necessário que Ruth já se comprometa, tão jovem. Talvez ela se case bem mais tarde, talvez nunca. Então, veja, isso não seria desejável. Não sei o que o senhor pensa sobre isso. Como uma mulher feliz, eu falo claramente a favor do casamento. Mas eu posso falar assim, pois sem meu marido provavelmente eu teria permanecido uma coisa inútil, com algum interesse por pequenas bobagens e um grande vazio no coração. Acredito que o senhor atribua um valor especial ao desenvolvimento intelectual de Ruth. Eu também. Com isso, uma vida amorosa feliz, mesmo que precoce, não precisa ser considerada antagônica, mas como a única base sadia e natural, inclusive para o fomento intelectual da mulher. Não apenas para que ela seja a ajudante do homem. Muitas vezes nem se alcança isso. Mas, se alcançar, melhor. Quanto ao meu marido, acredito que ele teria me apoiado na escolha de qualquer profissão, à qual fosse preciso existir uma grande capacidade correspondente. Naturalmente, não apenas por causa de uma grande generosidade. O amor não é generoso. Mas para ter à nossa volta todo o aroma refrescante, toda a plenitude e alegria, que só são irradiadas por aquela pessoa que floresce plenamente. E quando duas flores querem ficar juntas, isso significa "casamento"...

Erik se levantou de um salto e atirou a carta sobre a mesa. Encontrara nela algo bem diferente do que procurava, algo inesperado: uma censura inconsciente. Seu casamento com Bel não eram duas flores independentes, lado a lado, era uma única flor, que sugara uma gota de orvalho que, de forma descuidada, caíra em seu cálice.

Assim é como a senhora Römer expressaria.

Os Römer estavam juntos, desde o início, de um modo diferente. Admiravam-se mutuamente, na verdade, era algo tocante. Não era um sorriso que aquilo merecia, mas, de fato, devia-se prestar bastante atenção nessas duas pessoas.

Bel não podia ser comparada com a senhora Römer. Quando Erik a encontrou, um ano mais velha do que ele, de uma beleza fascinante, com seu breve desenvolvimento já completo, uma pessoa de certo modo muito mais madura — o que ele poderia ter feito além de sugar, sedento, ansioso, o que, por uma autodecadência, oferecia-se a ele?

Mas quando se toma posse tão absolutamente de uma pessoa mais fraca, sente-se a terrível obrigação de não a soltar nunca mais de si mesmo. Ao longo da vida, nós nos colocamos dentro de um conflito entre a vergonha e a compaixão, na tentativa silenciosa, de todas as vezes, evadir-se dessa obrigação.

Provavelmente, essa seria a opinião da senhora Römer. Mas será que seria a opinião de Ruth também? Ruth não ficava remoendo sobre essas questões. Mas aquilo que deveria exercer um efeito nela, todos os dias, todas as horas, influenciá-la mais poderosamente do que todas as palavras, todas as reflexões, era o casamento da senhora Römer. Um casamento sagrado, feliz.

*

Tão logo sua aula o deixou livre, Erik foi procurar Warwara. Ele achou melhor não voltar para casa ainda.

Quando Erik se anunciou, uma inglesa alta e magra, dama de companhia de Warwara, saiu do recinto.

— A senhora está com um ar visivelmente sério — comentou ele ao saudar Warwara. — Nesse meio-tempo, não ocorreu nada desagradável, não é?

Ela deu uma gargalhada.

— Algo aconteceu, sim. Mas não podemos incluí-lo nas coisas desagradáveis.

— Noiva? É essa a comunicação? Noiva de quem?

Ela se sentou no seu canto preferido para conversas.

— Logo lhe direi com quem. Alguém totalmente estranho para o senhor. No exterior. O senhor poderá ler o nome dele num belo cartão de noivado, bem impresso.

— E posso lhe acrescentar o desejo de muita felicidade, Warwara?

— O que o senhor quer dizer com isso?

— Naturalmente, quero saber se a senhora sente um mínimo que seja pelo homem que quer desposar.

— O senhor duvida disso.

Ele se calou.

— Quero lhe dizer, foi por isso que o chamei aqui. Eu gosto dele, gosto muito. Mas não sinto calor nem frio quando penso nele.

— E isso lhe parece suficiente? Isso não basta, Warwara.

— Então quero lhe confessar mais uma coisa. O que procuro num casamento, a felicidade que procuro, não está no marido.

— Mas o que é?

Ela se levantou e foi até a mesa de flores, em cujas plantas começou a mexer.

— A criança.

Erik se calou, surpreso.

Depois de uma curta pausa, ela disse:

— É uma confissão muito íntima. Mas confio muito no senhor, mais do que o senhor imagina. Muitas vezes já lhe pedi conselhos silenciosamente, assim, comigo mesma. Já o tive como um confessor e consultor. Deveríamos ter compartilhado coisas sérias mais frequentemente do que o fizemos.

— Isso teria me deixado muito contente, Warwara. Só isso que a senhora está me dizendo agora, já me deixa muito contente. Eu precisava justamente disso.

— Isso é muito bom. Assim, também, quero confessar tranquilamente que sou apenas uma pobre criança do mundo, farta de todo tipo de inutilidades e lixo, e que eu gostaria de ser muito mais. Também agradecer-lhe pelas tranquilas conversas que tive enquanto isso com o senhor. Agora, quero fazer um pedido ao único educador e mestre que ainda consegue me tornar uma pessoa melhor, que consegue extrair o melhor que há em mim.

— Tudo isso a senhora espera de uma criança?

— Da maternidade, sim. Do amor de mãe. Da felicidade de mãe. Do dever de mãe. E, depois — ela virou-se para ele, animadamente —, em algum momento, se eu de fato tiver de ser tão feliz, então colocarei meu filho em suas mãos, para que o senhor o eduque e o ajude a ser uma pessoa idônea, ó professor de seres humanos.

— A senhora teria mesmo toda essa confiança em mim? Tão firme? Uma confiança tão firme em mim? Eu agradeço, Warwara.

— Sim, eu confio no senhor e em sua força, infinitamente. Com uma condição: que o senhor ame muito a sua tarefa.

— Em outras palavras: nenhum apego à obrigação.

— Isso eu não sei. Eu só creio que, apesar de tudo, o senhor é uma pessoa tranquila. E isso quer dizer, apenas, saber amar muito, pessoas ou ideias; e quando amamos muito, devemos saber nos entregar sem reservas. Ao contrário de todo o resto que o senhor até então costuma afirmar, com toda essa autoconfiança, toda a certeza e infalibilidade afora desses sentimentos condutores e determinantes, não, nisso eu também não creio, no caso do senhor.

— A senhora tornou-se uma grande filósofa — comentou ele, à meia-voz.

— Como? O senhor reconhece? — perguntou ela, surpresa. — Que estranho espírito bom, tão condescendente, baixou no senhor? Mas é verdade, porque, inclusive, o senhor não deveria sentir, alguma vez, o quanto somos todos dependentes da felicidade, nós todos, pobres crianças do mundo? Daquele pedacinho fértil de terra, onde também para nós ainda pode crescer uma felicidade inteira, um amor inteiro e – só por isso! – também um dever e uma santidade inteiros.

— E se não pudermos cultivar exatamente esse pedacinho de terra?

— Então nós secamos. Ou nos dissipamos. Pelo menos eu. E a senhora também.

Um criado apareceu na porta e anunciou que o almoço seria servido.

Warwara se levantou.

— Dê-me o seu braço. Tão séria? Eu não a magoei, não é?

— Não. O senhor tem toda a razão. Tinha razão quando me disse uma vez, há muito, muito tempo: "temos uma tentação em comum. Reconhecê-lo, quer dizer tornar-se duro, contra tudo o que nos impede de vivenciar as coisas de forma frutífera".

*

No campo, Clara-Bel e Jonas sentaram-se lado a lado à mesa. Jonas achou que frente a frente seria muito solene. Ele sentia prazer em servir a mãe e colocar à sua frente tudo de melhor. Esforçava-se em entretê-la.

Clara-Bel não ficou muito atenta a ele, seu olhar dirigiu-se a uma carta que Jonas havia trazido. Ela só havia chegado depois que Erik passara pela casa da cidade. Era de Ruth. Bem fora de hora. Clara-Bel não conseguiu reprimir uma leve e insensata esperança, que se intrometia na inofensiva tagarelice de Jonas.

Quando Erik entrou em casa, depois do chá da tarde, logo notou a carta que já estava à sua espera. Seu olhar passou de leve, apenas de forma fugaz, sobre Jonas, mas este levantou-se imediatamente, para sair. O pai sabia muito bem como era difícil para ele, mas Erik não deveria, novamente, como naquela noite antes da viagem de Ruth, acusá-lo de não se controlar. Jonas passou a obedecer-lhe cegamente, a um simples aceno; este também servia para mandá-lo sair do quarto e também o conduzia pelo caminho até Ruth.

Com uma indizível tensão, os olhos de Clara-Bel estavam fixos em Erik, enquanto ele abria a carta. Um único segundo e ele leu a página, outro segundo, rápido como um raio, e ele amassou o papel.

Seu rosto ficou acinzentado.

— Erik! O que houve? Algo grave para você, muito grave?

Ela se assustou com a mudança de expressão em seus traços.

Ele alisou o papel novamente, mas permaneceu com a mão fechada. Em seu pensamento, misturavam-se apenas três palavras: "eu o amo", e, no final, algo como "eu o beijei"; mais do que isso, ele não conseguiu ler.

Cerrou os dentes.

Diante dos olhos da esposa, ele leu tudo aquilo, em pé, aprumado, ao lado da luminária.

Em Schlossberg, terça-feira.

Devo escrever-lhe sobre Yuri, disse-me a senhora

Römer. Se eu o amo. Eu o amo, sim. E devo contar-lhe tudo como foi. Foi assim. Em toda Schlossberg trovejava e chovia muito. Não podia descer até a cidade, porque estava de cama, com tosse. No entanto, fui, mesmo assim, buscar um livro para meu trabalho. Lá embaixo, encontrei Yuri, que me trouxe para casa. Nós caminhamos debaixo do mesmo guarda-chuva, o que nos forçou a ficarmos bem juntos um do outro. Mas o chão estava muito escorregadio, e Yuri precisou prestar atenção o tempo todo para que eu não escorregasse com as minhas galochas. Então me disse: "Eu te amo. Eu te amo muito. Por favor, seja minha esposa". Mas ele disse aquilo em russo, e eu comecei a dar risada, pois sempre conversamos em alemão. Ele ainda disse: "Agora eu sei que a senhorita não me corresponde. Então não existirá nenhuma felicidade para mim no mundo. Quero morrer". Quando ele disse que queria morrer, fiquei muito triste, e ele também. Não prestamos mais atenção no guarda-chuva e nas galochas, até perdi uma delas, e a chuva começou a escorrer pelas nossas costas. A senhora Römer nos repreendeu muito quando chegamos molhados até os ossos, enfiou-me na cama e fez um chá quente para nós. Fiquei ali, deitada, chorando, pois não sabia o que fazer para que voltássemos a nos alegrar. Porém, no quarto ao lado do meu havia um divã, em que alguém fazia a mesma coisa. A senhora Römer entrou e ficou ouvindo se ao lado alguém também chorava, então ela sorriu e disse que éramos verdadeiras crianças. Ela me ajudou a sentar na cama, alisou meu cabelo para trás (ela costuma fazer isso, exatamente como o senhor) e perguntou se eu não amava Yuri nem um pouquinho. Eu disse que sim. Então ela disse: "Quero dizer, de um jeito diferente. Pense, o que você acha que é a coisa mais bela no mundo inteiro? Yuri faz parte disso?". Eu pensei um pouco, e disse que a coisa mais bela no mundo inteiro era eu ser filha dela. Ela respondeu: "Talvez, agora, sim. Mas você não consegue pensar que mais tarde seria muito, muito mais belo, por amor a um rapaz, tornar-se noiva dele?". Isso eu não consegui pensar. Depois, ela não me perguntou mais nada, apenas me beijou e foi embora.

 Hoje, Yuri viajou. Ele não quer mais estudar aqui. Eu estava justamente junto aos meus muitos vasinhos de amarílis, que plantei no jardim, no mês de fevereiro. Cortei as flores e coloquei-as no vaso de vidro da senhora Römer, para que se restabelecessem. Yuri entrou no meu quarto, quis ficar com as flores e também quis um beijo. Ele estava muito pálido e com uma cara de choro. Eu lhe dei as flores e o beijo também.

 Foi assim.

 Ruth.

 Clara-Bel desviou os olhos dele. Sua expressão denunciava tudo o que estava escrito na carta. Denunciava que seu temor fora sem motivo. Ver Erik nessa dependência do que Ruth fazia ou deixava de fazer era algo terrível. Ela não quis ver isso.

 Ela achava que o pior havia caído sobre ela no dia anterior. Mas não, o pior não era só saber, mas, com os olhos que já sabiam, observá-lo diariamente, hora a hora, encontrar a sua confirmação nesses pequenos acontecimentos. Ver aquele "amar e hesitar" o tempo todo, era mais difícil ainda. Não apenas mais difícil, era impossível.

 Se Ruth rejeitara outro, provavelmente ela também amava Erik. E se ela o amava, então ele estaria, de fato, perdido para Bel. À própria felicidade, ele talvez pudesse renunciar, por Bel, mas à felicidade de Ruth, jamais. Não, se a amasse de verdade. Onde o amor mais forte floresce, cresce também o senso de dever mais forte: ali, preocupa-se apenas com a felicidade do outro.

Era o que achava Clara-Bel.

*

No dia seguinte, Clara-Bel faltou ao café da manhã. Gonne teve de levá-lo ao seu quarto. Erik foi imediatamente ao seu encontro. Ele havia se levantado muito cedo e, após muitas tentativas frustradas, quis escrever para Ruth. Mas, dessa vez, não conseguiu, um tom angustiado perpassou a sua intenção.

Clara-Bel estava reclinada na sua antiga cadeira de repouso, usando um robe, e com um cobertor de pele sobre os joelhos. Ela não parecia doente, mas muito mais luminosa e controlada.

— Você não está sofrendo? — perguntou ele, com uma preocupação sincera.

— Eu não estou sofrendo, Erik. Mas preciso de você aqui comigo. Sozinho, sem Jonas.

E envolveu a mão dele nas suas.

— Por favor, deixe-me viajar! Já, agora. Deveria mesmo ser logo. Deixe que seja já, agora!

Ele ficou calado por um instante. Foi pedido urgente.

— Se você quer isso de qualquer jeito, Bel, então vamos apressá-lo. Vou assumir todas as providências. Estou ocupado agora, mas Jonas poderá levá-la.

— Ó não, Erik! Deixe-me ir sozinha. Não com Jonas. Gonne já é suficiente. Peço-lhe muito isso. Com Jonas não estou sozinha. Ele tem olhos tão aguçados! Diante dele não quero...

Ela interrompeu a frase, mas o único orgulho que possuía, seu orgulho de mãe, gritava dentro dela.

— Diante dele não quero mostrar minha fraqueza, minha dor.

— Está bem. Mais isso! Então ele deverá levá-la só até a fronteira. Nisso eu insisto, Bel.

— Eu agradeço. Mas preciso lhe dizer outra coisa, Erik.

— O que é?

Inquieto, ele deu alguns passos pelo recinto e apoiou-se na janela. Ela falava de forma muito clara, tranquila e consciente. Erik conhecia sua Bel por inteiro, qualquer movimento mais sutil, ele conhecia e influenciava. Mas havia algo em seu ser que ele não conhecia, algo que ele não controlava, algo estranho. Ele o sentia, sem ainda conseguir explicá-lo, como uma pressão nos nervos. Uma sensação muito estranha, como se houvesse uma terceira pessoa no recinto.

— Eu prefiro dizer isso rapidamente, Erik. A outra coisa é que você também deverá viajar, tão logo seja possível. Não apenas no verão, para me buscar. Logo, antes, nos dias de Páscoa. Quando você tiver duas semanas livres. Para revê-la. Para você se convencer de que ela também... Com toda certeza, você precisa fazer isso. Senão você ficará a vida inteira infeliz, Erik. E isso, veja, isso eu não conseguiria suportar.

O rubor se espalhou pelo rosto de Erik, vermelho-escuro, até sobre a testa. Ele jogou a cabeça para trás, contra a vidraça da janela.

Então era isso: ela tinha um novo apoio, que a ensinou a andar e a agir sozinha, independente! Um novo senhor. E ela já agia por ordem dele! Como ele pôde pensar em um confronto com Bel! Confronto? Não, ele quis roubá-la, saqueá-la! Mas ela não permitiu: ela presenteou seu ladrão; voluntariamente, ela o presenteou com abundância: *Pegue, ó pobre, dependente da felicidade, eu posso prescindir dela, eu sou a mais forte, eu posso renunciar a ela, mas você, não.*

Em brasa, queimava nele a vergonha e a revolta como única resposta: *Mil vezes melhor um ladrão do que um presenteado!*.

Clara-Bel não olhou para o marido calado, mudo. Ela estava tão acometida e entorpecida com aquela tarefa difícil que tinha pela frente que não buscava os olhares dele, não lhe perguntava nada, como de costume.

— Essa noite, permaneci deitada, pensando: e se fosse possível isso ser diferente? Mas aí está, não é possível. Você não consegue parar de pensar nela, e eu, como eu poderia não começar a odiá-la? E, assim, nós nos infligimos nossos pecados mutuamente, Erik. Não deve ser assim. Sempre foi tudo tão belo entre nós. Pode ficar tudo triste, triste como a morte. Mas não feio. Isso não. Eu não o suportaria.

Um som baixo saiu de sua boca. O que ela sabia sobre "ódio" e feiura? Nada! Isso o invadiu com um espanto quase reverente; nela, os pensamentos não se tornavam feios, amargos e injustos, no embate e na dúvida, no distúrbio e na hesitação da alma. Ela nunca pensava algo feio.

— Eu também entendi, hoje à noite, porque eu me curei — sussurrou Bel, enquanto ele ainda permanecia calado — e porque não conseguimos nos alegrar com isso. Não ficamos alegres, apesar de eu conseguir ficar em pé e andar com os próprios pés. Deus falou comigo: *Caminhe!*.

— Bel! — conseguiu ele dizer, atormentado. Essa exaltação religiosa era terrível para ele. Mas Clara-Bel disse de maneira tranquila, quase amável:

— Sim, Erik, eu caminharei. O próprio Deus quis assim. Porém, mais tarde, você deverá deixar Jonas comigo. Jonas me pertence, mais do que a você.

O mais supremo e o mais cotidiano se confundiram. Erik achou que ela estava falando da separação e do divórcio como de uma mudança de casa: *isso é meu, aquilo é seu*.

Ele se aproximou da cama dela.

— Agora, escute, Bel. Não tome nenhuma decisão sobre nada, antes que eu tenha falado com você, honestamente. Mais honestamente do que até agora. Pois você não sabe tudo.

— Ó Erik! Não diga nada! É terrível ouvi-lo! Não! Apenas uma coisa eu lhe pediria.

Ele pegou as mãos que ela lhe estendeu e segurou-as suavemente, com firmeza.

— Tem de ser, Bel. Você precisa me ouvir.

— Espere mais um pouco, por favor, não! Erik, antes só me diga, você já escreveu a ela?

— Sim — respondeu ele, surpreso.

— Quero dizer, aquela outra carta?

— Sim, também aquela outra.

— E você a destruiu. Não é verdade, você fez isso?

Naquele instante, ele mesmo não sabia disso. Automaticamente, colocou a mão no bolso da jaqueta. Ouviu-se o som baixo de papel amassado, sob seus dedos.

— Erik! É a única coisa que eu gostaria de lhe pedir.

Suas mãos se juntaram, contraídas, sobre o fino papel amassado — novamente uma onda de sangue subiu-lhe ao rosto, novamente o rubor da vergonha, de uma vergonha sutil, sensível. Não, isso não! Ele não podia fazer isso! Diante dos olhos de Bel expor o mais íntimo e mais secreto, mais sagrado e mais profano de seus sentimentos, a comoção da hora mais indômita, a devoção da mais silenciosa...

Ele titubeou por um instante. Bel tinha razão; mil vezes, ela tinha direito a isso! E o que ela descobriu a esse respeito, o que ela deveria descobrir, assustava. E quando era mais do que a confissão dele podia expressar, quando era ele mesmo, com tudo o que nele gritava, fermentava, soluçava, debatia-se e, também, com toda a feiura e o grito pela felicidade, então seria melhor assim.

Diante das palavras de Erik, Bel se assustava, diante da clareza definitiva; nessa escuridão, ela se agarrava, exigente, presunçosa. Quem consegue compreender, na alma de uma mulher, o temor e a curiosidade!

Ele lhe entregou a folha de papel amassada em formato de uma bola.

— Foi você que quis.

E foi embora.

Ao lado, na sala de estar, a mesa do café da manhã ainda estava desarrumada. Jonas esperara, em vão, pelo pai, e então precisou ir para a escola.

Erik ficou em pé no meio da sala, olhando para o vazio. *Não desistir!* foi seu único pensamento claro. *Não desistir! Nem diante da tentação da compaixão, – nem, pior ainda: diante da tentação da vergonha.*

A sensação era como se não se tratasse de uma só pessoa, menos ainda de uma mulher; não, por tudo que se chamasse "ser humano", tudo o que nele ainda podia ser humano, por tudo o que ele ainda poderia tocar, criando, influenciando, amando, sobre sua própria humanidade.

Agora, tudo se concentrava naqueles dois olhos infantis e cheios de fé, que o aguardavam e o olhavam para cima. Desistir significava ir para o deserto – não apenas com seu amor, – mas também com sua energia, – com sua força, – para a infertilidade, para a solidão morta.

Haveria uma força também para o deserto? Que resistisse a uma solidão assim? Que talvez apenas nela surgisse? Que não mais dependesse de outro para permanecer forte e bela, – de olhos que acreditassem, esperassem e apelassem a ela?

Talvez sim! Para pessoas reflexivas, que olham para si mesmas por cima dos ombros, que se veem refletidas em si mesmas, zombando ou desfrutando! Ou para pessoas sensíveis, que sabem se satisfazer e nadar nas próprias emoções, – elas também são, de certo modo, seu próprio público!

VI

MAS NÃO PARA AQUELAS que em si mesmas são uma só, indivisíveis, e, por isso, também indefesas em si mesmas, se, com isso, não conseguem agir, atuar a partir de si mesmas, e se reconhecerem refletidas nos olhos de outro.

Mas e Bel? Por que ela conseguiu renunciar? Ela, que não se perdia nem em reflexões, nem em emoções, mas que era, ao contrário, ingênua e prática, e de modo algum seu próprio público? Mas funcionava assim também: com o grande espectador sugerido – aquele lá em cima, que via tudo. Ela também tinha seu espelho, para o qual precisava se manter bela – o olhar de Deus, o espelho do céu azul!

Um som fraco, como um balbucio ou um gemido, soou no pequeno recinto contíguo de Clara-Bel. Era como se ela quisesse interromper — ou contestar — os amargos pensamentos de Erik.

Ele se aproximou da porta aberta.

Bel jogara a carta para bem longe, até a parte da manta que arrastava no chão. Ela estava deitada na cama, com o semblante vermelho em brasa, escondido em suas mãos.

— Meu bom Deus! — rezou ela. — Meu grande Deus misericordioso que está nos céus e que vê o interior dos corações, tire o meu amor do meu coração!

*

WARWARA FICOU MUITO SURPRESA quando, no dia seguinte, encontrou Erik na rua e ouviu dele a notícia da imediata e iminente viagem de sua esposa. Ela tentou convencê-lo, vivamente, a esperar apenas mais uma semana, e então deixar que Clara-Bel viajasse junto com ela. Mas foi em vão. Já na manhã seguinte, ela pôde passar um grande ramalhete de rosas pela janela do vagão, para a viajante, a quem ela prometeu uma próxima visita no balneário. Afora Erik, Warwara foi a única que acompanhou mãe e filho à estação, e ela achou que os cônjuges não estavam muito à vontade um com o outro.

Após a partida do trem, Erik despediu-se dela breve e rapidamente. Warwara foi embora muito pensativa. Seus perspicazes pensamentos o entenderam muito mal. Na verdade, ela acreditava que ele era um homem satisfeito em seu lar, mas, como ser humano, insatisfeito em seu círculo de atuação. E quando, brincando ou seriamente, ela lhe falava de "tentações", queria dizer, na verdade, que seriam tentativas eventuais de entorpecer sua faminta energia por meio de iguarias e flertes fugazes. Será que, naquele momento, havia algo assim em jogo? Naquele momento em que Erik vivia tão retraído há um ano? Em que ele sumira do mundo brilhante e fútil da sociedade, que um dia o cativara e que o mantivera cativado? Será que havia uma mulher em jogo?

Alguns dias depois, numa manhã de domingo, Warwara quis aproveitar a oportunidade em que ela foi fazer uma necessária vistoria na sua casa de campo para ir falar com Erik e descobrir se Jonas voltara da fronteira com boas notícias.

Ao entrar na primeira classe do trem finlandês, ficou surpresa ao ver que não estava sozinha. No canto, sentada à sua frente, havia uma senhora muito jovem, que olhava para fora, pela janela, com enormes olhos cheios de expectativa.

Warwara observou-a com um interesse fugaz. Como sempre, primeiro e principalmente, a sua atenção foi dirigida a diversas particularidades externas. Uma estatura delicada, esbelta; o vestido azul-marinho de algodão bem ajustado, com um casaquinho aberto de flanela inglesa, com um forro vermelho-escuro, exibia apenas junto ao pescoço uma pequena faixa branca de linho. Um pé esbelto espiava por baixo da saia, quando ela fazia um movimento de impaciência. O cabelo loiro acinzentado, enrolado em um coque, e mantido preso por uma forte fivela de casco de tartaruga, deixava escapar alguns cachos sobre a testa e as têmporas, por baixo de um gorro macio de veludo azul-escuro.

Em Warwara, surgiu uma lembrança difusa, mas ela não soube de quem. Uma jovem inglesa? Ela ficou olhando tão insistentemente para a jovem à sua frente que esta virou-se em sua direção com um ar de estranhamento. Por alguns segundos, a jovem devolveu-lhe, com firmeza e questionamento, o olhar. Então ela a saudou, com um leve sorriso.

De repente, o sorriso ajudou Warwara na investigação.

— Ruth! — disse ela, de repente. Imediatamente ela se corrigiu, rindo.

— Desculpe-me a intromissão, antes e agora. Mas eu procurei, procurei e o que encontrei foi o que permaneceu na minha memória: seu primeiro nome.

— Isso é suficiente — disse Ruth. — Suponho que vamos para o mesmo lugar?

— Não! — retrucou Warwara, com uma rápida reação, pois não queria perturbar. — Eu só estou a caminho de uma vistoria em minha casa de campo, que precisa de algumas reformas. Mas nossos amigos estão à sua espera?

Ruth enrubesceu e sacudiu a cabeça.

— Não, estou muito... eu viajei de Heidelberg repentinamente — respondeu ela, com um evidente constrangimento.

Uma suspeita passou como um raio pela mente de Warwara. *É ela, a "tentação", pensou ela, muito jovem, mas, antes, eu já desconfiava, por trás de suas atitudes fingidas: muito astuciosa.*

— Então lamentará, pois encontrará tudo vazio — comentou ela em voz alta. — Não sabe que não encontrará Clara-Bel? Ela já foi viajar.

— Não! — exclamou Ruth, tocada. — Eu não tinha como saber! Há uma razão séria para isso? Sinto muito!

Ela parecia tão sincera, com aqueles olhos impacientemente interrogadores, que Warwara até se envergonhou. *Ela realmente não sabia de nada, não havia sido combinado; que pessoa feia sou eu!*, pensou, e virou-se para Ruth, num tom bastante amável.

— Não, nenhum motivo grave. Clara-Bel está tão saudável como nunca se poderia esperar, agora as coisas vão caminhar montanha acima. No início do inverno, naturalmente, ela ainda teve de aguentar muita coisa. Uma vez ela me disse, num tom de brincadeira, meio tristonha: "Erik precisa me forçar, com certa violência, a querer recuperar a saúde". O homem tem ferro no sangue. Mas isso o sacudiu apropriadamente. Eu o vi algumas vezes pálido como um lençol.

Ruth ouvia, muda, as mãos entrelaçadas no colo, os lábios entreabertos, os olhos dizendo apenas: "mais!". Quando Warwara se calou, ela respirou profundamente.

— Ele consegue tudo o que quer! E isso ele quis muito, com toda a alma, que ela ficasse saudável e feliz novamente! Ele viveu para isso. Como eles devem estar contentes agora! Então ele conduziu tudo para o melhor! As coisas estão como ele quer, onde ela se sente feliz.

Ela falava, arrebatada, com os olhos faiscantes.

Warwara a observava, pensativa. Ela não lhe pareceu tão formal, refinada e hábil como antes, pelo contrário, como um ser em que tudo era vida interior e nada mais era só aparência. Uma alma recheada até a borda com dedicação, credibilidade e... amor? Ela não poderia falar com um desembaraço e um contentamento tão infantis. Não há amor? Então ela não poderia falar com esse olhar e esse tom.

O trem parou e ambas desceram.

Warwara achou mais confortável utilizar um dos pequenos veículos sacolejantes que já estavam à espera no edifício da estação, e cujos cocheiros logo a cercaram, gritando. Ruth tomou outro caminho. Assim, elas se separaram.

Ao partir, Warwara olhou novamente para trás, para vê-la. *Há nisso algo que não faz parte da vida: poesia. Poesia em conflito com a vida, o que resulta disso?*, pensou ela. *É como se tivéssemos aberto a primeira página de um romance, ou melhor, a última de um conto de fadas.*

Ruth caminhou lentamente entre as bétulas desfolhadas na beira do caminho, sem pressa de chegar alguns minutos mais cedo. Com uma expressão perscrutadora, ela inspirava o ar da primavera, como se ela estivesse em mil flores ao seu redor. Ainda não havia chegado, não era visível – e, no entanto, já estava presente, no ar, como uma presença invisível que preenchia tudo. Era possível ouvi-la: em pequenas e delicadas vozes cantantes, anunciava-se nos galhos desfolhados.

O céu tinha fechado, levemente; o sol aparecia apenas em um brilho reticente. Tom, luz e cor estavam difusos, encobertos, como uma futura promessa. E ali estava Ruth, junto à antiga cerca de madeira com aquele portão barulhento de grade de ferro. Ela o abriu, atravessou o jardim e subiu, hesitante e silenciosamente, alguns degraus na direção do terraço.

Cautelosamente inclinada para a frente, espiou pela janela para dentro da sala de estar, a partir da parede lateral, para ver se havia alguém ali. A mesa estava posta para o segundo desjejum, e, atrás dos pratos com peixe frio e pães recheados de carne, o samovar soltava seus vapores.

Jonas estava sentado, sozinho, junto à lareira. Ele segurava um longo espeto, com uma pequena fatia de pão na ponta, e a tostava na brasa vermelha de um pedaço de madeira. Sentado ali, um braço solto em volta do apoio da cadeira, numa postura de expectativa, o rosto de lábios firmemente cerrados, iluminado pelo fogo, ele lembrava muito Erik.

A fatiazinha de pão aproximou-se demais das chamas, e escorregou do espeto, caindo na fogueira.

Jonas ficou surpreso. Ele se virou e espetou outra fatia. Dessa vez, funcionou melhor. De forma mecânica, ele verteu água quente numa chaleira e fez uma infusão. Com isso, seus dedos, desajeitadamente, chegaram muito perto da torneira aberta do samovar, e um jato de água fervente queimou-lhe a mão.

Com dor, Jonas abriu a boca e começou a pular no recinto com uma perna só.

Da janela ouviu-se uma forte gargalhada.

Ele ficou parado, como se um raio tivesse caído à sua frente do teto da sala. Com uma expressão de incredulidade, seus olhos se dirigiram à janela, como se não confiassem em si mesmos. Ele estendeu as mãos à imagem que apareceu atrás da vidraça fechada, que ria dele e parecia ser Ruth; ele não sabia se estava sonhando com Ruth ou se a estava vendo.

Jonas escancarou a janela com tanta força que ela quase se estilhaçou, e as mãos estendidas agarraram o rosto risonho.

— Jonas! Deixe-me entrar pela porta!

— Não, não! — exclamou ele, como se ela pudesse novamente sumir de repente como uma imagem de sonho. — Não saia daqui! Não vou deixar! Entre pela janela! Deve funcionar. Coloque o pé sobre a rampa, bem firme, ouviu? Eu a levanto.

Ruth o encarou, pois ele disse isso exatamente como Erik.

Ela ainda sabia como se escalava. Com um impulso, já estava dentro da sala. Ele a soltou e deu um passo para trás. Então, quando ela estava ali, à sua frente, e não mais atrás de uma vidraça fechada, ele soltou os braços, relaxando. Um constrangimento o acometeu de repente.

— Como é possível que você esteja aqui? De onde você veio?

Ele a encarava como se estivesse convencido de que ela caíra do céu.

— Com o trem expresso. Ontem à noite. E seu pai?

— Já deveria estar aqui. Mas, agora, ele se esquece da hora. Faz longas caminhadas sozinho, desde a viagem de mamãe.

— Ó Jonas, é verdade que mamãe se curou? Não é um milagre?

— Sim. Agora, eu também serei um médico. Você sabe? Para o caso de que você um dia também fique doente.

Ela se sentara perto da lareira e o observava com um olhar gentil, alegre.

— Espero ficar doente um dia. E como você passou, Jonas, esse tempo todo? Você nunca me escreveu.

Ele ficou vermelho e confuso.

— Nunca? Para você? Sim, eu ainda tive que... eu pensei que... sim, você! Não quer uma xícara de chá?

— Não, obrigada — disse sorrindo. — Uma coisa importante é que logo você irá para Heidelberg, não é verdade? Que maravilha, Jonas! Então estudaremos juntos.

— Sim — respondeu ele, inspirando profundamente —, finalmente! Logo! Enfim, juntos! Isso não poderia durar tanto tempo, vivi como em um túmulo — prosseguiu ele, com uma súbita ênfase. — Preciso estar perto de você, Ruth. Junto de você. Sim, você! Eu amo apenas você. Só você é que eu amo. Não fique aborrecida comigo, mas é que eu a amo de verdade. Não sei nada, não tenho nada, não sou nada; afinal, preciso primeiro me formar, mas ficar com você, pelo menos isso, é o que quero; mostrar o punho para todo aquele que também quiser isso, que quiser se aproximar de você. Qualquer um! Esse deverá tomar cuidado! Derrubarei qualquer...

— Jonas! Você está enfurecido!

Ela havia se levantado de um salto, pálida de susto.

Ele voltou a si, tentou sorrir, suavizar a situação. De repente, caiu de joelhos à sua frente, afundando o rosto nas pregas de seu vestido.

— Ruth, não fique aborrecida comigo! Você nem sabe, foi horrível para mim, todo esse tempo, engolindo tudo tão calado. Olhe para mim, não fique brava comigo! Nunca mais, não farei isso nunca mais até que... Eu sei que não posso! Mas alguma vez, alguma vez eu precisaria... senão eu teria sufocado. Ó, querida Ruth! Serei tão infeliz enquanto você... enquanto você não for minha!

— Jonas! — sussurrou ela. — Jonas, eu lhe peço, levante-se. Solte-me. Você enlouqueceu, Jonas? Isso não pode...

Ele se agarrou com força à sua saia, que ela tentava soltar daqueles dedos, e também agarrou sua mão, seu quadril.

— Não pode ser?! — gritou ele, quase ameaçando, e quando, com um movimento inesperado, ela se libertou, ele enterrou os dentes, enlouquecido, nas costas da mão dela.

O sangue escuro começou a escorrer.

Ruth jogou a cabeça para trás, e se calou.

Ele se levantou lentamente, voltando a si. Beijou a mão machucada.

— Perdoe-me! — disse ele baixinho, e, indefeso, irrompeu em lágrimas. — Ruth, você não me ama nem um pouco? Nem um pouquinho? O que somos, afinal, um para o outro? O que... no futuro?

Ela o pegou pelos ombros, e, temerosa e afetuosamente, encarou o rosto perturbado.

— Jonas! Agora, no futuro e sempre: irmãos!

Ele tirou as mãos dela de seus ombros, lentamente andou alguns poucos passos até a porta, abriu-a, correu para fora, atravessou o terraço, desceu os degraus da escada e desapareceu no jardim.

Na casa, tudo ficou mortalmente silencioso. Só as centelhas crepitavam e voavam na lareira.

Ruth se apoiou na mesa e ficou olhando para as gotas de sangue em sua mão. De forma gradual, ela foi ruborizando, cada vez mais profundamente, até que seu rosto inteiro estivesse queimando.

O que ela estava fazendo ali, sozinha, na casa? Era uma invasora, que havia expulsado Jonas?

A porta permanecia escancarada, como se dissesse: *Vá embora!* Ruth olhou em volta. Não, ninguém disse aquilo. Não foi Clara-Bel, pois só a grande cadeira dela estava ali, com um banquinho em frente, ambos vazios...

*

QUANDO ALGUM TEMPO DEPOIS Erik abriu o portão, Ruth estava sentada no banco do fundo do jardim, visível através das árvores sem folhas e debaixo das bétulas.

Erik ficou parado; depois, aguçou o olhar e foi se aproximando lentamente. Ruth não se mexeu. Como enfeitiçada pela saudade, dentro da primavera cinzenta, ela estava sentada ali, em contornos difusos, e, depois, cada vez mais vitais, cada vez mais animada diante dos olhos dele, não mais uma imagem pálida. Realidade. Macia, a cabeça loira destacou-se dos ramos esbranquiçados das bétulas e do bosque no fundo, fazendo com que a luz fosca do sol penetrasse, num jogo de sombras de cores róseo-violetas.

Ruth sentiu-se paralisar, como uma fraqueza, quanto mais Erik ia se aproximando dela, quanto mais próxima a realidade a cercava, indizivelmente desejada. *Em casa! Só agora, em casa!*, pensou ela, como num sonho, e suas mãos se ergueram na direção dele.

Esse estranho silêncio, essa impossibilidade de qualquer arrebatamento, qualquer movimento ruidoso, também manteve Erik paralisado, como se ele temesse espantar o que finalmente via à sua frente, tão eloquente e, ao mesmo tempo, sem palavras: olhar, expressão, gestos.

Sobre a cabeça de Ruth havia um pintarroxo, balançando-se num galho oscilante da bétula, cantando lindamente. Quando Erik chegou junto ao banco, o pássaro se assustou e fugiu, voando.

Erik pegou as mãos de Ruth, segurou-as com firmeza entre as suas e puxou-as para junto de si.

— Querida, querida! — murmurou ele, o olhar sobre o rosto dela.

— A carta, ela me deixou com medo — disse ela, fracamente. — Algo estranho, a dúvida, estava nela. Tive de partir.

Ele ouvia só a voz dela, ele precisava ouvi-la novamente.

— Com o pintarroxo, foi com ele que você voou até aqui? — perguntou ele.

Ruth o fitou, um tanto hesitante, um tanto animada.

— Fugindo — disse ela.

Ele se sentou perto dela, sem soltar as mãos das suas.

— Dos Römer?

— Eu precisei. Eles não me deixariam vir. Römer me ajudou. Mas ela... ela permaneceu irredutível. Como ela estava apavorada! *Só não agora!*, era o que ela dizia o tempo todo. Então, eu fugi. De noite, secretamente. Telegrafei no caminho. Eu precisava vir. Podia fazer isso?

Ela perguntou timidamente, pedindo a sua permissão posterior, temerosa como uma criança. Diante da senhora Römer, ela havia se ajoelhado, suplicante, mas isso ela não disse a Erik. Ele tirou a boina da cabeça dela e afastou o cabelo do rosto. Precisava vê-la por inteiro.

— Se você podia voltar para casa? Sim! De dia ou de noite, secreta ou abertamente. Já estava na hora. Em duas semanas, eu é que teria ido procurá-la. Esqueça a carta, todas as cartas, a estranheza, a dúvida; esqueça tudo, tudo mesmo. Só fique aqui, comigo.

Sim, estava tudo ali: aquele sentimento de proteção doce, dominante, sensação de lar; não, mais do que apenas isso, algo mais, algo incondicional e exclusivo, que não lhe dava nenhum poder, nem no céu, nem na Terra: só ele, por completo.

— O que aconteceu à sua mão? Machucou? Deixe-me ver — comentou ele, e tentou tirar o lenço enrolado nela. Ruth a afastou dele. — Está doendo?

— Não. Nada. Por favor, não — disse ela, precipitadamente, e uma sombra passou sobre a sua felicidade.

Erik se levantou.

— Venha, entre. Venha, querida. Em casa você ficará no meu quarto, na velha poltrona de couro, não é verdade? Aqui está muito frio para você, está ventando muito.

Enquanto eles se dirigiam à casa, Ruth disse:

— No caminho eu soube, por um acaso, da viagem apressada ao balneário. Não é prejudicial que ela tenha coincidido com o período de aulas e não com as férias? Lamento muito não ter chegado a tempo...

— Não importa — interrompeu ele, à meia-voz. — Mais tarde eu lhe contarei tudo, mais tarde.

Ruth dirigiu seu olhar para ele, atenta. Algo que a tocou estranhamente soou no tom de voz dele. Foi só um tom que perpassou sua voz, mas não pertencia a Erik. Ele mesmo lhe pareceu estranho naquele instante. Sua aparência não mudara, estava como antes, até o olhar... Mas olhar havia mudado, estava inseguro.

Erik a deixou andar um passo à sua frente, sem que ela percebesse.

Quando subiram os degraus que levavam ao terraço, os olhos dele acompanharam, atentos, cada movimento da sua figura. Ela crescera bastante, mas, ao mesmo tempo, seu corpo já desenvolvera as curvas mais femininas. O vestido escuro de algodão desenhava as sutis e sinuosas formas.

O fato de Ruth usar os cabelos presos o incomodava muito.

— O coque me afasta de você, eu não o suporto — disse ele ao entrar no corredor, e antes que ela percebesse, ele havia puxado, com um gesto hábil, a grande fivela de casco de tartaruga que prendia seus cabelos. Eles se soltaram e caíram sobre seus ombros em densas ondas cacheadas, como antigamente.

— Ó, não, não, onde o senhor colocou a fivela? — perguntou ela, confusa, e procurou, com a mão nas costas.

— No bolso da minha jaqueta. Repita isso. Então? "O senhor" ou "você"? Na carta estava escrito, uma única vez, "você". Só uma vez? Ou, na verdade, sempre? — perguntou ele, mansamente.

Ela enrubesceu, confusa.

— O senhor... você... eu...

Com a mão ainda em seus cabelos, ele inclinou suave e irredutivelmente a cabeça dela para trás. Com isso, ela precisou erguer, diante dele, o rosto vermelho em brasa. Involuntariamente, ela fechou os olhos e, trêmula, cedeu ao movimento da mão dele.

Sério, seu olhar investigou os traços do rosto dela.

— Meu... — sussurrou ele.

Ele se inclinou e seus lábios beijaram a boca trêmula.

Ruth contraiu-se, imperceptivelmente. Ele a soltou e abriu a porta do seu gabinete de trabalho.

— Aqui, o seu antigo lugar está à sua espera — disse ele, caminhando até a janela.

Mas ela não o seguiu. Ficou parada no lado oposto à janela, junto à estufa, a cabeça com o cabelo solto apoiada na cerâmica branca, as mãos cruzadas nas costas. Aérea, ela olhava para o teto, com olhos interrogadores e expressão sonhadora.

— O que há com você? — perguntou ele, inquieto. — Ruth! O que há com você?

Ele ansiava em envolvê-la nos seus braços, despertá-la com seus beijos. *Você me ama, você me ama, sim! Ainda não sabe, mas eu sei por você! Eu sei, com toda certeza, eu o sinto, vejo que ele está aqui, seu amor, o amor de mulher, está aqui!*, pensou ele; no entanto, permaneceu calado.

Sim, ele estava ali, mesmo assim não podia agir, não podia falar sem a espantar. Ele estava ali, como o pintarroxo no galho oscilante, que voou quando ele se aproximou. O amor estava ali, mas ele não podia agarrá-lo.

Por um instante, Erik olhou em silêncio para fora, para o jardim, então sentou-se na velha poltrona de couro, junto à janela.

— Então, na verdade, você não voltou para casa, Ruth. Não voltou totalmente para mim. Alguma coisa em você está fechada para mim, não me deixa entrar. Não mesmo, até o canto mais secreto da sua alma. Não em tudo. Tornei-me um estranho para você.

Ela se afastou da estufa e foi até ele. Abaixou-se, apoiando as mãos em seus joelhos. Estava muito pálida.

— Sim — disse ela, fora de si. — Há algo estranho. Não consigo entendê-lo, e isso me tortura.

— O que é? Diga-me.

— Não posso — murmurou ela.

— Pode, sim! Pode, sim! Você pode. Precisa aprender de novo a falar, ou apenas a balbuciar do fundo da sua alma, do mais incerto, incompreendido fundo da alma. É apenas medo. Supere-o.

— Foi... foi alguma coisa no beijo — disse ela, baixinho.
— Você ficou magoada com o beijo que lhe dei?
— Eu? Magoada? Eu?! Não! O que há em mim?
— Para mim, tudo, Ruth. Mas por que então isso tortura você?

Ela escondeu o rosto nas mãos dele.

— É a mesma coisa que estava na carta, apenas nessa aí; como se não partisse de você. Quando falei de sua esposa no jardim, e no beijo, senti claramente aquela coisa estranha nela, e que ela...

— E que ela?

— Que isso não deveria acontecer — sussurrou —, porque é como se não fosse o senhor. Um estranho. Até pior.

Ele não respondeu.

Quando ela olhou para Erik, tímida e interrogativamente, ele havia fechado os olhos.

Depois de uma pausa, ele disse, com a voz abafada:

— Você se enganou. Não há nada de estranho, nada de ruim. Sou eu mesmo, e está em você mesma, é que você não consegue reconhecê-lo com seus olhos infantis.

Ele afagou os cabelos de Ruth, e olhou para longe, para além dela, que mantinha a cabeça inclinada sob sua mão.

— Você ainda se lembra de quando esteve aqui da última vez, quando, neste lugar, conversamos, e o que lhe prometi? Eu quis conduzi-la para fora do mundo da fantasia, onde você só sonhava, para o mundo da vida real. Isso aconteceu naquela ocasião, Ruth, e você não é mais a criança que sonha, mas uma pessoa adulta, que vive, vive com todas as suas forças juvenis. Você sabe como isso aconteceu? Como eu consegui desenvolver todo o seu ser? Isso aconteceu porque havia um único ponto ao qual todos os espíritos dos sonhos, todos os contos de fada, todas as forças mágicas e poéticas da fantasia fugiram. Esse ponto foi seu relacionamento comigo. Então seu olhar ainda não foi para a realidade, mas bem acima, para além de qualquer realidade, para tudo que um coração de criança acha adorável. Você obedeceu não a uma pessoa, mas a uma imagem elevada acima de todas as pessoas, alguém dentro de você. Toda essa beleza de sonho, Ruth, em que sua relação comigo ainda se encontra, é apenas uma forma brilhante, irradiadora, uma embalagem infantil, não o essencial. Nela, dorme, como num conto de fadas, a realidade e a humanidade ainda desconhecidas por você, e aguarda o momento em que poderá despertar. Despertar do sonho para a vida, como todo o restante do seu ser.

Ele interrompeu a fala.

Ruth o olhou, atenta e séria, esforçando-se para acompanhar suas palavras com exatidão.

— Suas belas histórias de contos de fada — prosseguiu ele depois de uma curta pausa —, tive de destruir, porque elas atrapalhavam a plenitude da sua vida. Isso não lhe doeu muito, pois elas estavam apenas na sua cabeça. Se eu tiver de destruir o mundo de fantasia em seu coração, e com isso lhe provoque dor, você manterá sua confiança em mim, seu amor por mim?

Ela tentou se levantar, uma sensação de medo a acometeu subitamente. Ele a segurou.

— Escute-me, Ruth. Se eu lhe dissesse que a carta que lhe soou tão estranha, foi porque eu mesmo estava com dúvidas e dividido, e com medo... eu a beijei porque estava com sede de felicidade, e não consigo mais continuar me privando da minha felicidade. Também não suportei ouvi-la falar de minha esposa, porque, bem, porque não tenho mais esposa, ela vai se separar de mim.

— Não! — disse Ruth, sem fôlego. — Não acredito. Não acreditaria, mesmo se ela me... Não, isso não pode ser. Pois ela... ela estava tão feliz, com o senhor.

— Senhor? — respondeu ele, com dificuldade. — Sim, Ruth, ela estava, sim, antigamente. Não é por causa dela. É por minha causa, sua causa.

Ruth havia se levantado, devagar. Em seu rosto, surgiu uma estranheza infinita. Dúvida, descrença, até pavor surgiram nele. Sentiu-se como se tivesse de evocar algo distante, evocar Erik, chamá-lo para ajudá-la contra um mal-entendido, algo desconhecido. Mas ele era justamente quem estava ali, à sua frente. Erik viu a mudança em seus traços, o autocontrole o abandonou. Ele passou a sentir apenas medo, medo de perdê-la.

— Ruth! — exclamou ele. — Perdoe-me por você ter se ajoelhado para mim. Agora, eu quero fazê-lo por você. Apenas seja minha! Não mais apenas minha criança, você não é mais uma criança, é uma mulher, a minha mulher!

Naquele instante, a porta do corredor foi escancarada. Jonas apareceu no umbral. Ele não entrou. Bateu à porta novamente, fechando-a. Ouviram-no se afastando.

— Jonas! — murmurou Ruth, meio inconsciente. — Precisamos... ele nos ouviu... precisamos procurá-lo.

Enquanto ela dizia isso, ouviu-se um baque, o som abafado de uma queda. Erik deu um salto. Ruth já estava junto à porta e a abriu.

Jonas estava deitado no chão, estendido ao longo do corredor. Ao cair, ele havia batido a cabeça no cabide dos casacos. Da sua têmpora esquerda, escorria um fio de sangue.

Ruth segurou a porta intermediária, para que ficasse aberta. Ajudou Erik a levá-lo ao quarto contíguo e a colocá-lo sobre a cama. Nos minutos seguintes, eles não disseram uma única palavra. Ficaram mudos, ocupando-se dele.

— A ferida é pequena — disse Erik à meia-voz, e, então, inclinado sobre ele, continuou. — Já está voltando a si.

Ruth se acalmou. Ela se afastou da cama, os olhos dirigidos a Jonas com uma expressão de pavor, de que ele pudesse reconhecê-la, de que ele pudesse vê-la. Ela fez um sinal para Erik e voltou silenciosamente para o gabinete.

Ali, ela ficou em pé, parada e confusa. Ali? Ali, ela não poderia permanecer. Então onde? Ela não poderia ficar em nenhum lugar, nenhum. Na casa inteira, não havia nenhum lugar em que ela pudesse ficar. Portanto, precisava ir embora. Embora, antes que Erik viesse. Embora, antes que Jonas viesse. Dirigiu-se novamente à porta pela qual acabara de entrar.

Para onde? Para lá ela não poderia ir! Despedir-se? De quem? Ela precisava ir embora sem se despedir. Secretamente. Despercebida. Para sempre?

Saiu ao corredor como se fosse impelida pelos próprios pensamentos confusos, mas ficou novamente parada, hesitante.

No chão, onde Jonas havia batido a cabeça, havia algumas pequenas manchas vermelhas. Acima, no cabide, estava pendurado o casaco de Erik.

O grande casaco escuro de viagem, que ele usou na ocasião em que ela deveria ir embora, e ele voltara para casa, depois de ela ter se atirado em seu peito... Ruth ficou encarando o casaco, com o coração palpitando e a respiração suspensa. Num ímpeto, sentiu aquilo despertar, arrancando todos os seus pensamentos e levando-os embora; violento, ardente, insuportável: a dor da separação.

Introduziu as mãos no casaco, enterrou o rosto em suas pregas macias, soltas, e com os olhos fechados inspirou o leve aroma que a lembrou de Erik. Finalmente, com os lábios trêmulos, beijou a bainha.

Naquela época, se ele tivesse ordenado a ela que o seguisse — para onde, para o que, até a morte, até o crime —, ela não o teria feito cegamente?

Ruth cerrou os dentes, gemeu e sentiu vontade de gritar.

Ó Deus, mesmo agora, se ele tivesse ordenado que o seguisse — para onde, para que —, ela o faria cegamente! Obedecendo cegamente, contra qualquer convenção, contra quaisquer conhecimentos e razões! Ele podia fazer o que quisesse com ela. E o que pudesse lhe acontecer, por meio dele — o que já lhe havia acontecido? Para Ruth, ele deveria permanecer lá em cima, onde ela o havia visto pela primeira vez; mas sua vida e sua casa deveriam continuar sendo o que eram, tudo dependia dele!

Será que, quanto ao restante, ele ainda era o Erik?

Ela o viu à frente, bem distante, no mês de maio anterior, sob brilho do sol do meio-dia, banhado pela luz solar e carregando a esposa enferma nos braços fortes. Foi assim que Ruth o viu com ela pela primeira vez, foi assim que Ruth o amou e o adorou, quando até a compaixão desapareceu. "Mas que carga tão leve!", brincara ele, e Clara-Bel dera risada, envolvendo, confiante, as mãos em seu pescoço.

Mas, agora, ele arrancou as mãos dela do seu pescoço, e a feliz e confiante risada se calou. Erik deixou cair a mulher que havia se segurado nele, abriu os braços, e a mulher, a indefesa, caiu no chão, pois era uma carga muito pesada para suas forças. Ele precisou deixar livres os braços, que se abriram para Ruth.

*

RUTH SE APRUMOU, afastou os cabelos do rosto e voltou lentamente ao gabinete de Erik. Sobre a escrivaninha, havia uma pilha de folhas de papel brancas, sem nada escrito. Ela se inclinou sobre elas e começou a escrever. "Preciso ir embora!", foi o grito que conteve na garganta. Mas o lápis de Erik escreveu palavras bem diferentes. O que surgiu foi: "Não vou embora. Continuo sendo sua criança".

Ela olhou para baixo, para os traços trêmulos do lápis, como se fossem uma letra estranha, de outra pessoa. Era isso mesmo que ela queria fazer? Sim, era o que ela queria. Afinal, naquele dia, ele dissera que tudo estava apenas na sua fantasia, na sua imaginação, que ela se sentira como sua criança, bem assim, como sua criança. Mas que aquilo ainda podia tornar-se realidade em sua vida futura, se ela se tornasse o que ele a ensinara a ser, o que ele quisesse fazer com ela quando a levou para a sua casa. Um pedaço dele, uma obra dele. Ela tinha tudo dele, só dele. Ela conhecia todos os seus pensamentos, todos os melhores. Eles deveriam tornar-se realidade, não apenas vivenciados em sonhos. Dela para ele.

Ruth pegou o papel da escrivaninha e o colocou sobre a poltrona. Mas apesar desses ousados propósitos, ela não se sentiu animada, mas muito mal e indefesa. Sentiu um único e inominável desejo: atirar-se ao chão e chorar. Chorar para Erik.

Então ela ouviu, em seu coração, o som da voz dele, com aquele tom premente e levemente convincente: "Manter a própria vontade! A postura! Obedecer a si mesma. Ouviu?". Isso foi excepcional. Mais claro, seguro, essencial do que nunca, ele estava ao seu lado. Erik contra Erik.

Em silêncio, ela se esgueirou para fora da casa.

Só na parte de baixo, junto ao portão do jardim, ela parou e olhou para trás.

Não, ele não podia fazer nada. Erik não podia fazer nada, por ser diferente, e a vida ser diferente do que ela havia imaginado. Na vida real, não existiam suas histórias de fantasia. Elas ainda precisavam ser escritas.

Será que ela não sonhou tudo aquilo durante todo o ano que transcorreu? E enquanto ela ficou ali, parada, sob os raios do sol e o canto dos pássaros, pareceu-lhe ter voltado ao mês de maio anterior, em que, fraca e sozinha, pobre e solitária, apoiara-se no portão e olhara para o jardim. Na época, ela pensou: *daqui parte a primavera, toda a maravilhosa primavera, que floresce do lado de fora.* E, então, sonhou com um conto de fadas, o "mais belo de todos".

Sim, o mais belo de todos.

Tão belo, que ela jamais poderia esquecê-lo. Jamais.

Tão belo que ela nunca poderia trocá-lo por outra coisa que a vida lhe oferecesse. Jamais.

Tão belo que nunca mais poderia haver, na vida inteira, algo que ela não pudesse medir, comparar com aquilo, e o achasse pequeno demais.

*

RUTH ABRIU O PORTÃO barulhento e saiu para a rua. Sem nem saber a razão, ela ergueu a mão e afagou silenciosa e afetuosamente os duros ramos desfolhados dos lilases, que cresciam em volta da cerca em densos arbustos.

Andou sem se virar para trás, com a cabeça baixa, pelo caminho campestre entre as bétulas, de volta à estação. Soltos, seus longos cabelos infantis esvoaçavam sob o vento de primavera.

Erik ainda estava junto à cama de Jonas. O rapaz abriu os olhos e viu o pai ao seu lado; mas logo se retraiu e os fechou novamente. Nenhuma palavra foi trocada entre eles.

Erik entendeu todo o contexto, entendeu muitas coisas para as quais ele deveria ter tido compreensão antes, se tivesse tido forças suficientes para isso. O empenho diligente de Jonas, sua ânsia pela independência, mesmo na vida mais restrita, sua camada superficial de filisteísmo, seu afastamento de todas as alegres irresponsabilidades e loucuras, agora ficaram claras para Erik. Não era uma ausência de temperamento, de ardor juvenil, mas uma persistência férrea, um autocontrole obstinado.

Infantilidade ou não, havia uma força nisso. Ele prestou atenção em seu menino.

Mas o garoto não lhe deu atenção.

Agora, naquele momento, não. Um relacionamento totalmente novo com seu filho, uma luta completamente nova, esperava Erik, e ele teria que reunir todas as suas forças a partir de agora para vencê-la.

Um leve rangido do portão do jardim despertou-o de seus pensamentos. Com aquele ruído quase não audível, um súbito terror o acometeu, rápido como um raio. Ele abriu a porta do seu gabinete. Ruth não estava lá. Passou pelo corredor em direção à sala de estar. Ruth também não estava lá.

Erik desceu ao jardim. Uma terrível opressão apertava seu peito.

— Ruth! — chamou em voz alta, e não reconheceu nem a própria voz.

Tudo estava em silêncio e permaneceu em silêncio, por mais que ele penetrasse no jardim, até o banco diante do bosque.

Apenas um pintarroxo encontrava-se empoleirado no galho da bétula sobre o banco, e cantava. Não se deixou assustar nem pelos passos humanos; ficou ali, imóvel, com a cabecinha erguida, totalmente esquecido de si mesmo — e cantava, cantava, para dentro da primavera cinzenta.

Autora
Lou Andreas-Salomé

Prefácio
Ana Laura Prates

Editora
Clara Cardoso

Tradução
Inês Lohbauer

Revisão
Fernanda Silveira
João Zangrandi

Capa
Rafael Nobre

Diagramação
Antonio Quixadá

A557   Andreas-Salomé, Lou
        Ruth / Lou Andreas-Salomé ; Tradução Inês Antonia
        Lohbauer -- Rio de Janeiro : Editora Meia Azul, 2025.
        286 p.

        Tradução de: Ruth
        ISBN: 978-65-983770-2-1

        1. Literatura Alemã - Clássico. 2. Feminismo.
        3. Psicanálise. I. Lohbauer,Inês Antonia. II. Título.
                                                    CDU 821.112.5-396
                                                    CDD 830-141.72

        Bibliotecário responsável pela ficha catalográfica
        Pedro Augusto Brizon de Jesus (CRB-7/6866)

Este livro foi composto em Pollen, projetada por Eduardo Berline e Roxane Gataud, e Times New Roman, projetada por Stanley Morrison com a colaboração de Victor Lardent. Miolo impresso em papel avena 78 g/m² e capa em cartão supremo 250 g/m² em maio de 2025